献给我的爱人，文刀刀。

Final whistle

东平王千户 著

终场哨

SPM
南方传媒　广东人民出版社
· 广州 ·

图书在版编目（CIP）数据

终场哨 / 东平王千户著. —广州：广东人民出版社，2023.4
ISBN 978-7-218-16469-4

I. ①终… II. ①东… III. ①侦探小说—中国—当代 IV. ①I247.5

中国国家版本馆CIP数据核字（2023）第026967号

ZHONGCHANGSHAO

终场哨

东平王千户　著

出 版 人：肖风华

责任编辑：钱飞遥
责任技编：吴彦斌　周星奎

出版发行　广东人民出版社
地　　址：广州市越秀区大沙头四马路10号（邮政编码：510199）
电　　话：（020）85716809（总编室）
传　　真：（020）83289585
网　　址：http://www.gdpph.com
印　　刷：广州市豪威彩色印务有限公司
开　　本：890毫米×1240毫米　1/32
印　　张：9.5　　字　　数：200千
版　　次：2023年4月第1版
印　　次：2023年4月第1次印刷
定　　价：45.00元

如发现印装质量问题，影响阅读，请与出版社（020-87712513）联系调换。
售书热线：（020）87717307

目 录
CONTENTS

楔 子……………………………………………………… 01

第一章 球场惊魂………………………………………… 05

第二章 毫无线索………………………………………… 11

第三章 球迷会发起人的谎言…………………………… 19

第四章 凶案再起………………………………………… 29

第五章 并案调查………………………………………… 39

第六章 擦肩而过………………………………………… 47

第七章 消失的凶手……………………………………… 55

第八章 寻找隐藏的秘密………………………………… 64

第九章 有了线索就有了希望…………………………… 73

第十章 河城往事………………………………………… 84

第十一章 迷雾重重……………………………………… 93

第十二章 当年的金哨…………………………………… 103

第十三章 十年之前……………………………………… 117

第十四章 球赛新发现…………………………………… 130

第十五章　江城队前队长……………………………　138

第十六章　新方向　河城队……………………………　150

第十七章　通缉嫌犯……………………………………　159

第十八章　消失的陈鹏……………………………………　167

第十九章　国道上的加油站………………………………　177

第二十章　烂尾楼的居民…………………………………　186

第二十一章　抓捕凶手……………………………………　194

第二十二章　审讯凶犯……………………………………　203

第二十三章　不再开口……………………………………　212

第二十四章　凶手的妻女…………………………………　221

第二十五章　再会前金哨…………………………………　230

第二十六章　凶手的自述…………………………………　239

第二十七章　逮捕前金哨…………………………………　247

第二十八章　私人行动……………………………………　255

第二十九章　解救母女……………………………………　266

第三十章　前金哨自述……………………………………　276

第三十一章　结案…………………………………………　287

尾　声……………………………………………………　295

【楔子】

终场哨吹响之前，一切都有可能发生。

他刚刚给张楚打过电话，他能听得出来张楚的慌张，那种慌张在几千名球迷的嘶吼中，仍能被清晰捕捉到。张楚会听话，会安静地走过来。

球场上，主场作战的江城俱乐部球员正在高位逼抢，比赛刚刚进入下半场，还有时间逆转比赛，还有时间调整战术。虽说是周中的比赛，现场助阵的球迷只有几千人，但是这几千人正在拼命为球员呐喊。

很好，他想，江城球迷真不是盖的，再大点声吧，声音能遮盖一切。

他戴着黑色的鸭舌帽，坐在北看台与西看台的夹角处，左手边就是承重柱，刚好完美避开南看台主球迷区的视角，如果球迷往这里看的话。他头顶就是安装在承重柱上的摄像头，灯下黑。承重柱后就是离场通道，这个位置很理想。

还有球场上的转播摄像机和相机不可控，但他相信在这座球场里所有与足球相关的人里面，只有机器后的人是专业的，镜头要死死盯住球场球员动态，而不是欣赏无人看台风景。

"操！"他和球迷一起喊了起来，球场上一名球员的射门直接打向看台，还好虚惊一场，不是朝自己的方向飞来。他已经好多年不再看球，球员水平一点也没涨，但他已然没有心思再为中国足球忧虑，只是希望不要有"高射炮弹"朝自己飞来就好。

他看到张楚正朝自己走来，很好，很听话，他需要张楚的配合，也知道如何让他配合。张楚穿着江城俱乐部红色的主场球服，红色很好，血一样的颜色。

他低下头，让鸭舌帽挡住大半张脸，伸手指了指身前的座椅，让张楚坐下。江城俱乐部主场是座老球场了，球场座椅已经老化，张楚屁股底下这张座椅靠背已经不知所终，只剩下两条生锈的铁板。很好，张楚整个后背没有任何遮挡，他能准确找到心脏的位置，要避开左肩胛骨，朝着肋骨间斜下刺入，要稳、准、快。

"我可以给你钱补偿。"张楚听话地坐下，说着想要转头看看他。

"别回头，朝前看。"很好，乖，好好配合，他想。

他在等，等球场上一次漂亮的过人、一次凶狠的逼抢、一次有力的打门、一次默契的配合、一次有争议的判罚，等等，他要等任何一个可以引起球迷同时吼叫的瞬间；在足球比赛中，这种机会很多，离吹响终场哨还早，有的是时间。

"你想要什么？"张楚已经无心再关注球场动态，坐下之后莫名感觉阴冷，他脑补了一万种接下来的对话方式，但绝没有想到死亡。

"先看球，瞧，江城队已经在禁区边围攻了。"他已经把扁口螺丝刀握在手中，刀口打磨过，很锋利。

"你不是……你……"张楚已经没有机会把这句话讲完，他的右肩被一只有力的大手狠狠按住，有两根手指压住了他的气管，戴着皮手套很光滑但压迫感十足让他无法呼吸，他抬起双手要掰开这两根手指，却用不上力，左肋很凉，好冷，漏气了，进球了，江城队扳平比分了。

他时机掌握得很好，江城队扳平比分的进球让现场球迷瞬间沸腾，声浪卷起，张楚的声音被完全压制；螺丝刀贯穿了心脏，他感觉到手中螺丝刀的颤动由强变弱。不能拔太快，慢慢地，右手把张楚按倒在地的同时解下他的球迷围巾，螺丝刀也正好拔出。围巾是纯棉材质，刚好可以把螺丝刀上的血擦拭干净。

他把螺丝刀收好，抬头观察周边情况，球迷还在庆祝，他退到承重柱后，离场通道没有人，摄像头也早已被他破坏。他来到最近的卫生间，挨个检查了隔间，没有人。他点燃一支烟，拿出螺丝刀拆下了可拆卸手柄，来到洗手台前，洗手台底部中空，他蹲下来把螺丝刀的头插入洗手台和墙壁的缝隙中，用手柄当锤子，把螺丝刀深深嵌入缝隙里，直到用手无法撼动。很好，如果不出意外的话，直到这座球场弃用，也不会有人发现这里藏有一把杀过人的螺丝刀。

他把手柄装入口袋，来到隔间锁上门，现在要做的就是等。等球赛结束，等球迷散场，自己便可以混进人群，走出球场。

一支烟抽完，他把烟蒂扔进马桶，冲水。做完这一切，他开始反胃想吐，但又努力克制住。

他骂了一句，眼泪流了下来。

第一章

球场惊魂

"高队，江城体育中心发生命案，我们现在从局里赶过去，你在哪？"

"命案？体育中心？具体什么情况？"高寒在睡梦中被叫醒，抬手看了时间，9:30，他心里嘀咕着，怎么睡了那么久。

"今晚体育中心有江城队的比赛，比赛结束后工作人员清场时发现一具男尸，派出所的同事已经在现场，具体情况要到现场了解了。"陈晨小跑着打电话，拉开车门一秒钟坐好。

"好，我十五分钟后到，挂了。"高寒才反应过来，对面的女生已经不知在什么时候离开了。

她叫什么来着？李什么琪？高寒摇摇头，实在是想不起来，他来到吧台结了账。平均每周2.5次的相亲，已经让高寒的脑容量很难再塞下一个平平无奇的名字。女生定的餐厅，兼具咖啡厅、酒吧、西餐厅的功能，昏暗的灯光加上迷离的爵士乐，让高寒睡了一个舒坦。

高寒在警队被戏称为"高睡虎"，"虎"是指他身高185厘米，身板壮硕，遇上案子如猛虎般不管不顾地拼命扑上去，没有结果绝不撒口；而"睡"是因为他平时办案过于投入，寝食不休，所以在闲暇时不管在哪儿都能一秒入睡，天天一副睁不开睡眼的样子。

去往体育中心的路上，高寒通过手机助手了解球赛情况，江城俱乐部主场2：0完胜做客的对手，比赛晚6:30开场，一场球赛基本不会超过两个小时，8:30左右球迷会陆续散场，工作人员在清场时发现尸体，报警，再通知刑警队，时间对得上。而且今天周三，周中的比赛球场上座率不高，只有不到三千人。对于可容纳将近六万人的江城体育中心，三千人太少了，有太多空座，有条件做到杀人而不被现场球迷发现。也就是说，这个案子应该不是球迷发生冲突引起的激情杀人？

高寒边开车边思考，他是江城本地人，小时候也去现场看过江城队的球赛，但他并不像其他小伙伴一样成为江城队死忠球迷，甚至对足球都没有任何偏爱，在这座号称是"足球城市"的地方显得有点另类。成为刑警后，更是整天扑在案子上，没有再踏入过球场一次，眼见三十二岁生日将至，他的生活里只剩下破案、睡觉和相亲。相亲不能说是他妈逼的，工作后他和他妈约法三章，三十岁之前决不会结婚，他妈同意，在他三十岁之前绝口不提结婚的事，三十岁生日一过，相亲便开始接踵而至，高寒苦不堪言。

晚上9:30之后，江城堵车的时段已然结束，高寒在十五分钟之内到达体育中心，拿出警官证进入球场。本该进入梦乡的球场大灯，此时全数开着，想要照拂每一寸黑暗。

"高队，这儿！"陈晨在看台现场朝高寒招呼着，高寒摆手回应，把夹克拉链往上拉了拉，十月的江城一下就冷了下来，空旷的球场更显阴冷。

"高队，这位是发现尸体的球场工作人员，这位是球场负责人。"陈晨正拿着笔记本和警员姜悦在警戒线外做问询，见高寒走来向其汇报道。

"好，你继续，现场问完，把今天球场情况摸清楚；小悦，你和这位球场负责人去拷贝下今天的球场监控视频，包括球场平面图、构造图都要拿到，把球场内外环境全部搞清楚。"高寒说完，揭开警戒线走进现场，警戒线圈了将近十平方米，一看就是技术队老韩的手笔。现场和自己猜的不差，边缘角落，还有一根承重柱，凶手应该是提前选好了作案位置，提前选址预谋杀人。

"收到，高队。"姜悦和陈晨从警校毕业后先后来到警队，年轻有干劲儿，在高寒的调教下已经能独当一面。

"老韩，怎么样？"高寒戴上手套、穿上鞋套，小心来到老韩身前。

"很干净。"老韩没有抬头，正和徒弟一左一右勘查现场，老韩是技术队的门面，由他勘查的现场决不会出纰漏。老韩做事严谨，他会把现场分为五个区域，核心区也就是以尸体为圆心、半径一米的圆内，核心区是现场中心；核心区之外老韩会根据现场实际情况，来圈定大小范围，划成东南西北四个区域，逐个地查验。核心区最重要，是因为在核心区能发现最多、最直接的证据，如果说核心区是身体，那圈定区就是灵魂，很多时候圈定区内的发现，往往能帮助办案人员更精准地分析掌握凶手的作案行为和作案轨迹。

而此时老韩已经在勘查圈定区，说明核心区的勘查已然结束，仍对现场做了"干净"的描述，那凶手不简单。

"干净？老韩眼里还有干净的现场？"高寒心里一紧，但仍乐观地打趣着老韩。

"虽然死者的所有身份信息都在，但做好心理准备吧，现场的取证会让你很失望。"老韩这才抬起头，哀怨地看了一眼高寒。

"辛苦了，继续吧。"高寒理解老韩的眼神意味着什么，棘手。"胡哥，你这边怎么样？"高寒转头问在尸体旁忙活的法医胡泽仁，同时盯着那具身穿江城队球服的孤零零躺在秋风里的男性尸体。

"死亡时间不超过4小时，初步分析，利器从背后刺穿心脏，一击致命；其他具体情况，等回队里做完尸检，出报告给你。"胡泽仁脸上的严肃，仍然在向高寒传达一点，凶手不简单。

核心区收集好的证据已经被老韩编号后放在证物箱，手机、钱包都在，高寒打开装钱包的证物袋，死者身份证在里面，本地人张楚，你得罪谁了呢？

"高队，问完了，没太多有用信息。关于今晚球赛的现场情况，我让姜悦直接问球场负责人了。"陈晨失望地挠挠头。

"猜到了，晨儿，通知死者家属到队里认尸，封闭球场，让队里所有能喘气的人全都回队里加班，然后你去帮姜悦。"跟陈晨交代完，高寒转向其他人，"兄弟们，今晚都辛苦点，务必把所有现场资料整理出来，明早八点开案情会。"

"收到。"

交代完事项，高寒开始围着核心区打转，现场是精心挑选的，两个人认识？故意来到球场这么偏僻的位置。如果是从背后下手，那意味着凶手坐在死者的后排位置，左靠承重柱，背后就是通往承重柱后离场通道的过道，杀人后可以直接离场。现场没有发现凶器，除了核心区尸体下有大片血迹，周边没有发现任何血迹滴溅，那就是在现场处理了凶器上的血迹，用什么清理的？

高寒拿出笔记本记录问题。

离开现场后，他会去哪？高寒走进离场通道，边走边观察。他选择这么偏僻的地方，就是为了避开人群，从这条离场通道离开碰见人的话，自然会给人留下印象，那么他会选择一个即便碰见人也不会引人注意的地方，极有可能是他在行凶之后，先找一个地方躲起来，等球赛结束后，再混入球迷中一同离场。

躲在哪里？高寒发现了卫生间，踱步进来，这里确实是一个好地方，有隔间，锁上门没人看得见。高寒走进隔间，锁上门。他会不会在这里抽支烟，慢慢等着球赛结束？抽完烟扔进便池，冲走，什么也发现不了。他抽烟吗？高寒看着地上的烟头。

不对，如果他和死者认识，即便是策划完美的杀人，他杀完之后心里也会有所颤动吧？要不要洗把脸？照镜子看看自己的脸，是大仇得报的开怀，还是心有余悸的害怕呢？

高寒来到洗手台前，打开水龙头，正常出水，水能冲走很多东西，但冲不走罪恶。

江城体育中心是市里的地标建筑，按照国际标准核验，洗手台和墙壁之间为什么出现了一丝细微裂缝？高寒半趴在地上，拿出手电筒含在嘴里，检视着洗手台下的黑暗。

"老韩，到离场通道尽头的洗手间来，发现疑似凶器。"高寒拿出手机打给老韩。

第二章

毫无线索

周四，10月15日早八点，江城刑警队会议室。

桌上摆了几兜子豆浆、油条、小咸菜，半数人狼吞虎咽，半数人趴在桌子上酣睡，这些人和高寒一起忙了整整一晚。

"晨儿，开始吧。其他人边吃边听。"高寒走进会议室，敲了敲门，随即坐在了门口。

"好的，高队。受害人张楚，三十五岁，江城本地人，私营店主，在他们小区开了一家社区超市，江城队死忠球迷，有江城队套票，只要是江城队主场球赛每场必去。昨天下午五点，张楚离开家早早到了球场南看台，也就是主球迷区，因为是周中的比赛，上座率不高，现场只有三千多名球迷，基本集中在南看台，通过视频监控能看到他是一个人，中间没有和其他人有交流。中场休息时，也就是7:20，张楚接到一个电话，接完电话后，他绕场来到北看台与西看台的夹角处，而后遇害，这里是偏远看台，而且是监控死角，球场监控没有拍到任何凶手画面。这是现场遇害照片。

"来电号码已经做了排查，实名认证信息是一个山东籍已经去世两年的农村老人，该卡在使用者去世后并未注销，一直未停机，也一直没有任何通信记录，在昨晚打完最后一通电话后，信号消失，应该已经被凶手销毁。已经和山东当地警方联系过了，请他们帮忙查询手机号码注册人的相关信息，但极有可能是有人采购农村老人身份信息注册手机号码进行销售牟利。

"初步分析，凶手对球场和受害人都非常熟悉。首先是球场，凶手选择的作案现场，左侧是一个直径一米以上的承重柱，请看这张现场照片，基本上会完美避开南看台的球迷，而且下半场，江城队和雄狮队换边比赛，江城队由西向东进攻，因为是主场作战，再加之江城队实力要远远高于客场作战的雄狮队，也就是江城队基本上在雄狮队的半场围攻，也就是球场东侧，现场球迷以及球场上的球员、裁判、记者等人的目光也都会关注东侧球场，这个西北角的承重柱后，是一个理论上的关注死角。

"凶手了解受害人的出行信息，以一通不到一分钟的电话，就能让他绕半个球场来见面，两人应该是相识，比较熟的那种。接下来会主要对受害人生前社会关系进行排查。

"现场发现了作案凶器，当然是在高队机敏嗅觉下，在球场卫生间洗手台下寻获的；现场除了凶器外，没有任何其他线索，现场被处理得很干净。高队，差不多是这些。"陈晨放下

PPT遥控器，站在一边。

"受害人家属来认尸了吗？"高寒问。

"张楚老婆来过了，看见尸体后情绪起伏过大，还昏了过去，醒来后先把她送回家了。"姜悦赶忙咽下嘴里的油条，回答道。

"表现怎么样？"高寒继续问，熟人作案，妻子自然也避免不了嫌疑。

"绝对是真情实感，要不然就是奥斯卡影后级别。"姜悦一点也不怀疑那个叫李兰的女人，她浑身表现出来的悲伤，真真切切，姜悦经历过。

"嗯，晨儿吃完再带俩人，跟我一起去拜访受害人家属，包括周边邻居和亲朋好友，凡是能和受害人联系起来的人，一个都不能放过。小悦，你带人继续查球场监控，球场监控查完，去找球赛视频录像，去找现场记者，把他们不管是录制的视频，还是拍的照片，全部拷贝一份。然后收集网络上，球迷发布的视频和照片信息，检索下有没有有用信息，找到受害人身边的球迷，问清楚那通电话说了什么，队里的人归你调度。山东警方那边的信息，今天再催一下，一定让对方今天给回复。还有没有其他问题？"说完，高寒拿起三根油条一股脑塞进了嘴里。

"没有。"

高寒嘴里嚼着油条，伸手招呼陈晨出发。

过去三天，高寒只睡了不到五个小时，从找到凶器的那一刻起，高寒开始还自信满满，他觉得凶手已经在眼前，肯定手到擒来。但他太过自满，凶手除了给他留下一把冷冰冰的螺丝刀，什么也没留下。

案发现场没有发现指纹以及任何能指向凶手的线索，凶器上只有张楚的血液残留以及他围巾的织物残留，洗手台下什么都没有，发现凶器的卫生间倒是提取了无数指纹以及各种身体组织残留物，但那是公共空间，高寒一开始就已经放弃了对卫生间指纹的身份排查，他认为如此干净利索的凶手，不会在这里留下有价值的线索，展开排查只会增加工作量。而现在，毫无线索的情况下，他在想是不是要用这种笨招儿，把上千个指纹排查一遍呢？

关于那个来自山东老人的电话号码，高寒让陈晨专程去了山东一趟，老人是一个普通的鲁西南农民，已经去世两年，电话号码刚巧在老人去世之前注册，是月费仅为九元的套餐卡，一次性缴费五年，但从未拨出使用过，直到案发。老人身边亲人无人知晓电话号码是被何人开通，这条线也断掉了。采买农村老人身份信息用于注册电话号码、网络社交账号等，已经成为一条灰色产业链，很难追寻采购源头，更难追寻扩散到哪里。

相比凶手的线索，受害人张楚同样干净得可怕。他是一个三好市民，开一家社区超市，在社区里人缘好，谁家老头老太有个差遣，他是二话没有一帮到底，虽说只是小超市、小买卖、夫妻店，但收入也足以支撑他们一家三口的开支。唯一的兴趣爱好就是看球，他的生活只有三件事：看店、看孩子、看球。家庭和谐，邻里和谐，亲戚朋友之间更是和谐，三天走访下来，没有任何人说一句张楚的坏话，都是咬牙切齿地愤恨凶手，希望警方早日破案，以便他们能生啖凶手之肉。没有仇人，没有债主，甚至他在生活中都不会和人发生争执，笑脸人做生意会说话，他从不得罪人。

从对张楚的人际关系所做的排查中，没有发现任何对案情有利的线索。在张楚遇害前，没有任何陌生人、任何可以引起变量的蛛丝马迹闯入他的生活，至少从警方的排查中没有发现。

也排除了球赛现场引发激情冲突的可能性。周中的比赛，去看球的球迷多数都是死忠，很容易排查。高寒找到了当时在南看台张楚身边的几个球迷，挨个寻访，球场环境嘈杂，没有人关心张楚的电话，只有一个球迷对张楚的那通电话有印象，但也没有听到任何有价值的信息。

现在只能寄希望于能从球场监控、球赛录像以及球迷自拍视频、照片中寻找有用信息，但是这个工作量实在过于庞大。

队里人情绪低落，眼神呆滞，连着熬三天，却没有任何收获，精气神实在是提不起来。

"好了，今天周六，下午休息，都回家，好好歇一歇，明日再战。"高寒拍了拍手，告知大家。"高睡虎"眼皮奋得极低，他可以不眠不休地查案，但不能要求队里所有人都跟着自己像无头苍蝇一样，在队里死熬，需要休息一下，换换脑子，说不定就柳暗花明了，高寒只能这样安慰自己。

"感谢高队，一整天盯着屏幕看视频，眼睛都要瞎了！"

"高队威武，我先回家补一觉。"

得到高寒的指令，队里警员们窸窸窣窣动起来，没一会儿走个大半。没有人是铁人，三天以来，在高寒的高压下，大家一鼓作气力争在最短的时间内抓到凶手，出警查访问询，收集资料，查阅视频，实在熬不住就去休息室眯一会儿，除了几位女生回家换身衣服冲个澡，没人回家。但三天过去，没有任何进展，这口气就散了。

高寒在案情板前揉了揉双眼，掏出烟点上一支，余光看见陈晨穿好外套准备撤。

"唉，晨儿，你说张楚一个江城队死忠，看了那么多年球，为什么他社交圈子里没有球友呢？为什么一直一个人去看球？"高寒没动，眼睛继续盯着案情板。

"性格孤僻？"连轴转下的陈晨此刻脑袋昏昏沉沉，胡乱应了一句。

"孤僻个屁，他在小区人缘那么好，又是开门做生意，见谁都乐呵呵的，怎么可能孤僻？"

"也对。"

"下午有事没有？跟我去趟张楚家。"高寒掐灭手中的烟，抓起外套往外走。

"我下去要……"

"要什么要，案子破了我给你放大假，走。"高寒没等陈晨把话说完，拉着他出了警队。

陈晨心里憋了一口怨气，心想，我又不像你一样是单身狗。

张楚的葬礼周五刚刚结束，此时李兰正枯坐在自家超市内失神，小超市门口挂着白布幡，孤独地宣告着内里的悲伤。

"李姐。"高寒见李兰完全没发现两人进入超市，只能咳一声，先打了招呼。

"高警官，凶手抓到了？"李兰看见高寒，立马从座椅上弹起来，眼睛像通了电一样有了神采。

"呃，还在追查。这次来是有几个问题想跟你再确认一下。"高寒心中像是被浸过油的鞭子狠狠抽了一下，张楚在他眼中是冰冷的受害人，是要破的案子，但在李兰眼里，张楚是她的世界。

"噢噢。"李兰再次坐回收银台内，这是张楚生前最爱待的地方。

"张楚张大哥生前有没有球迷朋友？"

"没有，他都是一个人看球。"

"这有点不正常吧？李姐你好好想想，他是什么时候开始一个人看球的？这个问题对我们很重要。"

"我们结婚之后他都是一个人看球，刚结婚那会儿我还陪他去球场看过球，但现场太吵了，我不喜欢，就没再去过。不过，结婚前他们好像搞了个什么球迷会，张楚还是发起人，但不知道什么原因后来就散了，球迷会散了之后，他就开始一个人看球。"李兰眼神呆滞，像是在述说一件与自己毫无关系的远古往事。

"哪一年？球迷会叫什么？还记得吗？"陈晨也像是发现了新大陆一般，不等高寒说话，主动提问起来。

"十年前，我们结婚十年了。球迷会叫什么江城南看台。"

"家里还有和球迷会相关的东西吗？"高寒问。

"没有，自打我们结婚后，我没看见过球迷会的东西，你们的人也来查过，啥也没有。"

"好的，李姐，如果再想起什么信息，随时联系我。节哀。"高寒见李兰没有什么回应，带着陈晨悄悄走出了小超市。

小超市名叫如意，但对李兰来说，未来还会有什么让她如意的事吗？

"你来开车，去趟民政局，我睡一会儿。"高寒把车钥匙扔给陈晨，打开车子副驾门，系好安全带后就闭上了眼睛。

"高队，今天周六，民政局不上班吧？再说我们去民政局干什么？"车子刚开出小区，陈晨踩了刹车，他忽然想起今天周六，女朋友不爽的眼神就像是在眼前。

"对哦，周六。给姜悦打电话，告诉她，我要查民政局档案，让她立刻把她哥绑到民政局配合警方办案，绑不来就别干刑警了，滚去派出所当户籍员。我们去民政局是因为根据《社会团体登记管理条例》的规定，球迷会这种社会团体一定要去民政局登记备案审批，张楚是发起人，民政局会有我们想要的信息。还有，小伙子，你除了关心女朋友，还要多关心一下同事，比如姜悦她哥在民政局工作而且很宠姜悦。懂了吗？好好开车，我睡了，到了民政局叫我。""高睡虎"没睁眼，头倒向车窗一侧。

"哦——又学一招。"陈晨想拍个马屁，但转眼一看高寒已经发出轻鼾进入梦乡。他把车停好，下车给姜悦打了电话，添油加醋地把高寒的指令下达给姜悦，而后上车开往民政局。

第三章

球迷会发起人的谎言

　　"高队，任务完成得怎么样？不会赶我去派出所了吧？"在民政局门口送走哥哥后，姜悦笑嘻嘻地问高寒。

　　"派出所？谁要赶你去派出所？莫名其妙。晨儿，胡利民和葛明辉的信息查到没有？"高寒绝对不舍得赶走姜悦，她和陈晨是自己在警队的左膀右臂。当年姜悦在派出所当片警，一心想要调到刑警队办大案，高寒得知后暗暗调查，发现姜悦能力出众，逻辑缜密，在片警的工作中抓贼挖脏无所不能，遂将其调入了刑警队。姜悦也是感激其知遇之恩，在刑警队唯高寒马首是瞻。

　　姜悦的哥哥给他们调阅了民政局档案。2010年，张楚和胡利民、葛明辉三人发起成立江城南看台球迷会，在民政局有备案，不过球迷会在成立两年之后就悄然注销。2012年球迷会注销，同年张楚结婚，婚后开始独自一人看球。高寒查完备案之后，立马给李兰打了电话，李兰确认婚后没有听张楚提过这两人的名字，更没有接触往来。胡利民和葛明辉同为江城人，而张楚竟然再也没有和这两人有过联络，那意味着，张楚看球习惯的转变，和球迷会有关。张楚在球场被杀，是否也会和球迷会有关呢？

"查到了，胡利民、葛明辉仍居本市，联系方式和住址都查到了。"陈晨赶忙躲开姜悦冒火的眼神，回答道。

"那走吧，登门拜访。"

"要不要提前打电话问问在不在家？免得扑空。"姜悦推开陈晨，紧跟着高寒上了车。

"不用，突然出现能得到更多信息。"高寒坐在副驾位置系好安全带，又闭上了眼。

"那先去胡利民家，离得近，住在经一路，富人区呀！"陈晨发动车子，转头一看，高寒又进入了梦乡。

"陈晨，我又给你记了一笔，你等着我给你女朋友告黑状吧！"姜悦从后座探过头来，附在陈晨耳边悄悄说了一句。

"别呀，悦悦……"陈晨正要解释，只见姜悦食指竖在嘴前，轻轻"嘘"了一声，指指高寒让自己闭嘴，陈晨只得咽下后半句话。

"你好，胡利民在家吗？我们是刑警队的，想找他了解点情况。"陈晨敲开了胡利民家的门，亮出警官证。

"利民不在家，有什么事吗？"一位肤如凝脂的年轻女子把门打开一角，她身着素色家居服，看到门口三个警察，脸上露出一丝惊诧，一一确认了警官证后，随即恢复正常。

"可以进去聊吗？"姜悦脸上露出微笑，温和地解除对方的警惕。姜悦的亲和力也是高寒将其调进刑警队的原因之一，队里糙汉居多，而审讯、查访等工作让有亲和力的人来做往往能事半功倍。

"请进。"女子把门完全打开。

"谢谢，我们有个案子，想让胡利民帮忙核实一些情况，需要换鞋吗？"姜悦主动接管了话题。

"不用不用，快请坐。"女子把三人让进客厅，开始准备茶水。

"不用麻烦了，你是胡利民太太吧？家里就你一个人？"姜悦问。

高寒没有坐下，小心地在客厅踱步，观察着。客厅很大，装修透着一股轻奢味道，大平层，看格局房子少说有两百平方米。正如陈晨所说，经一路周边名校、医院、商圈一应俱全，附近几个小区被称为富人区，住在这里的人非富即贵。

"是的，小孩周末在家闲不住，出去找朋友玩了。老胡出差了，估计下周才能回来。你们是有什么事？"女子给三人倒了水，放在茶几上，随后坐在沙发主座，她在尽力调回女主人的姿态，不管接下来会发生什么。

"张楚你认识吗？是你丈夫多年前的球迷好友。"姜悦问道，陈晨在一旁拿出笔记本记录。

"不认识。没听老胡提过。"

"你知道江城南看台球迷会吗？"姜悦继续问。

"不知道唉。"女子表情淡定，回答不卑不亢。

"胡利民最近还看球吗？"高寒接过问话，他拿起电视柜上的一个相框看了几眼。

"偶尔吧，他现在工作很忙，偶尔闲暇时如果比赛时间也合适，他会在家里看直播。"

"这张照片是在伯纳乌拍的吧？"高寒举着相框问。

"是呢，前几年去欧洲旅行，老胡一定要去现场看皇家马德里的比赛，说是什么朝圣。"

"他不去现场看江城队的比赛了吗？他是江城队死忠吧？"高寒把相框放回原处。

"很少，他很忙。"

"你丈夫哪天出差的，什么时候回来知道吗？"姜悦看到高寒的眼神示意自己继续。

"周一一早就去了河城，昨天打电话说下周一能回来。"

"他在哪里工作？"

"江城城建。"

"大企业呀。我叫姜悦，这是我的电话，还请你告诉你丈夫，等他出差回来第一时间联系我，还有些信息想和他当面确认。"姜悦收到高寒结束的眼神，拿过陈晨的笔记本写下自己的电话号码。

"好的，请问具体是什么事，我方便转告。"女子见三个警察站了起来，自己也随即站起，准备送客。

"没什么，就是想了解点张楚的情况。打扰了，再见。"姜悦拖在最后出了门。

"你俩怎么看？"高寒坐在副驾驶位置，点了一支烟。

"目前还看不出胡利民和张楚一案有什么关联，胡利民妻子很正常，不像是在说谎，即使胡利民和张楚之前有什么纠葛，她应该也不知情。"陈晨转身看着高寒。

"张楚和胡利民同为球迷会发起人，为什么在事后没有往来？至少是婚后，2012年球迷会解散，应该是发生了什么事。"姜悦从后排前倾，把脑袋伸到前排两座椅之间。

"孺子可教，晨儿，别整天想着女朋友，多动动脑子。"

陈晨正要反驳，电话响起，是女朋友打来兴师问罪，他赶忙下车去接电话。

"高队，你可真是乌鸦嘴。作为一个领导，感情问题上不能以身作则就罢了，怎么还能打压恋爱人士呢？都跟你一样混成光棍就好了？"姜悦打开车窗，故意让陈晨听见自己为他打抱不平。

"这么优质的光棍可是抢手货。"

"得了吧。"

"你来开车，让晨儿把葛明辉的信息发给你。咱们去找葛明辉，让晨儿打车去江城城建，确认一下胡利民的出差信息是否属实，尽量了解胡利民情况。完事儿后，警队会合。"

葛明辉的家在城西的一个回迁小区，前些年城西规划修建高铁江城西站，附近几个村子都要拆迁，拆迁之前，村子里有门路的提前打听到要拆迁，开始在自家宅基地加盖炮楼，你家盖三层，他家盖四层，五六个村子开始了盖房比赛。拆迁之后，这几个村子成了江城暴发户的代表，大金链子小手表，超跑路虎城西跑。

葛明辉在自家拆迁之后，得了几套房外加上百万元赔偿款，辞了工作当起了包租公，收租之余在小区内开了一家麻将馆，整天搓麻将度日。高寒和姜悦到时，葛明辉正搓得兴起，一见到警官证，麻将馆里乱作一团，所有人拼命往外跑，以为是抓赌。高寒抓着葛明辉把他摁在座椅上，直到其他人都走光，才点上烟，坐在葛明辉一旁。

"张楚认不认识？"姜悦一改自己的柔和形象，眼神锐利像要杀人。

"不抓赌呀，哎哟，吓我一跳。"葛明辉一脸油滑，大腹便便，常年在麻将馆浸染，头发里都浸着一股烟臭味。

"老实点，抓不抓赌看你配不配合。"姜悦学着高寒之前对这种人审讯的样子，用手使劲儿一拍麻将桌，但是用力过猛，手掌一阵酸麻，她忍着疼皱起眉头。

"是是是，警官，绝对配合。张楚认识，认识。"

"上次见面是什么时候？"

"上次见面记不太清了，好像是去年在球场碰着过一次。"

"江城体育中心？"

"对对，我这不是江城队球迷嘛，主场球我基本都去看，那次是看哪场球来着？记不清了，反正碰上了，打了个招呼。"葛明辉拿起烟点上一支。

"把烟掐了，能不能尊重点女士？"姜悦伸手把葛明辉的烟夺过来，在地上踩灭。

"那他不也抽着呢吗？"

"他是他，你是你。2012年江城南看台球迷会为什么解散？"

"嗬，你们连这事儿都知道？厉害厉害。那年不是踢假球嘛，江城队本来能夺那年的冠军，结果硬生生被假球给害了，最后裁判还给逮进去了，我们当时觉得中国足球太黑，环境太差，拿着我们这帮球迷当傻子玩。你想想，盼啊盼啊，主队好不容易要夺冠了，结果让裁判给搞丢了，大家气不过，心里凉透了，最后一商量解散吧，还球迷会个屁，不玩了。"葛明辉油嘴滑舌，说了一大通。

"这事儿我有印象，最后一场不是重赛了吗？"高寒作为江城人，虽然不是江城队死忠球迷，但那年闹得沸沸扬扬的假球风波，他还是有些印象。

2012年中职联赛爆出假球黑幕，最后一轮争冠关键赛江城队对阵河城队，榜首之争谁赢谁能拿冠军，但比赛判罚出现多次争议，江城队一球小负于对手，但赛后裁判被人举报受贿，调查后发现裁判参与赌球，后被判刑入狱，江城队和河城队最后一轮比赛重赛，但江城队仍旧没能赢下比赛，丢失了那赛季的冠军。

"是吧哥们，虽然重赛了，但还是没赢啊。那会儿我们球迷会的球迷都年轻气盛，我们觉得江城队没拿冠军就是黑幕，恼羞成怒之下就解散了。"

"你和张楚、胡利民是球迷会的发起人，平时关系不错吧？"姜悦继续问道。

"搞球迷会那会儿确实关系不错，都是江城人，都爱江城队，都想给江城队做点事儿，算是情投意合、目标一致。不过球迷会散了之后，也就慢慢疏远了，大家都有自己的生活，各忙各的。"

"平时不约着一起看个球啥的？"高寒把手里的烟掐灭在烟灰缸，一缕烟飘荡向上，在空中画了个半圆。

"没约过，不约，一见面就想起当年江城队丢冠之辱。再说，阶层不一样。你看，我是农村的，也就是前两年拆迁得了点闲钱，张楚、胡利民人家都是城里人，说实话，玩不到一块儿。我这人就是知趣儿，玩不到一块就不要生往里挤，费劲。"

"心态还挺好。"姜悦打趣了一句。

"那是那是，人活一辈子悲苦的事儿多了，干吗跟自己过不去，乐呵一天是一天，你说是不是？"葛明辉聊到兴头上，拿出烟又准备点上，看姜悦瞪着自己，又悄悄把打火机放下，只剩手指夹着烟。

"你们球迷会里，知道谁和张楚玩得好吗？"

"应该是胡利民吧，但是听说后来胡利民混得不错，俩人怎么样我就不知道了。"

"那有人跟他关系不好吗？"

"他跟谁都笑呵呵的，不得罪人，应该没有和谁不好吧？"

"哦？你现在都和谁一起去看球？"高寒把椅子往葛明辉

身边挪了挪，直视着他。

"我？单蹦儿，你看我们村这些狐朋狗友整天沉迷于麻将事业无法自拔，我也没其他朋友，想看球了就开车自己去。"葛明辉被高寒看得有点发毛，身体不自觉地向后靠去。

"你们球迷会的那帮人，后来就没组织聚聚？"

"没有，反正我没去过，可能聚了没人叫我吧，哈哈哈。"

"一次也没有？"

"一次没有，真的，骗你干吗。"

"周三的球你去看了吗？"高寒继续追问。

"去了。"

"在球场见着张楚没有？"

"没看见呀，我一般都坐在最前排，看球就要专心致志，两只眼就光盯着球场了，其他事啥也不关心。"

"好，小悦留个电话给他，如果想起来任何关于张楚的情况，随时打电话。"高寒说完，站起来往外走。姜悦写了个电话号码留给葛明辉，也跟着高寒走了出来。

"张楚怎么了？打听他干吗呀？"葛明辉送两人走出麻将馆问。

"死了。"

葛明辉心里一颤，但他此时绝不会想到自己接下来的命运已经无法掌握在自己手中了。

陈晨也已经在江城城建调查完回到了警队。听姜悦说了葛明辉的信息之后，陈晨开始讲自己得来的信息，胡利民确实是周一就出差去了河城，同他一起的还有公司两名同事，他们给公司的报备是出差一周，周一应该回公司上班。江城城建承建了一处河城商业建筑，正处于启动阶段，胡利民负责采购，带着两个部门职员去到河城与各供应商确定物料采购等工作。胡利民毕业之后就去了江城城建，一直负责采购工作，现是江城城建的采购经理。江城城建是省内知名建筑企业，采购部门油水最大，这点从胡利民住宅也能看得出来。

"葛明辉在撒谎。"高寒听完陈晨的反馈之后说道。

"确实是油嘴滑舌，高队你觉得他有嫌疑？"

"嫌疑倒是不至于，但他绝对有所隐瞒。他们三人作为球迷会发起人，关系应该不差，至少当时不差。那是什么原因导致他们在球迷会解散之后，不再往来呢？球迷会解散之前，一定发生了什么。在没有其他线索的情况下，我们只能往这个方向推进了。"

"嗯。"

"今天先这样，你俩先回去休息。明天小悦你再筛查一下球场视频，确认一下葛明辉在球场的位置，等胡利民回来之后，第一时间让他过来，我倒要看看胡利民是不是也要隐藏球迷会解散前的秘密。"高寒双手抱头倒在办公椅上。

他们三人此刻不会想到，他们再也见不到活着的胡利民了。

第四章

凶案再起

10月18日，周日，河城。

胡利民很喜欢这座南方城市，不像江城那般清冷呆板，这里水清柳绿有情调，当地人说话声音都是软软的，他甚至想等退了休来这养老也不错。

胡利民工作算是高效，一周的出差时间要处理的事情很多，但还是在他主导安排下，赶在了周日中午之前完成，本打算下午就启程回江城，但是河城本地的一个合作多年的乙方一定要晚上宴请他，这种经营多年又有利益往来的关系不好拒绝，再说自己两个手下也累了一周，正好晚上借花献佛，让他们跟着好好享受享受。

中午在筹备处吃完工作餐，胡利民交代手下晚上直接酒店见，下午时间自由安排，可以去采购一些当地特产带回家去，可以报销。他自己本想找家河边的茶馆，放空一个下午，但手机App弹框出现了一条足球比赛信息，下午三点半有场足球比赛，江城队客场对战河城队。有多久没有去现场看江城队的比赛了？别说是去现场看球了，江城队现在的首发十一人，都已经认不全了。人到中年，怎么一点自己的时间都没有了呢？去看球，去呐喊！他用打车软件叫了一辆车，前往河城体育馆。

胡利民没有看到，后面有辆车正死死地跟着自己。

体育馆门口熙熙攘攘的人群正在进场，胡利民在入口找了个黄牛买了张打折票。这么多年，中职联赛各俱乐部的票务系统仍然没有改进，黄牛轻松通过工作人员拿票倒票，这点小事都解决不了，中职联赛想进步、想职业化，真是天方夜谭，胡利民心中嘀咕着。

球场内球迷正在落座，胡利民观察了一下，南看台和西看台集中了河城队主场球迷，北看台有远征来的几百个江城队球迷，他不想和人群离得太近，球迷是集群动物，只要靠在一起就会发光发热，稍微激化就会成为足球流氓，太燥。球场不小，应该能容纳四五万人，但此时上座人数顶多一万，他走向了东看台，下午的比赛东看台会有西晒，没有人选择那里，空座太多；再加上国内球场少有专业足球场，多是借用综合体育馆，球场外围是塑胶跑道，隔着跑道看球场，距离有些远，胡利民戴着眼镜，看远处的球员也只能通过球衣颜色来区分了。

他仍旧没有回头，更没有看到离他几十米远的一个隐蔽角落，有人在盯着他。

3:30，球赛开始，江城队率先开球，他们在抢开局，高位逼抢主导进攻，不到两分钟便出现一脚打门，只不过球高高越出横梁。刚还大晴的天逐渐变脸，阴沉之后雷声渐渐，不一会儿突降瓢泼大雨，雨战对任何球队来讲都是考验，场地更加湿滑，球员技术动作会变形，足球运行路线会变得更加难预料。雨下得太急，胡利民没有准备雨衣雨伞，他起身匆忙离场。

他小跑着，想要赶紧逃进离场通道，此时全身已经湿透，还要回酒店先去换衣服，不知道好不好打车。而球场上，主裁判此时已经暂时吹停比赛，他和第四官员正和工作人员沟通，是否暂时中断比赛等雨停。球员在球场上围成一圈，球迷们有雨衣的披雨衣，有雨伞的打雨伞，而更多的人躲进了可以避雨的通道内，而这座没有顶棚的老旧球场能让球迷避雨的地方也只有离场通道了。没有人看见胡利民身后冲过一个人，一把利器从胡利民背后刺入，胡利民大喊一声，倒在座椅间，没有人听见他临死前的最后一声叫喊，他的血液被雨水冲散，顺着看台流向了球场。

胡利民死后，足协工作人员和裁判决定中断比赛，比赛会择日重赛。球迷和球员都在混乱中离场。气象部门预计大雨将会持续2～3个小时，如此大的降水量会让这个老旧的球场排水系统瘫痪，球场积水情况会很严重，足协尊重两家俱乐部意见，择日重赛。

球场管理员老刘骂骂咧咧地穿着雨衣拿着手电筒在清场，"谁啊？下这么大雨谁脑子抽了，还待在球场里不走？领导就是看我不顺眼，故意下着雨让我清场，清个屁，啊——"

陈诗怡和李大有赶到球场时已是下午六点，刑警队队长带人去了外地追凶，本市出现命案，队里便决定由陈诗怡来主导调查。

陈诗怡顶着政法大学侦查学研究生的高才生光环来到河城刑警队，再加之生得美，成天素颜都能吸引无数人眼球。到了警队之后，她成了人人自愿供起来的警花，什么脏活累活从来不会指派给她，警队里那些大老粗们早就抢着干完了。陈诗怡剪掉长发，每天坚持健身搏击，体脂率常年控制在10%以内，每次射击考核都是队里第一；在一次全队出警缉捕大型涉黑校园贷团伙时，有四人从后墙逃窜，陈诗怡和同事紧随其后追了出去，不一会儿同事的脚步就完全跟不上陈诗怡，只能眼看着陈诗怡一个接一个地把四个人捆上扎带。自此陈诗怡一战成名，得以跟着队长参与各种重案要案的侦办，成长为河城刑警队核心骨干。

雨势渐小，但还没有任何停的意思。这场雨冲走了现场所有可能遗留的线索，陈诗怡穿着雨衣，手中证物袋里的手机正在震动，有电话进来，是胡利民的同事陈生打来的。

"胡总，您到了吗？我们在酒店门口，要不要等您一起进去？"胡利民的同事不会想到今晚已经无法好好消遣放松了。

"他去不了了。我是河城刑警队陈诗怡，你是和胡利民一起到河城出差的同事陈生，对吗？"

现场胡利民的公文包、钱包、身份证、手机等随身物品都在，很容易确定本人身份。胡利民是江城人，从他公文包的文件来看，陈诗怡推测他是来河城出差；一个江城人，是江城队的球迷？

"是的，请问胡总出什么事了吗？"电话里的陈生问道。

"他在体育馆遇害了。现在需要你配合我们接受调查，能不能现在来刑警队一趟？"

"啊？遇害？可以可以，我们现在就过来。"

挂掉电话，陈诗怡拉着李大有回警队，现场已经被大雨完全破坏，已经无法再提取任何有价值的线索，法医初步认定为金属利器从背后刺穿心脏，当即毙命。现场有法医和技术队同事处理善后工作。

河城体育馆是一座老旧的综合体育馆。河城俱乐部近几年几经转手，从一支传统中职强队，慢慢变成专业保级球队。经济下行，足球投资环境越来越差，这座河城队的主场也同球队一样，投资乏力，运营和维护也就同样乏力，场馆环境每年只要能获得中职联赛的准入资格，场馆运营者就觉得万事大吉了。监控系统、排水系统、应急系统等都早已老旧损坏，实在是没有钱来维护。破旧的监控系统在大雨浇灌之下，没有记录下任何对案情有帮助的视频画面。

比赛开始没多久就开始下雨，导致比赛中断，根据球场工作人员介绍，开赛前球迷主要集中在南、北、西三看台，因为东看台面临西晒且观赛视角较差，并没有聚集球迷，应该不存在和其他球迷发生口角冲突的情况，且开赛后不久突降大雨，双方球员在赛场并没有激烈冲突，球迷激情对抗而导致激情杀人的情况几乎不存在。

胡利民为什么来球场？为什么要待在这个偏僻看台？是来见什么人？和他的出差有关？在现场已经无法侦查到有用线索

的情况下，陈诗怡决定从胡利民的人际关系着手。第一步，就是先搞清楚胡利民的河城出差之行和他出现在球场的动机。

陈诗怡和李大有回到警队后，第一时间安排人联系了胡利民太太江晓前来认尸，又安排技术队调阅胡利民手机通信记录，希望能有所发现。

陈生和李志连同要请客的乙方一同来到了刑警队，陈诗怡赶忙接待问询。从陈生等人提供的信息来看，胡利民和陈生、李志一同从江城来到河城出差，已经有一周的时间，这一周之内三人几乎是吃住同行，而今天下午本来安排了回程，因为乙方晚上安排的宴请，才推迟到周一回江城。三人中午两点左右分开，胡利民在下午四点之前遇害，中间仅相隔两个小时。但技术队从胡利民手机里调取的通信记录中发现，在这两小时内，胡利民的手机只有一通与网约车司机的通信记录。陈诗怡立马安排李大有联系网约车司机。

在河城的这一周，胡利民没有任何异常表现，每日的工作全部围绕所在项目的采购部分。胡利民在江城城建多年，江城城建的供应商几乎是稳定的，胡利民一直和供应商保持良好的合作关系。负责采购油水极大，很多采购经理会中饱私囊，这在行业内已经成为潜规则，且供应商也会主动示好，但从来没有听说过胡利民和供应商之间发生龌龊事，当然这也只是陈生和李志没有发现和听说过。在工作中，胡利民认真负责，左右逢源，领导对其十分信任，不然不会把采购这么重要的工作交给他，且一干就是那么多年；对下，他提携照顾，江城城建公司内公认的，在胡利民手下工作最舒坦。他在乙方中的口碑也是极好，潜规则虽有，但是胡利民把公司和项目利益永远放在第一位，在保证产品供应质量的情况下，他不会打破这种行业规则，毕竟各个项目的利益分配不只涉及他一个人，方方面面他都要照顾到。

在同事和乙方眼中，胡利民是绝对不会在工作中和人产生纠纷的人，他很世故很圆滑，不得罪人。没有听说过胡利民有任何仇人甚至是相处不好的人，而且河城的项目处于筹备启动阶段，胡利民也是第一次来出差，从常理来看应该不存在项目上的仇人。

陈诗怡问到胡利民公文包有无重要资料，是否会被他人觊觎，陈生一口否定，胡利民公文包的资料都是供应商的供应资料，不存在商业价值，重要的商业资料已由他们二人带回酒店锁在保险柜内。

同时从陈生口中证实了胡利民的球迷身份，在国内是江城队老球迷，在欧洲俱乐部方面喜欢皇家马德里，工作之余经常和喜欢足球的同事聊聊球。还曾经在欧洲旅行期间，专程到马德里去看皇家马德里的主场比赛。陈诗怡问："胡利民有没有可能主动去现场看江城队的球？"陈生回答说："今天下午本来就没有其他安排，胡总利用这个闲暇时间去看球是极有可能的。""那他为什么不带着你们一起去看球呢？"陈诗怡继续追问。陈生回答说："胡总比较照顾下属，这一周我们每天都从早忙到晚，本身就比较疲惫，让我们自由活动要胜过拉着我们去看并不感兴趣的球赛。"他真的只是单纯地利用下午的闲暇时间去看场球吗？此时陈诗怡对此有所怀疑。

陈生、李志以及今晚约好的乙方在案发时都有切实的不在场证明，陈诗怡见已经无法问询到更多有效信息，随即送客。

"我们明天可以正常回江城吗？还是需要留下配合调查？"问询完之后，陈生忐忑地问道。

"胡利民妻子明天会到河城认尸，我觉得你们多待两天吧，帮着她处理一些事情，毕竟一个女人遭遇这种事，人生地不熟的，身边有个帮手总是好的。"说完，陈诗怡把三人送出刑警队。

"大有，网约车那边情况怎么样？"送走三人，陈诗怡刚好碰见回到队里的李大有。

"胡利民2:10叫了网约车，2:15司机到达梧桐路叫车地址，接上胡利民之后就前往体育馆，于2:45到达。途中胡利民一切正常，和司机聊了一路的球，根据司机的回忆，胡利民自己说是碰巧看到手机App提醒有球赛，所以才临时决定下午没事去看场球放松放松。行李只有一个公文包，也和现场发现一致。我已经拷贝了网约车录音和行车影像，现在就去核查。"李大有是陈诗怡的学弟，刚来警队没两年，在校期间就久闻陈诗怡大名，到警队后更是整天跟在陈诗怡屁股后头，有事儿了当徒弟虚心学习，没事的时候就还是学弟。

"一起吧。"陈诗怡同时把从陈生等人处得来的信息共享给李大有。"现在看来，胡利民和陈生等分手后没多久，就决定去看球，而后叫车去了体育馆，在到达体育馆之前的这段时间没有任何异常。"

"胡利民这种圆滑的性格应该不会在一个陌生城市的陌生球场和人发生冲突吧？那他为什么要一个人去东看台呢？"

"激情杀人可以排除了。他去东看台有可能真像他自己说的，放松放松吧。"

"放松放松？"

"一个快要四十岁的中年男人，工作、家庭、生活都忙得飞起，好不容易得闲，一个人躲在一个空旷的看台享受私人时光，也说得过去。"

"那是仇杀？情杀？"

"极有可能，明天受害人妻子会来认尸，让我们看看从那能得到什么信息吧。"

两人一边说着一边看拷贝过来的网约车行车影像，这时法医把验尸结果送来了，死因非常明确，被利器从背后刺穿心脏一击致命，全身没有受到其他伤害。凶手手法干净利落，凶器刚好穿过肋骨之间，且伤口非常顺滑，深度也刚好刺穿心脏。凶手应是趁受害人不备，突然下手，快准狠，像是训练有素的猎手。

第一次独立调查凶杀案，就遇到一位训练有素的猎手，陈诗怡心中一紧，狠狠抓了一下手中的平板电脑，她是一位技术控，不像传统刑警们随身携带笔记本记录案情信息，而是不管在哪都手拿平板电脑，她让技术人员将警情系统安装在平板电脑上，可以对所有的信息进行记录、查阅、分析，一机到位。她信奉数据，坚信能在数据分析之中获取破案信息，但此时面对凶残的猎手，她的信息明显不足。

"如此干净利落的杀人手法，受害人这次河城出差每天都是多人同行，只有今天下午是单独出行，那意味着凶手应该已经跟踪受害人很久，说不定从受害人出差开始就跟上了，终于等到这么一个机会？那他还真是一个好猎手。这样冷静的凶手，应该酝酿已久了吧？这会是他第一次杀人吗？"法医走后，陈诗怡沉思良久。

"你是说连环凶杀？"李大有非常不解。

"我没说，别乌鸦嘴。现在你着手排查网约车的视频，我来安排人去查访胡利民这一周接触的所有人，做好出差的准备，我们要去趟江城。"

第五章

并案调查

10月19日，江晓在父亲的陪同下乘坐最早一班高铁到达河城。

前一晚，她把孩子送回娘家，准备连夜开车到河城，但被父母拦了下来，她这种状态任谁也不会同意她开夜车。江晓一夜未眠，哭干了所有的泪水。此刻她在父亲的搀扶下揭开盖在尸体上的白布，本以为已经干涸的泪水又无声滴落下来，配合着凄厉的干号，江父尽全力挺直佝偻着的背，拍着江晓的背给她顺气。一个绝望又悲怆的女人，一个伤心又高大的父亲。

陈诗怡看不了这场面，从停尸房内退了出来，交代同事等江晓情绪平复后再来叫她。经过一夜的梳理，陈诗怡和李大有捋清了胡利民在河城的一周行程，接下来就要一一问询胡利民见过的所有人。即便是陈诗怡心里基本排除了胡利民因工作接触之人的行凶嫌疑，但在没有任何线索的前提下，这个笨功夫还是要下。

李大有在网约车视频里没有任何发现，凶案发生之后，没有任何线索出现，陈诗怡安排李大有调查网约车行车路线上的所有监控，如果凶手一直在跟踪受害人，那查看行车路线上的监控说不定会有收获。

江晓终于情绪稍有平复，签完必要文件后，陈诗怡将父女俩请到问询室，倒了两杯热姜茶，希望能给江晓带来一丝丝暖意。

"前天才有警察来找过老胡，但我怕他工作分心，就没告诉他，是不是我提前告诉他，他就不会死？"江晓看着陈诗怡，通红的双眼里透着自责。

"警察来找过他是怎么回事？"陈诗怡噌的一下站起，身体前倾，双手按在桌面上，但随即意识到自己攻击性的失态，抱歉后重新坐好。

江晓将周六之事原原本本地讲了出来，她陷在自责里无法自拔，她不能原谅自己，为何不把警察找他的事情对他说，或许丈夫就能躲过一劫，她们娘俩未来的生活该怎么办呢？陈诗怡无暇顾及劝慰，把现场留给李大有，出门去给姜悦打电话。

姜悦将电话转接给高寒，两人稍做寒暄，沟通完案情之后，高寒问有没有在现场发现凶器，在得到否定回答后，高寒让陈诗怡去体育馆卫生间找，结果找到了作案凶器，与江城案发现场的凶器一致。

在高寒和陈诗怡的联合推动下，一天之内上报局长、省厅，两地省厅高度重视，立马进行视频案情会议，将两地案情并行分析之后，决定成立跨省球场凶案专案组，由高寒担任专案组组长，陈诗怡任副组长。

　　陈诗怡安排同事对胡利民在河城之行中接触过的人员继续调查，以及对网约车行车路线视频监控继续排查；而后整理好所有案情资料，带着李大有前往江城出差。

　　10月20日，陈诗怡和李大有到达江城刑警队之后，没有任何欢迎仪式，而是直接进入会议室开始专案组第一次案情会。

　　陈诗怡在视频会议上第一次看到高寒时便对他印象不好，会上都耷拉着眼皮像睡着的样儿，能担负起如此重大案件的专案组组长的职责吗？她心中有所怀疑。都说第一印象很重要，陈诗怡深谙此道，见面之后，更是加深了这种印象，因为高寒不光睡眼蒙眬，还一股子傲劲儿，似乎有些看不起她这个女刑警。这让她感觉到像是回到自己刚进刑警队时被队里其他人特殊照顾的时候，让她非常不爽。发现了凶器又怎么样？不就是发现个凶器嘛，有什么了不起？但，自己怎么就没发现凶器呢？绝不能让这种仗着自己有功劳的老油条看轻自己，要用真本事狠狠打他的脸。

　　但此时高寒并没有察觉到陈诗怡的心理活动，他现在处于极度兴奋之中，得知胡利民在河城被杀之后，虽然和江城的案件一样，并未在现场获得任何有效线索，但案情却明朗了很多。自己之前对南看台球迷会的调查方向没有错，这三个球迷会发起人在十多年前一定有什么不可告人的秘密，顺着这条线往下查，局面会越来越明朗。昨晚他又是一夜没睡，将河城的案情资料仔仔细细看了一宿。

"先欢迎咱们河城的同事陈诗怡和李大有，以后咱们就精诚合作亲如一家。废话不多说，先来分析下案情，然后做下一步工作安排。我昨晚一直在想一个问题，张楚和胡利民的死亡时间仅相隔四天，而且还是跨省杀人，时间、空间都很紧迫，为什么凶手会这么急？根据我们之前的调查，葛明辉两次命案都有明确的不在场证明，可以排除他直接行凶的嫌疑；再加之这次河城命案，有理由怀疑凶手的目标是南看台球迷会三个发起人，那意味着凶手的下一个目标有可能就是葛明辉；我们要做的是阻止凶手继续行凶，而且要搞清楚他是谁，为什么杀人。葛明辉是接下来的工作重点，要对他进行二十四小时跟踪监控和保护，晨儿，你和小刘两个人负责。"相互做了简单的自我介绍之后，高寒开始主持会议。

"收到。"

"小悦，你和大有一组去调查所有球迷会的元老成员，把球迷会成立到解散期间所有大事小情全部调查清楚，看看这三个发起人到底有什么秘密，还有一个重点，球迷会的运营需要钱，要查清楚他们钱从哪里来。"

"收到。"

"委屈诗怡同志跟我一组，会后我们再去找葛明辉一趟，而后再对这三个发起人做个全面的摸底调查。河城那边，有什么新进展新信息，咱们随时互通有无。其他还有什么问题吗？"高寒简单做完部署，靠在椅背上看着众人。

"高队，两位受害人的致死伤害高度一致，都是刺穿心脏一击致命，杀了两个人没有留下任何线索，还把凶器留在离现场不远的卫生间内，位置选择非常隐秘，凶手的这种行为一是自负，认为警方不可能找到凶器，二是挑衅，向警方挑衅。什么样的人，会有如此手段呢？我怀疑江城案有可能并不是他第一次作案，我已经安排河城同事调查往年卷宗，分析是否有同类致死案件，所以我想江城这边也需要做同类排查。"陈诗怡不卑不亢，说话时眼睛一直盯着高寒。而她这段话也引来了其他人的注视，江城已经多年没有发生过连环凶杀案，现在有了两起连环命案，省厅高度重视，上面已经急疯了，天天给高队压力，刑警队最近已经忙得喘不过气来；如果真如陈诗怡所说，凶手之前还犯过案，那可以想象压力会增加到什么程度。

"太好了，想一块去了。大飞，我让你查近十年江城同类案件，查得怎么样了？"高寒猛地一拍大腿，对这个和自己想到一块的女刑警增添了几分敬意和好感。

陈诗怡愣了一下，心里荡起涟漪，这个"高睡虎"可能真有点本事。

"高队，按照您的指示，这两天我一直和资料室的同事在排查，近十年未侦破和已侦破的同类致死案件及同类伤人案件，江城境内都没有发现；我正打算增加排查年限。"大飞高高壮壮，但又拥有与他身形极为不相称的仔细和耐心，而且每次回答问题都要站直身体。

"做得好，接着查，十年前的也查，江城周边几个城市也要查，打电话给兄弟单位，让他们帮忙；查到相关信息第一时间告诉我。"

"收到。"

"其他还有什么问题？"众人表示暂无其他问题。

"散会，干活。对了，你俩行李先放在会议室，等晚上回来让小悦带你们去招待所。"

"好，招待所就不用了，队里有休息室吧？这几天就先住在休息室好了。"陈诗怡明白，自己要想在警队这种糙汉环境中打出名堂，就一定要吃得起苦，吃住环境一定不要去讲究，况且住在休息室也能更方便、更快捷地了解和处理案情。

众人走出警队大楼，各自奔赴目的地。

"高队，一起走？"陈晨在车门前问高寒。

"你们先走，做好隐蔽工作。"

"放心吧。"陈晨说完，上车走了。

"你来开车。"高寒和陈诗怡一起走到他那辆老旧的SUV前，把车钥匙扔给了陈诗怡，准备打开副驾门上车。

"我不认识路。"陈诗怡抬手一把抓住车钥匙，一脸懵。

"你手里的平板电脑不能导航吗？"高寒撇嘴笑了一下，对这个河城女刑警随时拿在手里的平板电脑产生了兴趣，说完转身上了车。

陈诗怡刚在会议上对高寒产生的一点点好感，瞬间消失殆尽，真是北方大直男，又傲又蠢。

"手机给我。"高寒系好安全带，伸着手。

"怎么？上车还要没收手机？"陈诗怡嘴上这么说，还是把手机解锁后拿给高寒。

"加个微信。"高寒说着加上陈诗怡微信，将葛明辉家定位发给陈诗怡后，打开了地图导航，将手机放在了手机支架后还给手机充上电，"到了叫我，我先睡一会。"

陈诗怡忍住怒气，女刑警这个身份所能遭遇的白眼她早已经历过，此时她要做的是破案，不管这个专案组组长如何刁难，都不会影响她，毕竟在江城地界，没有江城警队帮忙，她什么也做不了。

高寒说完话就闭上了眼，仰在放倒的座椅上，陈诗怡本想在路上好好探讨一下案情，但见高寒这种态度，又不确定他有没有睡着，更不想自讨没趣，便一路无话。到达目的地，陈诗怡将车停在离麻将馆不远处，叫醒了高寒。

"到了？走着。"高寒伸了个懒腰下了车，"葛明辉油嘴滑舌，假话比真话多，待会儿要好好敲打敲打他，你来问我来给你打配合，怎么样？"

"没问题，听高队安排。"陈诗怡一点也不喜欢这种蠢蠢的考验。

高寒虽是第二次来到这个回迁小区，但小区地貌他已了然于心。小区叫新幸福里，东、南各开一门，十几栋高层民宅让这里变成鱼龙混杂的新江湖。首先是原来周边几个村子的回迁村民，算是土著派；其次是承受不起市区高房价而选择城西的购房派；再次就是潮汐一样的租房派。小区内饭馆、小超市、菜市场、洗衣店、房屋中介、药房诊所甚至麻将馆等生活娱乐场所一应俱全，每天快递员、外卖员奔波其中，人声鼎沸。而葛明辉的家、麻将馆、收租房全在小区之内，他的生活范围基本不会出小区，这才让他变成一个大胖子。

高寒在想，如果葛明辉真的是凶手的下一个行凶目标，凶手应该已经调查清楚了葛明辉的生活习性，经历了球场凶案之后，球场的安检规格势必会提高，那他会不会选择在小区内动手呢？如果在小区内动手，如此混杂的大社区，可下手的机会实在太多了。安检？操！凶手把凶器留在卫生间内是不是就是为了躲避安检呢？他在等葛明辉去球场时动手？

/ 第六章 /

擦肩而过

　　高寒和陈诗怡刚一进麻将馆的门，葛明辉立马从里面迎了出来。上次高寒来访就吓得麻友们紧急撤离，账都没结。麻将馆可经不起警察三天两头的来访，这以后生意还怎么做。

　　"警官，有什么事儿直接给我打电话，我直接去派出所找您就行，可不敢劳烦你们大驾光临呀。"葛明辉低声下气地把高寒二人带出了麻将馆。

　　"那也行，跟我们到警队去一趟吧。"陈诗怡本就气儿不顺，再加之高寒的预警，板着脸说道。

　　"嘿，上次来的不是这个冷面美女吧？高警官，咱们警花颜值都那么高呀。"葛明辉见陈诗怡不好说话，赶紧转移聊天对象，"家去家去，有啥事家里聊，麻将馆里乌烟瘴气的，别熏着你们。等我去拿钥匙。"说完，葛明辉小跑着回到店里，出来时手里还拎了饮料。

高寒和陈诗怡对了个眼神，各自心领神会，默默看着葛明辉一个人卖力表演。两人都没有想到，初次配合却有种难以名状的默契感。

葛明辉一个人走在前面，领着二人到了隔壁楼二楼，用钥匙开了房门。

"这是你家？"显然不是，陈诗怡面前是一个简装的二居室，房内空荡，只有些简单必要的劣质家具，没有一丁点儿生活痕迹。

"要不说警察厉害呢，啥也瞒不过你们。我媳妇胆小，把你们领家去，她得以为我犯啥事儿了呢，肯定给吓个好歹。这也是我的房子，前几天刚退租，清净。来来来，请坐，喝饮料。"葛明辉从塑料袋里拿出两罐红牛，放在茶几内侧，邀请两人入座。

"你这日子真舒服，包租公，没把房子交给中介打理？"高寒简单地对房子检视了一圈。

"没有，出租收租都是我一个人，反正也没其他事儿，干吗让钱给中介赚了，对不对？"

"南看台球迷会为什么解散？"陈诗怡打开平板电脑的备忘录，准备记录。

"警官，上次不都说了嘛，假球黑幕，大家心凉了呗。"

"说实话！"

"实话，真是实话。"

"球迷会运营的钱哪来的？你是觉得我们查不到？"

"别激动别激动，这不是上次也没问嘛。当时胡利民在江城城建工作负责采购，所以我和张楚就在外围配合，供应一些小件物料啥的，通过胡利民的运作，赚了一些钱，然后我们就把钱投在了球迷会里。当时确实是年轻，头脑发热，就想着能为球队和球迷会做点实事儿，要不然谁肯把自己辛苦赚来的真金白银投进去呀，对不对？那可是钱呀。"葛明辉自己开了罐红牛一口气喝了大半。

"然后呢？说完整。"

"要不说人家胡利民能混得好，在他的运作之下，我们确实赚到一些钱，到后来用于球迷会支出之外，还能盈余不少。钱多了吧，矛盾也就来了，怎么分是个问题，胡利民多拿点无可厚非，张楚觉得自己出力多，要和胡利民分一样多，就因为分钱，我们三个吵过几次，再加上十年前那场球，大家心凉了，赛后喝酒又吵了一架，最后就直接散伙了。这些都是真的，不信你们可以去问胡利民。"

"你是知道我们已经无法和胡利民确认了，才这么说的吧？"

"啥意思？"葛明辉脸上露出的不解表情是真的，他所说的"内情"是十年前三人为了隐藏那个秘密而提前商量好的，他不怕露馅，甚至对质。

"胡利民也死了。"高寒从口袋里掏出纸巾，拿出一张仔仔细细地擦拭了罐装红牛的表面，啪的一声打开拉环，然后把饮料放在了陈诗怡面前。

"啥？胡利民也死了？"葛明辉脸上有恐惧，有质疑，有犹豫。

"死了，和张楚一样被人杀害。你确定还要保守秘密吗？"陈诗怡继续接过问话。

"啥秘密？他俩死了跟我没关系呀，我啥也不知道。"

"没说跟你有关系，说你们仨的事。"

"球迷会散伙后，我知道张楚和胡利民还在一起悄悄搞私活，球迷会不搞了，人家不带我玩了，我也识趣儿，后来他俩干了啥，我是真不知道了。"葛明辉不相信当年他们三人做的事，会在十年后让三人陆续丧命，那件事绝不至于让三人丢掉性命。他更愿意相信是胡利民和张楚一起做事的时候得罪了什么人，绝对跟自己没关系。

"张楚和胡利民在球迷会解散后，还继续做生意？"

"我听说的，具体也不是太清楚。胡利民管采购，张楚给供货，一本万利。球迷会解散后，我确实很少和他们联系，其他的真就不知道了。"

"再想想。"

"真没了。"

"那行吧，想起来什么，随时给我打电话。对了，提醒你一句，最近最好不要去现场看球。"高寒起身和陈诗怡一起离开。

"好的好的，听您指示。一会儿还有个房客来看房，我就不送您二位下楼了。"葛明辉笑嘻嘻地送二人出门。

"你怎么看？"高寒要回钥匙主动坐回了驾驶座，问着陈诗怡的同时给陈晨打了电话。

"高队。"还没等陈诗怡回答，陈晨接起了电话。

"晨儿，到位了吗？"

"盯着呢，你们离开之后，葛明辉还没出来。"

"盯死了，不要让葛明辉离开你的视线。"

"放心，保证完成任务。"

说完，高寒挂断电话，系好安全带开车上路。

"两种可能，一是葛明辉说的是实话，张楚和胡利民之间因为生意往来发生过什么，或者是二人有其他秘密；二是葛明辉在隐藏着什么。接下来去哪？"陈诗怡没心思了解高寒为何又突然自己驾车。

"他在撒谎，现在我们要去证实他的谎言，去找李兰。"

"你的意思是，三人最后因为收益分配不均闹掰，那这笔收益应当不小，张楚妻子应该有所耳闻？"

"没错。张楚和李兰结婚十年，也就是球迷会解散那年结的婚。两口子过日子，钱的事儿，肯定知道。"

正说着，姜悦的电话打了进来，高寒把手机开了外放。

"小悦，怎么样？"

"高队，走访了几个球迷会成员，落实了一个情况，球迷会运营所需的钱是胡利民他们三个发起人的个人支出，没有企业赞助，而且三个人出手也比较大方，提供全套主客场球衣、各种球迷物料，每周都会聚餐，如果是近处的客场比赛还会包豪华大巴。但没有人知道三个人的钱是从哪里来的，保密工作做得很好。而且三人之中，只有胡利民有工作，所以日常球迷会的管理运营是由张楚和葛明辉主要负责。关于球迷会解散，也基本都是持因为假球黑幕观点，暂时还没有发现其他有用线索。"

"好，继续走访，着重问一下三个发起人之间有没有发生过什么分歧。"

"收到。"

"至少，葛明辉说三人通过胡利民的工作关系生财，这一点没有撒谎。"高寒挂断电话，对陈诗怡说道。

"没有，我们家张楚命里就没外财，我们结婚之后他没有正经工作，还是两家老人给凑钱开了这家超市，一干就是十年。"

赶到李兰家的如意超市时，李兰仍旧木讷地坐在收银台里，当高寒问起张楚十年前有没有和别人做生意有外财时，李兰如是回答道。

此时的李兰陷入悲伤里无法自拔，小超市的货柜上已经开始断货而没有做填补，应当是已经多日没有进货了。这样的李兰，没有理由撒谎。

"那结婚之前呢，你们恋爱期间张楚靠什么赚钱？"高寒继续追问。

"靠什么赚钱，啃老呗。他那会儿整天忙活着搞球迷会，没个正经工作，要不是我们从小一起长大，当时还真不一定嫁给他。我公公婆婆也是想着让他结婚收收心，允诺婚后资助我们开家小超市。不过我们结婚后，他确实收心了，就整天守着这个小店忙里忙外的。"李兰回忆起张楚时，眼睛里是有光的。

　　此时高寒的手机不合时宜地响了起来，是警员小刘，高寒走出门外接起电话。

　　"高队，葛明辉死了，陈晨重伤。"

　　"什么？在哪？凶手呢？"高寒脑袋像是受到核弹攻击，他和陈诗怡刚刚离开一个多小时，他不敢相信凶手会有这么大的胆量，警察刚刚离开就敢动手杀人。陈晨重伤？他和凶手遇上，凶手竟然能全身而退？此时高寒心中有万千疑问。

　　"葛明辉在他的出租房内被杀害，凶手消失了。"从电话里能听出小刘的慌张无助。

　　不是跑了，不是逃了，而是消失了？是小刘压根没有看见凶手，他没和陈晨在一起？

　　"晨儿怎么样？救护车叫了没？"

　　"陈晨昏过去了，救护车在路上。"

　　"打电话给技术队，保护好现场，我马上到。"高寒挂断电话，赶忙向李兰辞行，拉着陈诗怡上了车。

　　时间已经来到下午三点多，还好没到晚高峰，路上车子不多，高寒把情况告知陈诗怡，开始一路风驰电掣，把这辆破SUV愣是开出了F1赛车的感觉。

　　"那个，要不要开警笛？"陈诗怡随着车辆摇晃，赶紧抓住把手以便稳住身体。

　　"车不多，不用了。我们离开时，葛明辉说还要等一个看房子的，是不是他？"高寒眼睛直视前方道路，双脚在油门、离合快速操作，配合着右手里的挡杆。

　　"应该是，胆大妄为的凶手，他这么做真的是为了挑衅警方？还是说他已经提前踩过点，计划好今天动手？还有一点我想不通，凶手杀人的节奏为什么这么快？他是在赶什么时间吗？"陈诗怡思考问题的同时，身体也适应了车子的摇晃，她把手从把手上拿下来，顺了一下自己的马尾。

而这个动作，恰巧被看后视镜的高寒捕捉到。为什么如此紧迫的时刻，我却觉得身边这位南方姑娘好美？为什么明明心急如焚，却还想在车上多待一会儿，甚至将时间凝固呢？该死。高寒赶紧转过头，放下了这个念头。

"赶时间？你这个思路非常好，10月18号河城案发，仅仅相隔两天就赶回到江城再次作案。凶手能做到如此合理紧凑的时间规划，应该已经密谋很久，已经提前对这三个人做了全面的调查了解。要么是赶时间，要么是他担心我们会快速查到三人之间的关联，要尽快将葛明辉灭口，以免暴露？这三个人到底隐藏了什么秘密？葛明辉为什么要撒谎，他们三人之间的秘密是多见不得光，以至于他面临被杀的危险都要保密呢？"高寒一连串的疑问随想随说，全然没顾及陈诗怡有没有跟上自己的思路。

"一个死也不能说的秘密？还是葛明辉压根就没把张楚和胡利民的死和自己联系起来？或者葛明辉刚刚得知胡利民的死讯，还没来得及思考如何应对就被杀害了？希望这个现场能发现有效线索。"陈诗怡同样眉头紧锁，此时她脑子里的疑问不比高寒少一分。

"希望吧。"

新幸福里小区入口已在眼前，他们要在新幸福里寻找希望。

第七章

消失的凶手

　　高寒、陈诗怡和技术队同时到达新幸福里现场，陈晨已经被救护车送往医院。

　　202室残破的门大开着，门锁处像是被大号的变异白蚁啃食过，室内一片狼藉像是经历了剧烈打斗，葛明辉趴在茶几旁的地板上，血迹已沿着他胸部铺染开。小刘落寞地在门口倚着墙根，他真想此时能有个龟壳好把自己的头缩进去，而不是抬头应对高寒的血盆大口。

　　技术队老韩和法医老胡等人跟高寒对了眼神，没有说话便穿戴好装备进入现场取证验尸。

　　"说，详细点。"高寒怒目圆睁地看着小刘，掏出烟来点燃一支。

　　"高队，你们走后，我和陈晨就一直在楼下车里盯梢，两点多了我们还没吃饭，我就和陈晨商量去买点吃的，然后我就去旁边小超市买了面包和水，陈晨继续盯着。等我回来，陈晨没在车里，我把东西扔进车里给陈晨打电话没人接，心里有点发慌，就赶紧上楼来找，结果就发现葛明辉趴在血泊里，已经死了。陈晨也倒在地上，手臂被扎伤在流血，还好只是昏了过去。我简单给他包扎一下，就赶忙打了120，然后出门找凶手，楼梯、电梯、周边住户全都找了，没有发现。因为是下午，周边住户都没有人，这栋楼都是小户型，基本全是出租房，下午应该都在上班。接着就给您打了电话，守在现场，接着120来把陈晨接走，再然后你们就来了。"小刘讲完，始终没敢正眼看向高寒。

"陈晨怎么样？什么时候能醒过来？"

"医生发现他头部有血肿，应该是受到重击，具体情况要等检查结果出来。"

"你和陈晨分开，到进入现场，中间用了多长时间？"

"不超过二十分钟。"

"不到二十分钟？"

"是。"

"诗怡，你有什么想问的没？"高寒见陈诗怡皱起眉头，便向她问道。

"有没有联系物业问监控视频的事？"陈诗怡见高寒和小刘的对话气压极低，不好在他们队内这种紧张对话中插话，但不想高寒竟然捕捉了她的情绪。

"哎呀，还没来得及。"小刘一脸懊恼，拿手拍着自己脑门。

"你现在去医院，守着陈晨，等他醒了第一时间给我打电话。"高寒用手拍向小刘的肩膀，用力抓了抓，这是在给他打气。

"是。物业那边？"

"物业那边你不用管了。"

"是。"小刘回答完，飞似的跑向楼道。

"小悦，你和大有现在来新幸福里小区。"小刘走后，高寒给姜悦打了电话。

"葛明辉的家？陈晨和小刘不是在吗？"

"葛明辉死了，陈晨重伤，小刘在医院陪他。你到小区之后直接去找物业，去查今天下午两点之后的视频监控。"

"收到，马上过去。"

"老胡，怎么样？"穿好鞋套戴好手套，高寒收好熄灭的烟头，和陈诗怡一起进入室内现场。

"是他。没有其他伤口，仍然是利器从背后刺入，贯穿心脏，从后背的创伤面来看，凶手的杀人手法与前两例案件几乎一致。等老韩这边取证完，把尸体带回队里，我解剖完给你出报告。"法医胡泽仁说完用手扶了扶眼镜。

"操！老韩，你这边咋样？"高寒大骂一声，双手紧紧握拳，他知道是他，但又期望不是他，从自己眼皮底下溜走一个连环杀人犯，还重伤了一个警员，这事儿够他好好喝一壶了。大队长现在病休，而且没几年也就要退休了，之前自己有点出格的事，大队长还能帮着扛雷。现如今他这个副大队长如不能尽快破案，局长能把他生吞活剥。

"这次收获不小，光指纹已经收集几十个了，毛发也不少，凶器也在。你少说话，我们快点干，争取给你搞点有用的东西出来。"老韩明白高寒心中的苦闷，他们这对老搭档已经足够有默契，他低着头说着话，一点儿没耽误干活。

"得，今晚辛苦点，把指纹和毛发筛查出来。"

"瞧好吧。"

陈诗怡趁着高寒和他人聊天的功夫，不影响技术队取证的同时，小心走动并观察着。他们离开时客厅关好的窗子此时打开一扇，但窗外有防盗网，是葛明辉打开了窗子想要给房间通风，还是凶手在陈晨逼近后情急之下想要开窗跳窗而不得，从而和陈晨扭打在一起？在离葛明辉尸体一米远临近大门的位置，还有一处小小血迹，这应该是陈晨受伤倒地后遗留下来的。血迹旁边是葛明辉曾坐过的已经散掉的旧板凳和凶器，一把长度超过20厘米的扁口螺丝刀，刀口处明显经过人为打磨，不是平口而是打磨成斜刀口，这样更容易受力，刀刃沾满血迹，仍露着寒光。与前两次发现的凶器不同的是，这把螺丝刀的塑料把手还在，应该是凶手还没来得及拆下可拆卸把手，为什么前两次要把把手带走，只留下金属部分呢？是因为从把手部分能查到购买信息？陈诗怡赶紧拍下把手的商标型号。板凳已经散掉，现场应该是凶手行凶后正准备收拾现场离开，恰巧陈晨赶到，凶手想开窗逃走，却发现这里虽是二楼，窗外却都有防盗网，还没来得及多想，陈晨已经破门而入，凶手举刀便刺，陈晨刚进门还没反应过来，胳膊被螺丝刀刺伤，两人开始角力，打斗中螺丝刀掉落，凶手顺手抄起板凳砸向陈晨脑袋，陈晨昏倒，凶手逃离。那么凶手还是从正门逃走，应该是走楼梯，因为电梯内有摄像头。

想到这，陈诗怡来到室外，一步一步走向楼道，希望能发现点什么。

"怎么了？"高寒在现场暂时帮不上什么忙，小小的两居室现在全是人，也跟着陈诗怡走了出来。

"你瞧。"陈诗怡把手里的平板电脑递给高寒，让他看螺丝刀把手的照片。

"前两次只遗留下金属部分，而没有把手，明白了，我安排人来查。"说完，高寒拿出手机给大飞打电话，"大飞，再增加一个调查工作，有一款叫飞流的螺丝刀，型号是1235-A，查一下厂家和供货渠道，再查近半年内江城、河城两地的采购人员名单。"

"只要查江城本地采购信息，河城那边我来安排同事查。"陈诗怡插话道。

"收到，急吗？"

"急，和你查同类案件一样急，越快越好。"

"明白。"

"你看。"陈诗怡正贴着楼道边缘蹲下观察着台阶上的脚印情况，指着一个脚印向刚挂掉电话的高寒说道。

"脚印？"高寒贴着楼道另一边向前看去。

"楼道破坏比较严重，但你看这个脚印的平滑度，像什么？"陈诗怡拿着平板电脑拍了张照片。

　　"鞋套？"高寒面对如此突发情况，进入现场时思绪已然有些凌乱，而陈诗怡却一点儿没有慌乱，快速在现场梳理出有用信息，高寒心中暗暗称赞，心想这要是自己的队员该多好。

　　"应该是，凶手的反侦察意识确实很强呀。"陈诗怡心中没有高寒那么大的心理包袱，她只是单纯的兴奋，为拥有这么一个值得认真对待的凶残对手而兴奋。

　　"好，我马上来。"高寒挂断小刘的电话，招呼陈诗怡去医院，"陈晨醒了。"

　　"我来开车，你睡会？"陈诗怡走到车前，微笑着伸手朝高寒要钥匙，她知道这时候脑子紧绷不是好事。

　　"取笑我呢？我来开，这会儿要是还能睡着那可太没心没肺了。"高寒嘴上露出了笑，原来陈诗怡这样一个"冰美人"也会开玩笑。

　　"高队长，我师父跟我说过，做刑警绷太紧，弦容易断。这句话送给你，虽然我也做不到。"陈诗怡也不知道怎么就莫名其妙想起这句话，打破了车里的僵闷。

　　"你有个好师父。"

　　"晨儿，怎么样？"高寒冲进了病房，陈诗怡紧随其后。

　　"高队，对不起，让他在我手里逃了。"陈晨躺在病床上，非常懊恼，左臂已经被包扎好。

　　"跑不了，我们会抓着他的。身体怎么样？"

　　"已经做完了CT，医生说没有骨折，颅内也没有出血，只是这个血肿比较大，要做一个穿刺抽除；陈晨要坚持跟你对话完再做手术。"小刘回答道。

"臭小子脑袋还挺硬，不是大问题，那就快点说，说完去做穿刺。"听到陈晨头部没有大碍，高寒悬着的心放了下来，招呼陈诗怡坐在一旁病床。

"下午2:30左右，你们刚走有十多分钟，小刘去买吃的，我看见一个外卖员进了单元门，这个人有点奇怪，正常外卖员都是脚步匆匆，但他却戴着口罩低着头，而且这么久葛明辉一直没出来，我有点担心就跟了过去。电梯还在高层，我就进了楼梯门，一进楼梯门我就看见，刚才那人的外卖服和头盔放在地上，我心想坏了，就赶紧跑到202室门口，刚到门口就听见扑通一声，像是人倒地的声音。我赶紧敲门，没有人回应，我没办法只能去撞门，幸好门质量不咋样，两脚给踹开了。门开之后，我身体还没站稳，就看见一把螺丝刀朝我刺了过来，我本能地抬左臂去挡，右手去抓他手腕。我左胳膊给刺穿了，我们俩就扭打在一起，螺丝刀掉在了地上，这家伙身手非常灵敏，不知从哪抄起一把板凳，朝我太阳穴就挥了过来，我左臂受伤动作变慢，只挡住一半脑袋，板凳砸我脑袋上，我就昏倒了。是我的错，太大意了，应该第一时间叫增援。"说完这句话，陈晨低下了脑袋。

凶手进单元门后将外卖服和头盔放在了楼梯处，撤退后又将外卖服和头盔带走，撤得不慌不忙。

"你太大意了，之前开会说过多少次，凶手下手快准狠，你要庆幸现在脑袋只是个血肿，凶手给你留了条命。等手术完，写个检查。"陈晨是高寒在警队最得力的警员，是格斗好手，凶手和他一对一，虽说是攻其不备，但仍能全身而退，这个人是个硬茬。

"没问题，两千字。"陈晨知道，高队越是骂他心里就越是疼他。

"算了吧，好好养几天，身体好了赶紧出来帮我。"

"凶手有什么特征没有？"陈诗怡毕竟和众人认识不久，还没有那么多的情感投入。

"身高一米七八左右，身材健硕，力气很大，单眼皮小眼睛，黑色牛仔裤，黑色连帽卫衣包着头，还戴着口罩，手上戴手套，鞋上还穿着鞋套。"陈晨边想边用右手去挠左臂上的绷带，"对了，他左臂上有个文身。"

"是什么？"高寒和陈诗怡同时喊了出来。

"是几个字，繁体字，在手臂内侧，最下面两个字是'无悔'，上面还有字，应该是个'龙'。"陈晨右手挠动的力气在加大。

"亢龙无悔？"陈诗怡问。

"不敢确定，无悔两个字肯定没错，但上面还有几个字，说不好。只是在打斗中，我去抓他左臂，碰巧看到的。"陈晨又陷入懊恼之中。

"很好，晨儿，你有非常重要的发现，好好养病吧，想起什么来，再说。"高寒起身拍了拍陈晨肩膀，"小刘，你陪着做完手术，然后回队里帮忙。"

"让小刘归队吧，现在队里一定忙得要死。"

"放屁，你一个人怎么缴费拿单子还得手术？"

"高队长，走吧，有人能比小刘照顾得好。"陈诗怡起身，眼睛朝门口瞥了一下，原来有个女生在病房外透着房门玻璃往里看着。

"你小子，搞个工伤来约会，真有你的。走吧小刘，不耽误人家约会。"

"等等，高队长，需要技术队的同事对陈晨做一次取证。"陈诗怡还没走出病房，差点把如此重要的线索忘掉。

/ 第八章 /

寻找隐藏的秘密

从医院离开时，夜幕已悄然降临，秋风正紧，又降温了。现场的侦查工作也已结束，三人回到警队，一天没吃饭的高寒和陈诗怡随便扒了几口外卖，又再次投入工作中。

姜悦和李大有从新幸福里物业调取拷贝了下午的所有监控视频，高寒安排人手对两点半之后离开小区的所有外卖人员以及符合陈晨描述的凶手形象的人员进行追踪。天眼系统可以让人无所遁形，但也只限于监控范围以内，而且实际追踪起来耗时耗力，如同大海捞针，需要追踪对象更多地暴露在监控之下，才好分析出来他的行动路线。

外卖员属于街道高频出现人员，取餐、送餐、过红绿灯等都有机会被各种监控拍下，警方很快排除了真实外卖员。只剩下一个，从新幸福里南门骑电瓶车一直往西骑行，直至消失在监控范围内，体型和陈晨描述的相符，戴着头盔和口罩。新幸福里本身就处在江城城西，再往西就是城郊和农田。高寒亲自带队追踪，但只在城郊发现一辆凶手遗弃的被盗电瓶车，而且从电瓶车上没有发现有用线索。

城郊监控稀疏，而且阡陌交通鸡犬相闻，各种羊肠小道让人可以有一百种方法消失而不被发现。

凶手在警方眼皮底下消失，高寒和陈诗怡现在只能寄希望于技术队在现场取证的结果。老韩从现场取证到大量指纹和毛发，指纹经过比对，除去死者葛明辉以及出现在现场的警方人员，还有至少十枚指纹信息需要进行身份认证，而指纹库里没有比对结果。高寒派人连夜收集到葛明辉妻子以及前任租客的指纹信息，比对后发现凶手在现场没有遗留指纹信息。

惊喜的是，现场的毛发经过DNA分析，排除掉死者葛明辉及其妻子、警队人员和租客后，还有一组DNA序列信息无人认领，它和陈晨指甲内发现的DNA序列为同一人，也就是说警方发现了凶手的DNA信息。凶手终于在现场露出了马脚，但可恨的是，DNA库中并没有查询到该信息。

法医胡泽仁给出的尸体解剖报告清晰表明，三人遇害伤口如出一辙，同样的作案工具和作案手法，凶手为同一人。

他是谁？他在哪里？他为什么要杀人？他还会继续吗？

这几个问题萦绕在所有办案人员脑海中，但没有人能回答这些问题，至少现在还没有。警方迫切想要去了解这个人的所有信息，但无从下手，就像初次暗恋时的少女想要去了解爱的那个人一样，只有愿景，没有方法。

已经过了半夜十二点，深秋的江城还要一个月才来暖气，奔跑时不觉得冷，停下来后寒意便浓了起来。尤其是陈诗怡和李大有还穿着南方的薄凉衣服，高寒让姜悦叫了夜宵，是羊肉汤。江城人爱喝羊肉汤，羊大骨剔净熬上一宿，切上羊肉、羊杂，一定要加羊油辣子和胡椒粉，来俩烧饼，一碗下去再冷的天也能熬过去。

陈诗怡闻不得羊油辣子的羊膻味，以往办案时也时常吃了这顿没下顿，但她在可以吃时，还是会好好照顾自己挑剔的嘴巴和胃。此时也顾不了那么多了，一是饿，二是冷，一整天没有正经吃东西，肚子早已咕咕叫，这碗羊汤恰到好处，虽然吃食粗狂，但是进到胃里，饿寒都无了。

今晚再拼命，也很难再有更大收获，吃完夜宵后，高寒让众人回家休息睡一觉，明天再战。

众人散去，高寒仍旧留在警队内抽着烟，仔细梳理着案情信息，像每一个破案之夜一样，他睡不着。

10月14日，张楚在江城体育中心被害；

10月18日，胡利民在河城体育馆被害；

10月20日，葛明辉在自家出租房遇害。

三人是江城南看台球迷会发起人，十年前球迷会解散之前到底发生了什么事？葛明辉在隐藏什么样的秘密，会引来杀身之祸呢？凶手为何会等十年后对三人动手，又如此急迫地在几天之内连杀三人？

"高队，有发现。"大飞突然出现在高寒身后，高寒沉思中一个激灵，嘴里的烟掉落在身上，惹了满身烟灰。

"大飞，你怎么还在？"高寒转身看见大飞手里拿着案卷。

"这两天一直在加班查案卷，终于有了发现。十五年前江城有个案子，像是同类案件。"

"说。"高寒接过大飞手里已经发黄的纸质案卷，快速打开翻阅着。

"是个凶杀悬案，受害人李斌，河城人，在江城的出租房内遇害，胸前被螺丝刀刺了三刀，其中一刀刺穿心脏，这也是致命伤。但现场除凶器外没有留下任何指纹等有用线索。受害人李斌刚刚移居江城，房子也刚租了不到一个月，除了房东没有发现受害人在江城有任何人际往来，在受害人户籍地河城也没任何发现，案子就悬下来了。"

"大飞，你真是雪中送炭。同样是螺丝刀杀人，十五年前他应该是初次杀人，紧张不娴熟，所以刺了三刀才杀死受害人。河城，又是河城。这是一大发现，当时的办案民警是谁，退休了吗？"高寒满脸止不住的兴奋，手里拿着的案卷像是一张张获奖证书。

"当时的办案民警是陈有为和江凯，江凯十年前退休，已于四年前去世。陈有为六年前因故意伤人罪入狱三年，被剔除出警察队伍了。"

"哦？陈有为，明天去找他。那款叫飞流的螺丝刀查得怎么样？"

"查到了，制造螺丝刀的飞流工具厂也在河城，但是八年前已经倒闭了，所以市场上现在已经没有飞流的产品流通，这条线查不下去。"

"这也是一条关键线索，河城，飞流工具厂，这都是关联，大飞，我们往前走了一大步，辛苦了，快回家睡觉。"高寒用手重重拍在大飞肩膀上，他心想这个一米九多的大个子真能坐得住，这得翻了多少案卷才能查得出来。

　　"是。"

　　大飞走后，又只剩下高寒一人。河城，到底埋着多少秘密？凶手，是个买凶杀人的杀手吗？

　　陈诗怡没有选择住在警队招待所，而是直接住在了警队临时休息室。她没有那么娇气，办案期间睡在会议室、警车里都是常有的，能高效地利用时间快速入眠以便补充体力才是合理的。休息室和河城警队里的大同小异，一张行军床，蓝白格子床单，一床薄被子，一把凳子，一张简易书桌，仅此而已。陈诗怡洗漱完，拿出自己带来的真空睡袋铺在床上，小洁癖她还是有的，出差办案能有这样一个可以打包成小小一团，随手就能塞进皮箱的真空睡袋，可真是一件幸福的事。她又把原有的被子给李大有送了过去，没想到江城这么冷，晚上盖这么单薄肯定会冷吧。李大有此时已经进入梦乡，连着几天连轴转，哪怕是铁人也熬不住，陈诗怡把被子给李大有盖上，回到自己的休息室。

　　关灯躺进睡袋，所有的疲惫一下全涌了出来，没有比劳累一天后躺在床上更舒服的事情了。但不知是累过劲儿了还是案子有太多疑点难以攻破，陈诗怡双眼瞪着天花板睡不着。于是她拿出平板电脑，坐在床上，继续分析案情。

　　三名受害人的关联是同为江城南看台球迷会发起人，这一点没有错，也就是说凶手的作案动机，一定和球迷会期间三人共同做的某件事有关，那是什么事呢？

　　现在关于凶手的信息，只有略等于无的体貌特征、DNA信息、一个文身和一个可以排查来源的凶器。面对庞大的人口基数，想要健全DNA库还需时日，如果仅仅是通过DNA信息来排查，面对这样一个机警的凶手，无异于大海捞针。这个文身是一个重点，但面对有七百多万人口的江城和有八百多万人口的河城这两个大型城市，来摸索一个文身，那就真的需要运气了。陈诗怡不相信运气，谁又知道这个文身是不是凶手故意诱导警方的文身贴呢？

　　凶器是一个重点，凶手前两次都谨慎地带走螺丝刀把手，是怕这个螺丝刀型号会和自己产生联系，这也能从侧面证明凶手的严谨性。即便是小工厂生产的螺丝刀，每一批次何止成千上万把，河城周边家庭型小作坊式工厂林立，陈诗怡从小就是在这种环境下成长起来的，她知道像螺丝刀这种小商品，只有大批量生产才能压缩成本，物美价廉才能抢占市场。想要通过螺丝刀来找到凶手，不是件容易的事。

　　作案动机才是关键，找到三位受害人隐藏的秘密才能事半功倍。

　　那件事是什么？陈诗怡边思考边搜索着十年前关于那场球赛的信息，2012年中职联赛爆出假球黑幕，联赛最后一轮争冠关键赛江城队对阵河城队，赛前江城队以一分的优势排名榜首，河城队以一分之差排名第二，这场榜首之争，江城队只要打平就能夺冠。但比赛判罚出现多次争议，最终江城队一球小负于对手，但赛后裁判被人举报受贿，调查后发现裁判参与赌球，后被判刑入狱。足协决定江城队和河城队最后一轮比赛重赛，但因为这场比赛导致的舆论风波将两家俱乐部的教练、球员以及其他裁判都推上了风口浪尖，重赛时两队比赛如同菜鸡互啄，双方球员都没能发挥出自己的技战术水平，但河城队运气不错，比赛最后阶段一次看似中场解围，形成吊射入门，河城队一比零赢下比赛，拿下当赛季联赛冠军。重赛后江城队仍没能如愿赢下比赛。

裁判被举报受贿，却因赌球被判刑入狱？为何不是因受贿入狱？陈诗怡继续查询相关判决新闻。

中职金哨，参与赌球，中国足球至暗时刻！

赌球被判，中职金哨狠狠打了足协的脸！

裁判赌球，这样的足球环境，中国足球还有希望吗？

搜索当年比赛，一连串的新闻大标题映入眼帘，全都是声讨那场比赛的当值裁判张海洋。在令人眼花缭乱的新闻中，陈诗怡终于搜寻到关键信息。

张海洋在2012年中职联赛最后一轮联赛赛后被人举报受贿，检察机关迅速介入调查，从张海洋家中搜寻到五十万现金以及赌球票根，之后警方将张海洋抓捕归案。张海洋对自己赌球事实供认不讳，但拒绝承认收受贿赂却又无法证明五十万现金来源，最终张海洋因操纵比赛结果，与开设赌场者互相勾结共同坐庄，构成开设赌场罪的共同犯罪，犯罪情节严重，社会影响和社会危害极其重大，被顶格判罚有期徒刑十年。

判决文书中没有提到受贿，张海洋也拒绝承认受贿，那么举报他受贿的人是谁呢？说不清来源的五十万现金，又是哪里来的呢？

想到这里，陈诗怡兴奋地想从床上跳下来，但被睡袋包裹着的腿行动不便，她只能狼狈地滚到了床下。

陈诗怡摸爬着站了起来，揉了揉膝盖，好疼。

对上了，葛明辉生前一直在隐藏的秘密，应该就是这个。葛明辉说当年三人一起做生意，最后因收益分配不均闹矛盾，最后散伙。但张楚妻子李兰却说，十年前张楚从来没赚过钱，更没有往家里拿过钱。那三人做生意赚的钱去了哪儿？

运营球迷会各种花费不少，但三名受害者靠着江城城建这棵大树，赚取的收益应该不只是能支撑球迷会的运营，是不是还会有剩余利润？如果有剩余利润，且没有拿给家里，那是不是有可能变成五十万现金，而后这笔现金又成了嫁祸张海洋受贿的工具？

三名受害者是江城人，从小就爱着江城足球俱乐部，是死忠球迷，还为此成立球迷会来支持球队，眼见自家主队多年在中职联赛沉浮，盼望多年的冠军终于在这个赛季迎来希望，赢下最后一轮联赛就能夺冠，但希望却被裁判张海洋的争议判罚所破灭，二十多岁时的年轻冲动再加上爱得深沉，他们可以为所爱的球队"奉献"一切。

他们要夺回本属于自己球队的冠军，他们要搞掉这个夺走自己球队冠军的垃圾裁判。举报、栽赃、现金，这些他们都可以做到。

张海洋入狱十年，最好的岁月蹉跎在了狱中，即便是不减刑的情况下，也应该在今年出狱，十年牢狱之灾就是因为一封举报信，他会不会恨上这几个完全不认识的举报人？如果分析得没错，那张海洋就有了作案动机。

接下来要做的是，证明李兰的话的真实性，找葛明辉及胡利民的家人求证：十年前，三人做生意所赚取的钱是否消失不见。然后要找到当年的举报信，举报程序中如不是实名举报很难受到重视，只要确定了三人是当年的举报人，那一切就都对上了。

陈诗怡想要冲出休息室，找到高寒，找到其他所有专案组警员，把自己的重大发现大声唱诵给所有人。

推开房门，万籁俱寂，陈诗怡抬手看了下手表，已经是凌晨四点多，大家都睡下了，睡沉了。张海洋跑不了，难得的休息时间，再让大家睡会吧。陈诗怡关上门，重新躺回睡袋里，还可以睡两个小时，天亮之后将是一场恶战。

高寒一个人又重新走了一遍葛明辉遇害的现场，这是他多年来养成的习惯，要"切"准一个凶手的脉，那现场的"望闻问"才是关键。但这次的现场没有给他带来更多有效信息，他回到警队，在车外抽完最后一支烟，伸了个懒腰，东方开始泛起鱼白，天要亮了。他走到休息区，回到那间自己住了好几天的休息室，躺个几十分钟吧，天亮后再战。

一墙之隔的陈诗怡在兴奋中入睡，这边的高寒在苦闷中闭上了眼。

只能希望，葛明辉是最后一个了。

第九章

有了线索就有了希望

10月22日，清晨，江城刑警队。

陈诗怡醒来抬手一看表，已经七点半，心里暗骂一句该死，怎么睡了那么久。她赶紧起床收拾好睡袋，叫醒李大有，简单洗漱一下来到警队会议室。

姜悦、大飞等警员已经开始工作，陈诗怡刚问完早，姜悦就起身招呼："走，带你们去食堂吃早点。"

"高队还没来？"陈诗怡边走边问。

"估计还在睡觉吧。'高睡虎'的名号可不是白来的，嗜睡症。"姜悦笑嘻嘻地打着岔。

陈诗怡心里又是一句暗骂，好不靠谱的刑警队长，这么紧要的案情关头竟然还在睡，虽说还不到八点钟，但作为专案组组长怎么着也得以身作则吧。她不好现在就给高寒打电话讨论案情，她心想先安心吃饭，吃完再说，毕竟自己身在客场。

姜悦把两人带到食堂后，给两人领了餐卡，就自行回到工作区。陈诗怡食之无味，草草吃了几口，等李大有吃完后一起回到会议室，此时已经8:20，高寒还没有出现。

　　陈诗怡给高寒打了电话，关机。"小悦，高队家里电话有吗？他手机关机了。"

　　"他就在休息室，我去叫他，看他睡醒没。"

　　"我去吧，正好回休息室拿点东西。"陈诗怡没让姜悦起身，快步回到休息区。他怎么也睡在休息室？没有家吗？我从休息区出来时，听到的呼噜声是他的？

　　休息室的门，只有一间还关着，陈诗怡没有敲门便直接推门进来，眼前一幕又让她退了出去。高寒正在光着膀子换衣服，旁边一位上了年岁的妇人在书桌前摆弄着保温盒里的早点。

　　"诗怡？"高寒一喊，妇人也转过身来看见了她。

　　"高寒，这是你同事？我怎么没见过？姑娘，早饭吃了没？我给高寒带了鸡汤馄饨，还有他爱吃的肉包子，来来来，一起吃点。"不用猜，这是高母。她拉着陈诗怡的手，把她领进屋内，又拉她坐在书桌前，盛了一碗馄饨递到陈诗怡手里，所有动作一气呵成。

　　"同事，陈诗怡，河城借调过来一起办案的，这是我妈。"高寒迅速穿好了高母带来的换洗衣服。

　　"诗怡，名字可真好听。来几天了？在江城住得还习惯不？等你们办完这个案子，让高寒带你在江城好好转转。高寒这孩子，一遇见案子就住在警队，好多天不着家，问啥也不说，咱知道有纪律不让说，我过来看一眼人没事也就放心了。快尝尝，这鸡汤我熬了一宿，老母鸡，大补，你们整天忙案子肯定吃不好，想吃啥跟我说，我给你们做，快尝尝。"

"谢谢阿姨，汤真好喝。"陈诗怡经不住高母的万分热情，舀了一勺鸡汤送进嘴里，顿时鲜美布满整个口腔，能把汤煮到让陈诗怡真心赞不绝口的人，绝对是民间美食家了。

"多大了？有对象没有？"高母笑呵呵地坐在床边看着陈诗怡。

"马上二十八了，还单身呢。"陈诗怡像是被鸡汤俘虏了一样，竟然老老实实回答起高母的问题。

"妈，你别吓着人家。"高寒抓起一个包子塞进嘴里。

"去去，吃东西都堵不上你的嘴。高寒也单着呢，你觉得他咋样？"高母已经厌倦了高寒无数次失败的相亲之旅，身边亲朋好友可以发动的相亲对象已经不知道扒了多少遍，现如今一个如此可心白净的儿媳就在眼前，她绝不能错过。

陈诗怡不知如何回答，赶紧吃了个馄饨堵上了嘴。

"妈，你赶紧回吧，我这边还要忙案子呢。"高寒拿起高母的包和打包好的脏衣服，把高母推出门外。

"姑娘，想吃啥告诉高寒，我给你做，改天让高寒带你来家里吃饭。"

"啊，谢谢阿姨。"

"不好意思哈，我妈看见单身姑娘，眼睛就放光。不过她做饭手艺还不错，你尝尝包子？"高寒把高母推出门外，关上了门。

"好，我尝尝。"陈诗怡忘记了入门前的恼怒，脑子里都是鲜美的鸡汤和馄饨，馄饨肉馅很嫩，包裹着玉米的鲜甜，入口后回味无穷。

"你是有什么事吗？"等陈诗怡吃完两碗馄饨和两个大肉包之后，高寒才忍不住问道。

陈诗怡把昨晚自己的推论同步给高寒，并要求尽快有动作，去问询张海洋。

"诗怡，张海洋曾是入狱人员，他的DNA信息肯定是记录在DNA库里的，不匹配。"

"操！"

高寒把保温桶内剩下的馄饨外加五个大肉包一口气吃完，满足地打了个饱嗝。他把东西简单收拾一下，和陈诗怡一块去往会议室。

"但是张海洋这条线一定要查，之前我也是困在杀人动机这个问题上，一直没有思路。你的思路给我们指出了一个新方向，球场杀人、球迷会发起人、一场假球，这所有的一切都指向足球，受害者和凶手到底有什么关联？球迷会解散之前，三个受害者到底做了什么？极有可能和当年那场假球有关系。在我们没有其他关于杀人动机的发现之前，这场球本身和张海洋都是极为重要的线索。诗怡，你是对的，我们要往这个方向发力。我这边也有个好消息，要告诉你。"高寒边走边把大飞的发现同步给陈诗怡。

陈诗怡懊恼了三分钟，随即恢复正常。兴许是昨晚太累了，推理中把明明最直观的明牌——张海洋的DNA给忘了个干净。懊恼是没有意义的，任何一个案子都有可能走入歧途，没人能够避免，只要没有犯下大错，只要一切还没输，掉头重来决不会晚。再说，十五年前的旧案，确实是值得高兴的好消息。她在想，张海洋是否是买凶杀人呢？

高寒还没走到会议室，就接到了局长的电话，局长严肃且正式地向高寒索要军令状，高寒不敢怠慢，低声下气讨价还价，最后讨来了一个月的破案期限，但局长有个前提条件是，决不允许出现第四位受害者，不然将高寒撤职并调离专案组。撤职对高寒来讲威胁不大，但调离专案组对每一个身在其中的刑警来讲，都会是生不如死的体验，任何一个破不了的凶案对刑警来说，都是一根插入神经的风湿毒刺，一到阴天下雨就会神不知鬼不觉地窜出来扎你几下，忘不了去不掉。高寒这种案痴就更是如此。一个月的时间看似很长，却又极短，对这样一个已有三位受害者的连环凶杀案来讲，现有的线索实在太少了，如果运气好一点，说不定一周就把案子破掉，但是运气这东西，不是谁都有的。十五年前的旧案，能否成为运气的开端呢？

会议室里人声鼎沸，警员们都已经准备妥当，在热闹地讨论着案情，他们还没有感受到压力，有的只是对难得一见的连环凶杀案的好奇和勇气。高寒接完电话回到会议室，他希望警员们能保持这份冲劲儿，没有把来自局长的压力铺开，他仍旧像往常一样分析案情，安排工作。

高寒让大飞和陈诗怡各自把自己的发现同步给同事们，河城得来的关于飞流螺丝刀的信息，基本和大飞的调查一致。一家开厂十几年且已经关闭八年的工具厂，十几年间流动在厂内的工人不止一千，能购买到产品的人何止上万，想要回溯调查能接触到同款螺丝刀产品的人，着实是大海捞针。

陈诗怡认为，不管凶手是否故意设计，把飞流螺丝刀这个线索留给警方干扰视线，都一定要把这条线当作真实有效的线索来查。凶手用一把已经退市多年的螺丝刀作为凶器，可以证明凶手对这款螺丝刀有着不一样的情感，他极有可能是这款螺丝刀的生产者或工具厂的经营者，可以缩小范围查在飞流工具厂连续工作三年以上能接触到1235-A型螺丝刀设计、生产、销售等方向的一线老职工，然后以1235-A型螺丝刀设计投产的那一年为时间轴，圈定时间范围，这样可以大大地缩小筛查范围。筛查出相关人员名单后横向对比，剔除掉年龄、性别、体型等明显不符人员，再来分析对比哪些人和河城及江城同时有关系、哪些人与足球有关系、哪些人与三名受害者有直接和间接的关系，这样可以筛查出一个人数相对较少的名单，再去逐一核查，就有可能有大收获。这部分工作可以在调查完十五年前旧案没有新增线索的情况下，交由陈诗怡的河城同事负责。

同时，陈诗怡提出要对近半年以来，多次往返江河两地的形似凶手的人员进行一次全面排查，铁路、公共汽车、飞机、自驾等出行信息，酒店、饮食、购物等消费信息，在大数据时代没有人能够雁过不留声。诚然，这两部分工作都是用笨方法，但笨方法往往有奇效。

高寒立马安排大飞带着两个技术队的数据高手，来执行往返江河两地的人员排查。他心想，陈诗怡这个看似冰冷的俏人儿，没想到心思如此细腻，有这么个帮手在身边，工作起来真是事半功倍，看来需要让妈妈多搞点美食好好犒劳犒劳这个南方姑娘。

案情分析得差不多，高寒开始安排工作，他和陈诗怡继续一组，去调查十五年前那起悬案。姜悦和李大有去调查张海洋，高寒要求调查要细，十年前假球案的相关细节、张海洋入狱期间表现以及出狱之后生活交际等方面的详情，方方面面都要查清楚。小刘带一个同事，去查三名遇害人十年前的生意经营收益的真实性以及收益去处。

刚刚开完会，众人准备离场时，陈晨脑袋顶着绷带出现在会议室门口。"高队，陈晨请求归队。"

"滚回医院去，我跟大伙说清楚，谁让陈晨配合工作，谁就滚出专案组。"高寒说完没理他，径直走开。

"高队，高队，就是个血肿，已经手术消除了，真没事了，不耽误办案子。"陈晨从后面追着高寒无限谄媚。

"你是不是脑子坏掉了，哦对，你还真是脑子受伤了。回医院躺三天，三天后没有其他症状，准你归队。"

"高队，求您了，我现在不疼不痒活蹦乱跳啥事没有，在医院能把我憋死。"

"让医生给你开个能出院能工作的证明，要不然说啥都白扯。"

"开了，您看。"陈晨变魔术似的从兜里掏出一张纸递给高寒，一脸得意地笑着。

"你呀，以后把对付我的心思放在案子上，找小刘，你们一组。"

"这是十五年前旧案的案卷资料还有当时案件负责警员陈有为的资料，你熟悉下，看完后直接开车去找陈有为，我睡一会儿。"高寒在车前把资料和车钥匙递给陈诗怡，然后坐进副驾驶位置，系上安全带进入梦乡。

陈诗怡难以理解：一个刚刚睡醒且晚起耽误开会的人，此刻怎么能躺下就立刻入睡的？在如此紧张的破案时间又是怎么能心安理得睡着的？但吃人手短，她不好此时就发作来给出批评和建议，只得忍下，之后再找合适时机。

十五年前江城一处老破小的出租房内发现一具男性尸体，死者李斌，河城人，时年三十五岁，被一把螺丝刀在胸前连刺三刀，其中一刀刺穿心脏，现场除了凶器外没有发现其他线索。李斌于时年一个月前从河城搬至江城，调查中没有发现李斌在江城有任何人际关系和人情往来，除了房东，就连邻居都没有人对死者有任何印象，就像是蜉蝣入海，一个人片叶不沾身地扎进了江城。没有人认识他，没有人知道他为何而来，也没有人知道有谁和他联系，更没有人知道他得罪了什么人。孤零零地来，孤零零地死去。他好像就一个人悄悄在出租房里隐居了一个月，除了外出觅食，没有人知道他经历了什么。

当时刑警江凯和陈有为负责侦查此案，二人曾前往李斌户籍所在地河城调查其社会关系。李斌没有正式工作，靠做捎客跑江湖给别人撮合生意为生，已婚，但妻子对李斌生前所为全然不知，关于有没有仇家以及最近和谁接触更是一句也答不上来，就像是除了知道李斌是自己丈夫外，其余一概不知。

陈诗怡看到这里脑子里闪出一句话，有人让她闭嘴。

江凯和陈有为在河城的调查受到的阻力比较大，没有获取到任何有用信息，再者受害人家属对这个案子全然不上心，案子也就搁置下来，成了悬案。

江凯十年前退休，已于四年前去世。

陈有为六年前因暴力伤人致其伤残，不光丢了警察的工作，还被判入狱三年。伤人原因是酒后与同小区邻居发生口角引发冲突。出狱后仍居住于原小区，以收购废品为生。父母早已去世，没有结婚，光棍一个。

陈诗怡看完资料，发动车子，前往陈有为的家。一个莫名其妙死掉的河城人，一个闭嘴的妻子，一个入狱的警察，这个案子背后肯定不简单。

两人来到陈有为居住的小区，这里是老城区老破小式的开放社区，街道狭窄，停了半边的私家车，陈诗怡的SUV实在不适合在这种路上行驶，她小心翼翼地开着，终于找到了停车的位置，停好车之后叫醒了高寒。高寒醒来后从置物箱里拿出刮胡刀，将满脸冒出的黝黑胡须刮个干净，这或许是出于对一个警队前辈应有的尊重。

陈有为家在一楼，有一个铁篱笆围起来的院子，院子内顶棚直接整齐地搭在二楼窗下，里面满满当当地堆着码齐的纸箱，踩扁的易拉罐装满了几个编织袋，废铁铜线、各式旧家电应有尽有。高寒找到门，用力地拍了拍。

"找谁？"一个满头白发、身材壮硕的男子从室内开门走进院子，虽然他顶着白发，但看面容也不过是个四五十岁的壮年汉子。

"陈有为吗？我们是刑警队的。"高寒拿出警官证，伸进暗黄发黑的铁栅栏空隙中。

"又是谁举报我？都让你们刑警出动了？"陈有为走到栅栏前，把警官证拿手里看了看，递还给高寒，打开了栅栏的门。

"举报？没人举报，我们是想来了解下十五年前的那起悬案。"

"李斌的案子？怎么现在又想起查这个案子了？"陈有为的回答完全不像是想要了解为何旧案重提，更像是一句自言自语，他把二人让进室内。两室一厅的房子，客厅内整整齐齐摆满了各式旧书，从地板直接摞到天花板，桌椅也都是用旧书搭起来的，一间狭小的卧室内同样是各式书堆，活像一个图书馆仓库，另外一间卧室房门紧闭。

"最近省厅要求全面清理省内的陈年旧案，李斌的案子由我们负责，所以找您来了解点情况。您刚才说有人举报您，是什么情况？"高寒随便扯个谎，不客气地坐在一堆书上。

"嗐，小人呗。入过狱的人在他们眼里就是十恶不赦，小区里有点什么鸡飞狗跳都有人扯上我，习惯了。旧案重审好事啊，想了解点啥？来，喝饮料，没过期。"陈有为从厨房搬出一个已经破烂的纸箱，掏出两瓶饮料放在二人面前。

"谢谢，案卷我们看过了，不过当年现场的物证已经找不到了，包括凶器在内。凶器是把螺丝刀，不过案卷里凶器的照片没有拍到是啥牌子，您给看看是不是这个牌子型号？"高寒看了一眼陈诗怡，陈诗怡默契地打开平板电脑，调出一张葛明辉凶案现场的凶器照片后，指给陈有为看。

"飞流，是这个牌子，但不是这个型号，当年那个螺丝刀是死口，不能拆卸。"陈有为一眼就看出了图中螺丝刀和十五年前凶器的不同，他仍保有作为一个刑警的敏锐观察力，不单是发现了螺丝刀的不同，也察觉出了高寒的心思。三人心照不宣地不去戳破高寒刚才那句谎言。高寒明白一个破不了的凶案对一个刑警来讲意味着什么，尤其是一个再也没有机会去参与这个案子的前刑警，当他让陈诗怡将葛明辉凶案现场凶器照片给陈有为看时，他很清楚陈有为绝对能看出这张照片代表一起新案，但因为警队纪律而不能明说。这张照片还代表着对陈有为的信任，给他一个解开悬案疙瘩的希望，以及期待陈有为能给予二人帮助，能直言不讳。陈诗怡心领神会，没做迟疑便将现场照片拿给陈有为看，代表她同意且支持高寒这个行为。

"当年您去河城时，还有没有其他发现？"

"没有任何发现就是最大的发现。"

/ 第十章 /

河城往事

　　陈有为起身去卧室，在一个破旧的书柜里翻了半天，找出一个笔记本，然后去厨房冰箱里拿出几瓶啤酒后来到客厅，他表情凝重地一手拿着啤酒一手翻找着笔记本，想要快速回到十五年前那个查案的瞬间。

　　"案情经过基本上就是卷宗上写的东西，内容是我写的，我清楚。这个案子的疑点就在于，在河城没有任何发现。呐，在这。"陈有为终于在笔记本上找到十五年前在河城查访期间的记录，他把笔记本递给二人。"李斌的妻子对李斌的过往经历缄口不言，问啥啥不知道，我活这么大岁数，还没见过有哪个妻子会对丈夫这么不了解，即便是协议夫妻也不可能糊里糊涂对对方全然不了解。只有一个可能，那就是有人让她闭嘴。我在河城警方的帮助下，找到了李斌生前关系比较密切的朋友，包括所谓的生意伙伴，同样啥也没问出来。我们把李斌从出生、上学、工作、婚姻等他这一生都捋了个遍，连他屁股上长几颗痣、小学扒女同学裤子、中学早恋这些小事都摸清楚了，但就是不知道他生前到底得罪了谁，以至于让他一个人担惊受怕地跑路到江城，租住在老破小里不敢出门。我敢断定，那个让她老婆闭嘴的人，同时也让李斌身边的人老老实实闭上了嘴，那个人权势滔天。面对这样一个人，我和师父这两个外地警察无能为力。"

陈有为把一瓶啤酒一口气灌下肚，这瓶啤酒像他当年一样无能为力，只能任由那只手把它倾倒在口腔内。他打开另一瓶酒，拿出了烟，高寒掏出打火机给他点上，是白将，烟很冲，高寒自己也点上一支。

"我们试图查过李斌妻子当时的银行明细，想看看是不是有人给她转账，但也是一无所获，现金在什么时候都好使，也最难查。一个家属都不重视的案子，一个毫无头绪和线索的案子，一个客死他乡没人关心的外地人，这事儿就这么冷下来了，如果不是今天你们重新调查，我想已经不会有人记起李斌是谁了。"

"调查期间有没有发现李斌和飞流工具厂有关联？"

"没有。"

"足球呢？所有和足球相关的，球场、比赛、俱乐部，等等？"

"足球？完全没往这个方向想过，怎么？"

"您入狱和这个案子有关系吗？是否是那个人陷害？"陈诗怡翻完笔记本，抬头问。

"不是，一点关系没有。我纯粹是咎由自取，那是一个从小就认识的瘪三坏种，偷狗虐猫，那天我喝醉酒，下手重了一点。"

"笔记本能不能借我用用？回头再给您送回来。"

"拿去用，等案子破了再给我。"

"没问题，案子破了，我陪您喝点。"

"一言为定。"

"你怎么看？"高寒和陈诗怡走回车内，高寒又主动坐在了副驾驶的位置。

"李斌在十五年前，会不会和三名受害人之间有联系？十五年前，李斌为什么会选择来江城？他手里一定是掌握了那个河城神秘人的秘密，才导致其遇害。也许他生前将这个秘密告知了江城的某个人，这个人兴许就是三位受害者之一。神秘人以为杀掉李斌后就万事大吉，但没想到十五年后，有人拿着这个秘密去威胁他，这才导致三人连续遇害？有点乱，谜团越来越多了。"陈诗怡没有发动车子，后仰在车座上冥想着。

"思路没错，当年李斌租住的房子和张楚在一个小区，这是李斌和三名受害者之间，现在能知道的仅有的联系。他们都有秘密，咱们要做的就是挖出这些秘密。"

"怎么挖？"

"不知道，慢慢挖呗。"

"陈有为被举报是怎么回事？"

"你想过如果我们不干警察了，还会干什么？陈有为出狱后，找过几个工作，保安、送快递什么的，但当工作环境里的人知道他是出狱人员之后，尤其还是从警察混到入狱，那些人对他都是各种歧视，后来他就索性收废品了。他在狱中人缘不错，一个警察入狱还能混到人缘不错那就证明他真挺有本事。所以，他的家成了一个接济点，有些出狱人员出狱后会在他家里住段时间，等工作安稳后再搬走。这个行为被社区里一些爱搬弄是非的人知道之后，没少找陈有为麻烦，让他不要把自己的家当作罪犯窝。陈有为不为所动，继续我行我素，在那之后这个社区里谁家丢个东西，车被划了，酒后闹事，就一股脑儿全都报警举报陈有为。这人呐，都太可怕了。"

"你怎么知道的？"

"早晨给片警和狱警都打了电话，这叫知己知彼。"

"那接下来怎么安排，高队长？"

"去吃午饭，请你吃顿好的。"

"难得呀！"

"尽一下地主之谊，再说李斌这案子，肯定得去趟河城，到时候方便你礼尚往来。"

高寒要来了陈诗怡的手机，导航出目的地后，又睡了过去。陈诗怡开着车，左穿右拐，最后到了一家苍蝇馆子，门脸很小，能看出岁月剥落。

"水不在深，有龙则灵。别小看这个小店，老板可是真龙，江城找不出第二家，绝对地道的江城风味。"

干炸蘑菇，平菇手撕成小块焯水后挤干水分，拌上秘制调料，裹上薄薄的面糊，面糊里加上干海苔碎，用热油反复炸几次，焦香酥脆的同时又有大海的风味，淡了蘸椒盐，想吃辣蘸辣椒面，就这一道菜，让陈诗怡信了高寒的话。

糖醋鲤鱼段软嫩鲜香、入口回甘，芥末白菜看似普通、微微呛喉却让人胃口大开，还有老板自己卤制的下水满足了肉食之欲，好吃到不想说话。

已经过了午饭高峰期，店里只有三两桌散客，老板头发花白留着板寸，系着白围裙靠在吧台上端着大搪瓷杯子喝着茶，像是一个隐居的武林高手。陈诗怡正细细品味，高寒走过去给老板点了支烟。

"老板，十五年前您有个叫李斌的租客，还有印象吗？"

陈诗怡此时心里非常矛盾，高寒这小子看似耍了她但又没耍她，这家店的味道着实不错，即便是高寒已经开始和老板聊天，她手里夹菜的动作仍丝毫没有停止的意思。

"你是？"老板抽着烟，眼神里露出见惯了世面的一丝警惕。

"警察，也是您店里的老顾客，这个案子要重新调查下。"高寒拿出警官证给老板看了下。

"嘴这么刁的警察不多见。"老板看着仍在大快朵颐的陈诗怡说，桌面上的几个菜是他做了半辈子的拿手招牌菜，"李斌当然有印象，唯一一个死在我房子里的租客，想忘掉也不可能。"

陈诗怡接连两顿饭，都是在享受此前从未吃过的美食，她心里在纠结是继续吃，还是和高寒一起上前，好在店小，高寒和老板的对话可以听得真着，高寒也没有让自己过去的意思，她便安下心来，慢慢吃，好好听。

"您再想想，李斌租住您房子那一个月有什么异常吗？有没有和其他人接触过？"

"直到他死了我才知道他叫李斌，租房子的时候用的假身份证。异常的话那就是不出门，租房子的时候就跟我说，希望我能隔几天给他送一次吃的。我当时没在意，人家给钱租我房子，只要不在我房子里干违法的事情，想怎么生活我不想干涉。当时我就经营着饭馆，没时间隔三岔五地给他买东西，就找了我邻居家小孩帮忙。"

"邻居家小孩？江凯和陈有为调查这个案子的时候，您没提过这个小孩吧？"

"不瞒你说，我当时撒谎了。"

"现在怎么又想说了？"

"你是个嘴刁的食客，我瞒不了你。"老板轻轻笑了一下，意味深长。

"除了邻居家小孩，李斌还见过谁？"

"那我就不知道了，我和李斌拢共就见了两面，一次是看房，李斌看完房没讲价立马租了下来，当天就签了合同，然后让我帮忙给他送吃的。我店里忙，没时间，然后就找了邻居家小孩帮忙，第二天我就介绍了邻居家小孩给李斌认识。至于后来那小孩和李斌见过多少次，有没有一直给李斌送吃的，这些我都没问。邻居家小孩也算是我看着长大的，老实孩子，不可能杀人。李斌的死亡现场啥线索都没有，就更不可能是那小孩干的了。我觉得没必要把邻居牵扯进来，这事儿就没说。"

"邻居小孩叫啥？后来还有联系吗？"

"好多年没联系了，房子出事后，租不出去，没过两年我就低价处理了，晦气。之后也就没再回去过。那小孩叫张楚，当年也就十八九岁吧，不上学没个正经工作，当时我看他闲给他找点事儿干。不知道他还住不住在那儿。"

陈诗怡听到老板嘴里提到张楚，手里的筷子在空中停滞，她猛地抬起头看向了老板。

见饭馆老板这里已经无法再问出其他信息，高寒结完账带着陈诗怡再次赶赴张楚家，这顿饭陈诗怡吃了个大饱，高寒却滴水未进。

李兰一问三不知，两人又去找张楚父母，同样在张楚父母这里也没有获得任何关于张楚和李斌有关联的信息。

但至少李斌案和张楚联系了起来，这是一个重大发现。

从张楚父母家出来后，天已经黑了下来。两人上车，准备回警队。

张楚身上隐藏的秘密越来越多了，一个十五年前的无业少年，一个十二年前的球迷会发起人，一个有口皆碑的小超市老板，他要隐藏什么呢？张楚会和这场十五年前的凶杀案有关吗？是因为他知道十五年前凶案的隐情，才导致十五年后他被杀掉？那凶手为什么会时隔十五年才动手？葛明辉、胡利民和十五年前的凶案又有什么关系呢？

这次高寒没有睡觉，在车上两人对新起的疑问，一句一句地探讨着。

"有没有可能，李斌被害时，张楚目击了行凶过程，但因为胆小或者其他原因而没有说出真相，在和葛胡二人交好时，说出过真相。十五年后机缘巧合，张楚遇见了凶手且一眼就认出了他，所以才遭到凶手杀害，凶手曾在球场给张楚打过电话，且有交谈，凶手知道了还有葛胡二人知情，一不做二不休又把另外两人杀掉。也有可能是，时隔十五年后张楚才认出了凶手，凶手就是隐藏在张楚身边的人，当凶手觉察到张楚已经认出了自己，随后决定动手，又顺手杀掉葛胡二人。如果是张楚认识的人，也能解释为什么凶手对张楚等人的行踪了如指掌。"高寒拿出一支烟叼在嘴里，准备点燃时看了眼陈诗怡，又把烟放回烟盒，手指尖开始转动打火机。

"有可能，但很牵强，即便是张楚认出了凶手，十五年前他选择闭嘴，十五年后一个有家庭有孩子的父亲会选择开口吗？李斌是河城人，凶手就一定是河城人吗？凶手有没有可能是江城人，受雇杀人？这样张楚才有机会在十五年后认出凶手？或者是十五年前李斌手里有件什么东西交给了张楚，葛胡二人对这件东西也知情，十五年后张楚用这件东西威胁到了凶手，导致被灭口？"

"为什么是十五年？"

"对呀，为什么是十五年？"

二人没再说话，疑问太多，推论太多，毫无线索又漫无止境的猜测对案子不会有什么帮助，两人都清楚这一点，希望其他组的人能有收获，信息共享后，去寻找下一个正确的方向。

回到警队后，高寒带着陈诗怡第一时间去找了大飞。大飞这一组的工作最为烦琐细碎但又极其重要，往返江河两地人员名单的初筛工作相对简单，只需要获得权限整合各方面社会资源数据，就能进而分析筛选。获取权限最为简单，大飞手到擒来，但面对浩瀚的数据资料，大飞只能任由脑袋冒汗呆呆地看着技术人员在电脑上一行行敲着代码。他们正在设计制作一个筛选小程序。

陈诗怡手拿平板电脑登录邮箱，发了一个邮件给技术人员后，直接把技术人员推开，自己坐在了电脑前，打开邮件，搞起了代码。

"前两年河城有个案子，也需要各种信息检索，耗时耗力，我就自己写了个程序，应该改一改就能用。"陈诗怡十指纷飞，电脑上的代码不停地变化，看得高寒等人眼花缭乱。

高寒还在认真欣赏陈诗怡手指尖的舞蹈，陈诗怡已经连接好打印机，打印出一份近千人的近期往返江河两地的人员名单交给大飞。

"这是初筛名单，再把程序改写一下，添加核心搜索项，把名单细筛出来。"陈诗怡对江城刑警队技术人员说。

"没问题，交给我。"技术人员脸上一阵欣喜，人比人气死人，他心想，早有大神不用，白折腾他们一天。

"这么简单？"高寒缓过神来问。

"简单？你来一个试试？"大飞陪技术人员搞了一天又帮不上忙，脑袋迟钝到怼起高寒来。

"你那是笨。赶紧搞。"高寒踢了大飞一脚，出了技术室。

第十一章

迷雾重重

10月22日晚上七点，高寒和陈诗怡来到会议室，姜悦、李大有、陈晨等人已经在会议室里边交流边等待。

"小悦，外卖还没到？"高寒已经提前交代姜悦点外卖，并让大家等他一起，食堂虽然还没关门，但堂食会浪费时间，叫外卖到会议室大家可以边吃边聊，时间能省则省。

"你这嘴真灵，电话来了，陈晨跟我去拿外卖。"姜悦手拿着正在来电中的手机在高寒面前晃了晃，而后接起。

高寒瘫坐在座椅上，观察着众人，李大有和小刘眼里都有光，看样子是有收获，疲态不显，是件好事。破案从来都不是一个人的事情，要整个队伍合力，从各自收获中梳理判断寻找突破口。

姜悦和陈晨小跑着把外卖送进会议室。"来来来，大家都动手啊，高队请客，陈氏炸鸡加快乐水，江城网红炸鸡，没吃过陈氏不算来过江城。"陈晨不光手忙脚乱地开袋开盒，嘴里也不闲着，说完就往嘴里塞了一根大鸡腿。

"晨儿，去给大飞他们送点。"高寒起身，从几个饿狼手中抓出一盒酸甜口味的递给陈诗怡，江城刑警队对吃的规矩从来都是先到先得、从不礼让，"本来该是炸鸡配扎啤，江城的鲜扎啤也是一绝，等案子破了请你喝。"高寒对陈诗怡说。

"谢谢高队。"陈诗怡这一天至少在吃上获得了满足，她心里在想这样一个粗中有细、对食物挑剔的高寒，是不是源于高母的调教。

陈晨已经回到会议室继续进食，高寒先是把今天自己和陈诗怡的收获以及猜测同步给大家，让陈诗怡得以继续进食而不受影响；而后又把大飞那边的情况简单讲了一下。

陈晨和小刘这一天马不停蹄，先是去工商局调查了张葛胡三人十年前注销掉的公司信息，而后赶往江城城建，好在江城城建是一家大公司，对公司往年资料保存妥善，且绝大部分都已经数据化保存，让陈刘二人的数据调阅得以顺利进行。张楚和葛明辉于十二年前注册了一家名为夺冠的公司，主营工程材料的销售和经营。在十二年前到十年前这两年时间内，该公司的经营对象只有江城城建一家，也好在江城城建是正规大公司，每一项交易都需正规发票，从工商局得到的发票信息与从江城城建得到的合同及付款信息都能一一对上，且合同内容里江城城建的代表签字人正是胡利民。两年间两家公司的交易额高达五百万元之多，陈刘二人找到了江城城建负责采购业务的老员工做了推算，这两年期间夺冠公司刨除材料采购成本以及运营税务成本后，利润应在一百五十万元左右。而后，陈刘两人又继续调查询问了南看台球迷会老成员，对比了同类型同规模球迷会的运营支出，得出的结论是南看台球迷会运营两年期间支出应在六十至八十万元之间，当然没有具体的材料数据，只是凭空推算，出现大误差的概率会比较大。如果推算结果出入不大，那就代表夺冠公司两年间的利润，还有大几十万不知所终。张葛胡三人的个人账户和家庭账户都没有出现这笔钱，对其家属进行问询，也没有人对这笔钱有任何印象。这笔钱去了哪儿？这个问题的答案现在还是未知数。这个结果，可以契合陈诗怡的推论，同样也可以有其他各种猜测。

陈晨讲完调查的情况，大家七嘴八舌准备讨论钱去哪了，高寒叫停，让姜悦和李大有先说他们今天的发现，之后再做对比讨论。

姜悦和李大有这一天对张海洋展开了外围调查，还没有进行实际接触。对张海洋的调查可以分为两个部分，一个是十年前，另一个是两年前至今。

十年前张海洋三十二岁，那时候他风光无限，是中职联赛历史上最年轻的金哨，国际级足球裁判员，被球迷誉为黑脸包公，铁面无私，火眼金睛，判罚果断。球场上他会在尽可能保证净比赛时间的情况下，做出最公允的判罚；任何球队和球迷，都希望他能执法自己球队的比赛，在他们心中他就是最佳裁判，每一个判罚都能让球员心服口服。当然这是在他因赌球入狱之前的评价。也正是因为张海洋在足球领域有极佳的判罚口碑，2012年中职联赛最后一轮决定冠军归属的比赛，足协决定交给张海洋来执法，如此安排也得到了这两家俱乐部以及球迷的认可。裁判员大都是兼职工作，张海洋的主职业是一名高校体育老师，在校内的工作也是有口皆碑。十年前他已经结婚，育有一子，可以说是工作生活都很完美。

那场比赛赛后张海洋被举报受贿，然后被判刑十年，因在狱中表现良好，于两年前减刑提前释放出狱。姜悦和李大有同张海洋在监狱服刑时的管教取得联系，管教对张海洋的评价颇高：一个积极向上的人，在狱中从不惹是生非，还利用闲暇时间自学了电脑编程，是监狱里的互联网好手，对任何人都是彬彬有礼的，这才获得了减刑的机会。

没有发现张海洋在入狱之前和张葛胡三人有交集，除了他们同时出现在一个球场内，也没有发现张海洋和十五年前的悬案有任何关联。

入狱一年后，张海洋和妻子离了婚，妻子在2015年携子改嫁，之后妻子和儿子就再也没来看过他。张海洋会隔一段时间和儿子通个电话，除此以外和外界没有任何联系。

两年前张海洋出狱后，蹉跎了一段时间，开始送外卖，生活还是比较积极的，一年前他盘下了一个小快递站点，手底下有六个快递员，基本上是997工作制，很辛苦。最近没有张海洋的出市记录，姜悦和李大有调阅了案发时间段快递点旁的道路监控视频，发现案发时张海洋均在快递站点内工作，没有作案时间。

也没有发现他出狱后和张葛胡三人有交集，当然这一点还需要仔细排查。姜悦和李大有从电信公司调阅了张海洋的手机通信记录，但因为他从事快递工作，每天几乎有上百个通话记录，难以入手调查。

一年前一次民警的出警记录中，出现了张海洋的名字。姜悦和李大有调查得知，当时张海洋前妻找到张海洋的出租房，在出租房内大肆打砸，还把张海洋打伤了，邻居听见动静报了警。原来，张海洋出狱后每个月会见儿子一面，一年前两人见面外出，张海洋的儿子遭遇车祸当场身亡，前妻悲痛欲绝才找上门质问张海洋，张海洋任由前妻撕打，民警出警后做了调解。张海洋和前妻不欢而散，而后张海洋又重新投入快递站的工作中。

按照陈诗怡的推论，如果举报信是张葛胡三人所为，那么张海洋确实有作案动机，十年前张海洋生活美满，处于事业上升期，而后遭遇牢狱之灾，妻离子散，出狱之后儿子又遭遇车祸身亡，这一切的不幸都可以归结到那封举报信。姜悦和李大有详细调查了判决文书和案卷得知，2012年中职联赛最后一轮比赛后，中职足协和江城检察院同时收到举报信，而后检察机关对张海洋展开了调查。姜李二人电话联系了中职足协，希望其能配合查阅当年的举报信，但足协工作人员的回复十分冷淡，说十年间足协主席都不知道换几个了，上哪去找十年前的举报信，最后还是应付着答应找一找，但大家心里清楚，不应该对足协工作人员抱任何希望。

姜李二人到访了江城检察院，毕竟是工作关联单位，检察院派出专人配合查找当年案卷资料，但因检察院日常工作过于繁重，人员不足，十年前的纸质材料几乎都没有录入电脑系统中，在资料室没有找到那封举报信，根据举报信息的保密规定，在其他案卷资料中又无法得知具体举报人信息。检察院的工作人员也无法保证能找出这封举报信，毕竟时间久远，且有保密规定在，案件破获后举报信被销毁了也有可能。

也就是说现在无法确定当年的举报人信息，也就无法将张葛胡三人和举报信联系起来，同样更无法将他们和张海洋联系起来。还有，即便张葛胡三人就是当年的举报人，那张海洋也无法得知，那么他的作案动机就不存在了。除非是张海洋从其他渠道得知了举报人是谁，或者说举报人向张海洋坦承了是自己举报的。

高寒在姜悦叙述时，在记事板上将现有重要线索和疑问一一写下，陈诗怡看着高寒书写的内容，在一旁梳理补充。

已知：

1. 南看台球迷会发起人张楚、葛明辉、胡利民，夺冠公司与江城城建有生意往来，利润超五十万元不知所终；

2. 十五年前李斌悬案，河城人，凶器飞流螺丝刀；

3. 李斌死前与张楚有过接触；

4. 张海洋的举报信消失；

5. 张海洋因赌球入狱，却对赌球参与者闭口不谈；

6. 江河两地来往人员名单筛查，飞流员工名单筛查，对比。

疑问：

1. 十五年前李斌在河城发生了什么？

2. 李斌和张楚接触期间发生过什么？

3. 张海洋赌球案赌球参与者还有谁？

4. 张海洋举报信的举报者是谁？张海洋有没有可能知道举报者是谁，从而有作案动机？

5. 凶手是否为同一人？是否雇凶杀人？雇佣者是谁？

6. 张葛胡和凶手有什么关联？致死原因是什么？他们身上有什么秘密？

猜测：

1. 张楚见过李斌案凶手，且告知过葛胡二人，时隔十五年认出了凶手，导致被灭口？

2. 李斌和张楚有过信息交流或资料转移，张楚将此事告知过葛胡二人，十五年后秘密暴露，导致被灭口？

3. 张葛胡十年前参与了张海洋赌球，导致利润消失？

4. 赌球案参与者还有谁？组局者是谁？他们威胁过张海洋，导致其十年前不敢说出赌球真相？

5. 凶手雇佣者、赌球案组局者有无联系？同一人？

6. 张葛胡知道了赌球案真相，从而被灭口？怎么知道的？

"已知线索太少，疑问和猜测太多，而且线索都是散的、断的，接下来需要破解的东西太多了。今天的收获不小，我们还需要一个突破口。今天先到这，大家先回去休息，做梦的时候好好想一想，明天早上再继续。"高寒叫停了大家的讨论，他现在的脑袋七荤八素，仿佛被罩着一张大网，急需静一静、捋一捋。当猜测过多时，每个人都会顺着自己思考的方向延展，碰撞有时会碰出火花，有时只能碰出脑震荡。

时间已经来到晚上十一点，所有人一整天都是马不停蹄，马无夜草不肥，人也一样，休息不好啥也干不成，没有找到突破口之前，高寒需要队员们保持精力旺盛。

众人陆续散去，陈诗怡回到休息室，简单洗漱之后钻进睡袋。秋夜正浓，一群人在会议室时身上从未有凉意，怎么一回到休息室，手凉脚也凉，恨不得就缩进睡袋不出来。陈诗怡的脑子里同样一团乱麻，她需要好好睡一觉，好好养一养精神，但不知道哪里出来一个声音，告诉她，何不看看那场球赛呢？对，看看那场球赛，要让自己完全从现有线索的猜测中跳脱出来，说不定会有其他意想不到的收获。

陈诗怡支起手机支架，调整好距离，得以让她舒舒服服躺在睡袋里，来观看球赛视频。

"高队，正要去找你。"高寒来到技术室，想看看大飞这边进展如何，正碰上大飞手拿打印名单往外走，屋里其他两个技术员在伸着懒腰打着哈欠。

"筛出来了？"高寒一把夺过大飞手里的打印纸。

"是，筛出来一份三十人最终名单。"

"讲一讲。"

"多亏河城来的陈警官给的算法程序，节省了很多时间。首先是时间排查，从张楚案发前一个月，截至葛明辉案，所有往返于江河两地的人员，不管是乘坐飞机、火车、大巴、网约车，还是自驾，只要是大数据监控之内的人员，全部在筛查范围内；然后细化筛查，通过年龄、性别、消费、空间距离、往返时间、车辆信息等数据，做排除法，现在这份三十人名单，是三起案件中时间、空间、距离都能对得上的人，可以称之为时空伴随者。"一位技术人员抢先答道，从他的表情中能够看出来，他对所取得的工作成绩相当满意。

"有没有可能有遗漏？还是说凶手就在其中？"高寒没有抬头，看着打印纸上，这一条条姓名、照片、籍贯、工作、证件号以及案发时间段所有出行消费等信息，事无巨细。

"不可能，没有人能逃过大数据。"大飞一口否定。

"也不是没有可能，比如他往返江河两地时，要做到没有任何通行信息，乘坐公共交通肯定不可能，现在全部实名制信息登记，但他可以坐黑车，借车走高速，或者自驾走国道，这样的话高速通行信息也监控不到。如果他顺利往返于江河两地，而不被数据监控到，就还需要做到，在江河两地没有任何消费信息被监控到，比如不用智能手机，不用手机或银行卡消费，全部用现金，不住酒店或者住不需要身份登记的小宾馆、住朋友家、住车里，或者是利用别人的身份信息进行消费，能做到这些，这个人就基本可以做到不被任何数据监控到。"技术员说道。

"如果他能做到这些……"高寒想说，他应该能做得到，但又不想在三人刚有成就感时就打击他们说有可能做了无用功，便转开话题，"干得不错，辛苦了，赶紧回家休息，明天对这些人展开调查。"

他能做到，他肯定能做到，高寒心里暗暗想着。

　　离开大飞三人，高寒再次回到会议室，点上烟，他不想一晚上的烟味熏到第二天还散不了，就走到窗前打开窗，秋风吹得他打了一个寒战，他又把窗子重新关好，坐在记事板前，拿着大飞给的名单，一张张看下去。没有人有案底，看上去都一样，普普通通。如果把三个受害者信息放上去，不也是普普通通吗？所有人都有秘密，所有人的秘密都隐藏在常规信息之下，关键是如何把秘密找出来。他有可能在其中吗？

　　高寒把名单来来回回认认真真看了好几遍，毫无头绪，他掐灭手中的烟，走回休息室。他现在被困在网中，毫无思路，没有思路的情况下，最好的办法就是睡觉，睡一觉柳暗花明。

　　陈诗怡的房门半开着，室内传出溢出屏外的叫喊声，高寒听出来这像是球赛现场的球迷叫喊声和解说声音。不知是由于什么吸引力，高寒顺着半开的门缝看了进去，床上睡袋里躺着只露着脑袋的陈诗怡，头顶上有手机屏幕发出的闪烁的光，光亮照射下他能把陈诗怡的脸看得清清楚楚，她眼睛闭着，眼皮之下的眼珠在左右晃动，好像已经睡着了，在做着什么激烈的梦。

　　高寒把门推开，走到床前，把手机锁屏，退出房间关好了门。

第十二章

当年的金哨

　　10月23日一早，陈诗怡收到来自河城同事发来的飞流工具厂职工名单，名单残缺不全，即便是如此残缺不全的一份名单，得来也好不容易。飞流工具厂已经倒闭多年，工厂运营期间的各种资料数据都已经无法查找，只能通过工厂运营期间给职工缴纳的社保和工资发放数据来提供人员名单，但名单会有遗漏，正式职工工厂才会为其缴纳社保，非正式职工的工资发放也不见得是打在银行卡上，也会有现金发放的情况，也有不用自己身份信息的银行卡领取工资的人，总之河城警方对飞流工具厂进行调查之后发现，飞流工具厂生产产品质量过硬，但工厂管理运营却非常混乱，不然也不会轻易倒闭。

　　根据陈诗怡的要求，河城警方先是找到前工厂负责人，了解到1235-A型号螺丝刀的生产年份为2009年，但这个型号的螺丝刀有设计瑕疵，只制作生产了首批，质检不合格没有上市销售，就都堆在了库房里当成生产废料，没过多久就集中销毁了，而后就再也没有生产制作这个型号的螺丝刀。

这对人员调查来讲，绝对是一个利好消息。河城警方便集中调查了2009年及其前三年在飞流工具厂工作的人员名单，而后做了一轮排除，根据年龄、性别、现居住地、案发时间段时空地点等信息做排除法，得到一份近百人的初筛名单。

将江河两地往返人员名单和飞流工具厂名单对比之后，发现没有人员重叠，会议室内的众人脸上多少都露出一丝挫败和失望。

"这可是好消息，用不着不开心。飞流工具厂的名单非常重要，用不着和江河两地往返人员名单对应，我们又不能确定能搞到凶器的人就是凶手，他有可能偷了一批螺丝刀卖了废品，有可能拿了螺丝刀送了亲戚朋友，但我们现在知道只有这些人能够接触到凶器，这是绝对的利好消息，只要能找出是谁从飞流工具厂拿出了螺丝刀，我们就能锁定凶器的流向，进而锁定凶手。"高寒喝了口豆浆，把已嚼成胶状的油条送进了喉咙，好好睡一觉就是不一样，现在他一脸轻松。他知道此时军心士气最为重要，线索虽然有，但能一击致命的实质性线索并没有，破案就怕没有线索，也怕有线索但在追查途中断掉，线索断了不可怕，可怕的是线索断了，办案人的精气神也断了，精气神断了，离悬案也就不远了。他相信自己，也相信自己手下的专案组成员不会那么轻易丢掉精气神，但失落情绪就是精气神断掉的开端，他绝不允许专案组里有任何一个人出现失落情绪，而自己正是那个情绪转变的关键点。

"没错，凶手有可能就在飞流工具厂这近百人名单里头，也有可能在往返江河两地三十人名单里头，接下来就是要对他们一一查访，我们线索不多，像高队说的，虽然是笨方法，但笨方法往往有奇效。"姜悦接过话来，给高寒助威的同时也是给自己打气。

"高队，安排活吧，早点破案我好休假订婚呢。"陈晨脑袋还缠着绷带，但丝毫不影响他用插科打诨的方式助攻高寒。

"好，为了陈晨的幸福婚姻，咱们尽快把案子破了给晨儿当贺礼。"高寒举起豆浆杯遥敬，"大有、小悦、小刘，你们三个每人去找一个搭档，审讯专家、老刑警、心理侧写师，咱们刑警队的人也好，江城警界其他人也好，看中了谁就去找谁，请不动告诉我，我去求，大有的人选，小悦你来负责。然后把江河两地往返名单里这二十一名江城本地人，一个一个叫到刑警队来，过三遍筚，哪怕他是大罗金仙唐僧坐定，走上三遍阎罗殿，总会露出破绽。你们要做的就是，抓出那只撒谎的鬼。"

"收到，没问题。"三人回应着。

"陈晨、大飞，你们两个去检察院，陈晨和检察院的人熟，大飞仔细、坐得住。你们掘地三尺也要把十年前那封举报信找出来，如果找不到，那就去找当年办案子的人，找收到举报信的人，总之我要知道当年的举报人是谁。足协那边就不管了，指望他们能配合，还不如指望男足能进世界杯呢。"

"足协有那么烂？"球盲们问。

"有。"球迷们答。

"河城那边，我会安排同事去调查江河两地往返名单里的剩余人员，飞流工具厂人员现在是初筛名单，细筛之后也要逐个调查。我会给我们刑警队队长打电话，拜托他用最快的时间、最精准的方式把所有人调查一遍。我想很快就能把凶器持有人给找出来。"陈诗怡没等高寒问自己，便主动把工作安排讲了出来。她心想，江城刑警队铆足了劲儿，河城刑警队也绝不会落后拖了后腿。

"好，河城那边任务繁重，诗怡你能者多劳，两边兼顾着。"高寒向陈诗怡投去一个柔和的眼神，他看到陈诗怡脸上坚韧的神情和睡梦中有些许不同。

"沟通工作大家放心，绝不会有遗漏。除了两地沟通，还安排我干点什么？"

"咱俩去会会张海洋。好了，干活。"

和陈诗怡想的一样，她也想去见下张海洋。

每天早上七点，张海洋会准时来到自己的快递站点，打开电脑，检查物流系统，查阅收拨数据，打扫站点卫生。从调拨中心开到快递站点的快递运输货车会在7:20到达，张海洋需要扫码签单，六名快递员的上班时间是7:30，都是熟手，流程化的工作两三天就能完全熟悉。快递员会根据自己负责的片区进行快递分拣，分拣完成后，看快递量多少合理安排装车，快递多时一次装不完，只能第一趟快速送完再返回站点拉第二趟。

快递员的早餐都是装车之后，在路上的早餐铺子买个包子、油条、豆浆，等红灯时对付一口。三顿饭没有准时的时候，所以老快递员的胃都有点毛病。快递站刚盘下来时，张海洋也会亲自送快递，这是个苦差事，磨厚了脚走细了腿，怕老楼没电梯，怕电梯维修停电，怕地址不明电话不通，怕丢件怕投诉，怕雪天路滑怕雨天湿件，最烦大件、重件放在车里占空间不说，运送起来还死沉，怕的东西太多了。那为什么还干这一行？还不是因为没别的本事和手艺，他们只要吃苦肯干，有个还不错的片区，送一件有一件的钱，收一件有一件的钱，一件一件都是钱，积少成多，一个月下来收入要比在工厂、工地强不少。

把快递员全部送走，张海洋去隔壁吃早餐，一笼小笼包、一碗豆腐脑加点咸菜丝，日日如此，一日三餐对他来说只是一个如同每天在快递站开电脑关电脑一样的必要动作，吃什么无所谓，填饱肚子就行，吃完之后他又打包了两笼小笼包。

张海洋吃完早点，回到快递站，这个时候他是清闲的，需要在快递站点收发的快递并不多，泡上一杯浓茶，他最近在读卡尔维诺的小说，骑士、男爵、子爵他都很喜欢，短小精湛、语言流畅、寓意深刻，读完一遍再读一遍，一遍又一遍，书脊都读断了，还是看不厌。今天他准备把《树上的男爵》再读两遍，柯希莫可以一辈子生活在树上，他觉得自己也可以一辈子生活在快递站里，这世间只剩下他孤零零一个，没什么人和事值得他再去伤神，只不过柯希莫每天的生活都丰富多彩，而自己每一天都在枯燥重复。

柯希莫刚刚厌烦了姐姐做的蜗牛大餐，张海洋就看到一男一女朝着自己的快递站点走来，男的人高马大背很直，眼睛不大却很有神，走起路来虎虎生威；女的白皙灵动，马尾辫随着步子上下跳跃着；两个人保持着熟悉却又不亲近的距离，但步伐一致，不是情侣，像是配合默契的同事。他把手里的书放下，他感觉这两个人像是警察。

"张海洋吗？江城刑警队的，有件事想找你了解下。"高寒亮出警官证。

"是，请坐。"张海洋没有仔细看警官证，八年的牢狱生活使他的眼睛和鼻子都变得更加灵敏，他能闻出警察身上的味道。一年前这家快递站点闹了火灾，原来的站点老板赔了不少钱，这才让张海洋能便宜入手，他重新装修，购置了一套二手茶几和三人座沙发，幸亏还有这套沙发，不然来人只能像快递员一样坐马扎了。他给高寒和陈诗怡用一次性水杯倒了两杯水，搁在茶几上。

"从体育老师、足球裁判，到做快递，跨度不小啊。"高寒掏出烟点上，背靠沙发盘起二郎腿，目光如炬盯着张海洋。

"没办法，出狱之后很难找工作。"张海洋把办公椅搬到沙发对面，老老实实接受问询，像是在监狱里一样，一问一答间他已经感知到来者不善，对自己已经调查得清清楚楚。

"10月14日到10月21日这段时间，你在哪？"陈诗怡接着问道。

"一直在这里工作，工作区有视频监控可以查。"张海洋回答得不卑不亢。

"十年前赌球案参与者还有谁？"高寒不给对方反应的时间继续发问。

"不知道，不认识。"

"李斌认识吗？"陈诗怡拿着平板电脑一直在边问边记录。

"之前我们这里有个快递员叫李斌，说的是他吗？"

"十年前是谁举报的你？"

"不知道。"

"李斌现在在哪？"

"几个月之前就不在这干了，好像是跑闪送去了，更自由一点。"

"是葛明辉举报的你吗？"

"谁？葛明辉？不认识。"

"为了给孩子治病，不惜毁掉自己金哨的名誉参与赌球，当时做这个决定很难吧？"

"都过去了，不愿意回想了。请问具体是有什么事吗？"张海洋对高寒和陈诗怡的交叉提问心生反感，就像是回到了十年前在检察院里被彻夜提审一样，他们有套路、有时间、有分析，他们不给自己思考的时间，等着自己犯错，在犯错的那一瞬间给自己致命一击。十年前自己在高压之下都没有说出实情，但十年前是因为自己坚韧不屈没有给提审自己的人得到机会呢，还是因为十年前赌球案影响太大，办案人想要快刀斩乱麻快速结束审理，有个替罪羊就好呢？这对年轻警察不一样，他们像是配合默契、技术全面又速度极快的前场攻击球员，不断给后防线制造压力，一次又一次地冲击，他这条老迈的后防线虽然有足够经验，但体力已经明显不够，不知道还能撑多久。不能任由对方前锋冲击自己的防线，最好的防守永远都是进攻，要把球踢到对方前场，要让己方球员去冲击对方防线。但他们要干什么呢？赌球案已经过去十年，自己已经坐了八年大牢，尘埃落定，还要干什么呢？

"你还看球吗？"高寒完全不搭理对方的问题，把抽完的烟蒂扔在了一次性水杯里，自己的这个动作成功引起了张海洋的反感，这是他进门后第一次看见张海洋眼里出现了情绪波动。

"早不看了，没时间。"

"欧洲五大联赛你之前最喜欢哪支球队？"

"十多年前的话，最喜欢皇马。"

"哦，胡利民也喜欢皇马，还去伯纳乌朝过圣。"高寒重新点起一支烟，把烟灰弹在一次性水杯里，烟灰掉落在水里，刺啦一声，他眯缝着眼躲开烟雾的同时，认真观察着张海洋的反应。

"谁？胡什么？"张海洋眼睛一直盯着高寒身前的一次性水杯，透明的水在烟蒂浸染下逐渐变得焦黄，变得令人恶心。

"胡利民，十年前，他也赌了那场球。"

"不认识，没听过。"

"你说你和赌球案的其他参与者不认识，没见过，是因为对方有势力有背景，怕报复吧？毕竟为了孩子治病敢牺牲掉自己的事业和声誉，更担心对方会报复你孩子吧？"陈诗怡心里很清楚自己这个问题有多么残忍，对一个中年丧子的父亲来讲，孩子绝对是其绕不过去的伤痛。

赌球案的卷宗高寒和陈诗怡已经翻看多遍，其中的审讯记录已经牢记于心。当年张海洋供述，因为儿子得了重病，需要巨额治疗费用，虽然已经把房产卖掉，仍旧不够。在江城俱乐部和河城俱乐部赛前，还没有确定裁判人员时，就有人在医院找到他，给他钱让他吹黑哨，以便配合赌球盘口。张海洋要求盘口利润总分成，他想用一场球多赚些钱，一劳永逸，所以他最后的罪名是开设赌场罪，刑罚很重。但他又坚定地说，和其他赌球参与人员并不认识，他们全程电话沟通，有人会把现金放在隐蔽的位置让他自取，即便是在医院见到的那人，也是戴着口罩，他并没有见过对方任何一个人的脸。

这不得不让人怀疑，张海洋是被恶势力恐吓，不敢说出真相，只能孤身入狱。

"关于赌球案，十年前我已经把我知道的全部说了，我坐了牢，完全接受了法律的惩罚。我儿子一年前去世了，车祸，不要再提他了吧。"张海洋在刻意压制自己的情绪，最后几个字像是在哀求，又像是在警告。

"好，这段时间的监控录像我们可以拷一下吗？"高寒把第二支烟蒂也投在水杯里，刺啦一声宣告聊天结束。张海洋已经在宣告送客，再聊下去也不会有什么结果。

"没问题。"张海洋起身来到电脑跟前，找到了监控录像。

陈诗怡看到电脑桌上那本《树上的男爵》，高寒从口袋里拿出U盘开始拷贝，但数据过大，传输速度又很慢，等复制完成不知道要用多久。

"太慢了，这样吧，U盘先放你这慢慢拷着，等过两天我们再来拿。"

"好，我每天都在。"

"柯希莫虽然一辈子都生活在树上，但他每天都在和人接触，死了也要埋葬在大地上。他也躲不开大地。"

陈诗怡说了一句对高寒来说莫名其妙的话，转身往外走，高寒紧随其后。

张海洋把两人送出门外，目视着他们上了车离开，他回到屋内，身体靠在北面的墙上，闭上了眼睛。

"你是故意把U盘留下的吧？"陈诗怡继续坐回到副驾驶的位置，今天高寒的表现不错，主动开车，她还没有搞懂高寒一天一个样的变化，今天他精力充沛主动驾车，而前两天就像蔫了的茄子一上车就睡。她现在没有心思去搞懂他，她的心思全在张海洋身上。她不知道哪里来的意念或者说哪里来的指引，在心里告诉她，张海洋有问题，这有可能是破案的关键，就像是昨天晚上入睡之前，脑子里突然出现的那个毫无缘由的想法一样，她把十年前那场球赛看了三遍。

"你也觉得他有问题？"高寒昨晚看江河两地往返人员名单时，凭借自己的办案直觉心里基本认定凶手不会在名单上，但对这些人仍旧需要去进行详细的调查，有时候有直觉是好事，但是如果完全信任自己的直觉去办案，那一定会走到死胡同。往返人员名单的调查即便是无用功也要去做，至少这能证明凶手的隐蔽性，一个可以在大数据时代来无影去无踪的人，值得耗费这些无用功。飞流工具厂的名单是重点，但即便是在名单上查到嫌疑人，仍需要实证去认定，而实证太少了。昨晚把所有的思绪都放下之后，他心里清楚地认定了一件事，跟着陈诗怡的思路去走，她的思路很宽、想象空间很大，也只有她从现有线索中完全跳了出来。他清楚地记得自己在没有当上队长之前，也和她一样有如此广阔的想象空间，遇到难解谜题时，从来不会局限于现有证据，而是穷尽幻想，把所有不符合常理、联系不起来的思路继续下去，去深挖这些想法背后的事，往往事半功倍。但当上队长之后，要顾虑的不只是案件本身，还要考虑社会影响，要考虑警队压力，要考虑队员周全，他不再是一个纯粹的可以一往无前去拼的刑警，而像是一个瞻前顾后的老油条。

"他挺厉害的，沉稳、不留破绽。但是又过于沉稳了，像是刻意暴露自己的谎言，像是刻意地指向赌球案。我不确定我的感觉对不对，直觉上，我觉得张海洋有问题，且与本案有关。"

"跟着感觉走，尤其是在线索不利的情况下。你最后跟他说的那句话是什么意思？"

"《树上的男爵》，他桌上放了这本书，柯希莫是这本小说的主角，我恰巧读过这本书。"

"一个一辈子生活在树上的人？那得多孤独？"

"恰恰相反，柯希莫的生活比谁都丰富。"

"你呢，生活丰富吗？"

"当然！要不然当刑警干什么？"

"嗯？你当刑警就是为了生活丰富？"

"当然了，你想想看，就拿咱们破的这个案子来讲，普通人活一辈子都可能遇不到这么精彩离奇的事件，但是我们刑警一辈子都在经历这么精彩的事件。每一个案子都是不同的，每一个案子都是新鲜的，而且每一个案子都是充满挑战的。我不能忍受一成不变的生活，我喜欢挑战，在警校时总有男生觉得我体力不如他，枪械不如他，格斗不如他，但我就不信这个邪，所有觉得我不如他的男生，全都被我打趴下，至今我在我们学校的射击纪录还没有人能破。到了警队也一样，老刑警们嘴上不说，但我很清楚他们觉得我是个绣花枕头——中看不中用，最开始把我当成一个高才生吉祥物，说实话，我一点儿也不生气，反而特别喜欢当时那种环境，我就是要让他们睁大眼睛好好看着他们是怎么不如我的，现在想想当时还是年轻狂傲，也就是咱们当刑警的，都有血气，谁有本事谁能破案就服谁，要是像其他单位谁红给谁穿小鞋，工作还怎么干。现在没人能较劲了，只能来江城跟你较较劲了。"陈诗怡自己一直没有觉察到自己的一个特点，当她在工作生活中遇到瓶颈时，特别喜欢滔滔不绝地和喜欢的人聊天。当了刑警之后，她每天都扑在案子上，感情的事早已抛在脑后，没有恋人没有喜欢的人，自然也没有人能听她的滔滔不绝，所以，她自己都已经忘了她此时的状态，是在打开一扇关闭已久的情欲之门。

"跟我较什么劲？咱俩可是一伙的。"

"高寒，我刚来的时候，你是故意给我下马威吧？"

"没有没有，真的没有。前几天案子一筹莫展，睡眠不足，我脑子反应有点慢，把你当成我们江城队员了，所以，你没生气吧？"后来当高寒回忆他和陈诗怡之间，什么时候关系开始拉近时，他已经忘了这个陈诗怡第一次叫他高寒的瞬间。

"怎么会不生气？所以，你就像我刚到警队时的直男刑警们一样激发了我的斗志，你可小心点，我会好好灭灭你的威风。"

"我道歉，中午想吃什么？我请客，郑重道歉。"

"又借着请我吃饭的由头，去调查其他线索？"

"不是，单纯吃饭道歉。"

"那算了，不接受，等案子破了好好宰你一顿。高寒，下午什么安排，是不是要去拜访张海洋前妻？"绝大部分人工作上的默契是长时间磨合得来的，而陈诗怡和高寒之间短短三五天的相处，所得来的默契完全不亚于十几年的刑警搭档，就像是对张海洋你一句我一句的问询，没有事先安排全然临场发挥，却又恰到好处。正如对高寒接下来的安排，陈诗怡能心领神会。这种默契是一种势均力敌的对案件调查的深入领会，也或许是一种天生的心有灵犀。

"没错，一个对他有仇恨、敌视他的前妻，应该能告诉我们一些十年前的隐情。"

陈诗怡还没来得及回答，手机响起，她立马接通，脸上露出一丝喜悦。

"好消息？"等陈诗怡接完电话，高寒问道。

"好消息，我们谢队前段时间去外地追凶，现在回了河城，案子已经移交给检察院，他现在可以腾出手全力帮咱们调查河城这条线了，相信飞流工具厂的那个人很快就能查出来。"

"哦？好事。看来你对你们谢队很有信心。"高寒还是第一次从陈诗怡脸上看到这种眼里有光的雀跃，说不清为什么，他心里有那么一丝不安。

"当然，河城刑警里，我最佩服的就是我们谢队，他也是为数不多的在我刚进警队时，完全不拿我当花瓶的人，相反他还刻意鼓励我去跟男警们较劲，虽然他不是我师父，可我在他身上学到很多。对了，我下午要跟你分道扬镳，请给我找一台配置最高的电脑，有用。"谢队的电话，一扫陈诗怡近日来苦战无功的阴霾，油箱再次加满。

"有新发现？"

"保密。"

"诗怡同志，信息要共享，千万别跟我较劲，我直接认输。"

"我昨晚把十年前的球赛看了几遍，感觉发现了一点问题，但是现在还说不好是什么问题，所以我需要收集更多的视频数据，剪辑分析。现在来看，江河两地往返人员和飞流工具厂人员的筛查，都需要调查时间，刚好我可以利用这个时间，把球赛中那个疑问解决一下。"

"好。我送你回警队。"

第十三章

十年之前

回到警队已是中午，高寒带陈诗怡在食堂简单吃了午餐。食堂内人多嘴杂，两人不便继续讨论案情，午饭寡淡无味，他们草草了事。

随后，高寒将陈诗怡带进技术队的技术室，这间办公室陈诗怡并不陌生，前两天正是在这里，她露了一手技惊四座的绝活。而前两天在这间办公室拍过陈诗怡马屁的胡小可，主动要求打下手。

陈诗怡在电脑前落座，一秒钟进入工作状态，连高寒的道别都没有听见，高寒摸摸脑袋，在胡小可不怀好意的注视下尴尬离场。

陈诗怡不是一个足球爱好者，在接触此案之前，她甚至连最基础的足球比赛规则都不清楚。昨晚一遍遍刷十年前那场球赛的同时，她不断地将视频暂停，来查阅自己不了解的足球词汇：越位、点球、角球、中卫、前腰，等等。反复的观看和思考中，陈诗怡想到一个疑点，如果是有人想要操控这场比赛的输赢，那么单靠一个裁判是否能做到？当两支球队的实力相差悬殊时，即便是有裁判帮忙，实力过于弱的那支球队也很难占到便宜。当年江城俱乐部和河城俱乐部两支球队实力相当，这才导致直到联赛最后一轮才能决定冠军归属。既然是想操纵这样一场势均力敌的比赛，增加一个裁判的误判因素，固然是赢面更大；但足球赛场上瞬息万变，黑色三分钟逆转和补时绝杀也屡见不鲜。赌球组织者既然想操纵比赛结果，他们能找到裁判，同样也可以找到球员，这样才是双保险。

在各种球迷论坛，对十年前这场黑哨比赛的讨论仍旧热度不减，这场比赛历年来循环往复地被足球媒体、球迷拿来反刍咀嚼，陈诗怡可以轻易地找出各种比赛集锦，尤其是张海洋误判点球的视频剪辑。比赛操控者需要河城队赢球，所以张海洋才在终场之前判罚了点球，让河城队一比零赢下比赛。除去这一粒点球，比赛中也出现了其他争议判罚，比如江城队有利进攻的球被判犯规，给了河城队更多的前场任意球。

这些集锦对解答陈诗怡的疑点有所帮助，但又远远不够。她还需要甄别出那个她怀疑的"球员"，比赛操控者想让河城队赢球，买通某些江城队防守球员，势必会增加河城队的赢球概率，比如守门员、中卫，甚至是边后卫；彼时江城队的前锋攻击线是三名外援，而后卫线则是清一色的国内球员，收买球员踢假球的话，国内球员也会更好"沟通"一些，而且这几名外援球员也早已退役离开国内，基本没了研究价值。

　　胡小可是一个年轻、优秀且称职的网络信息技术员，陈诗怡将自己的想法告诉他后，他瞬间明白，接下来要做的是把全场比赛中江城队后防线球员的防守技术动作逐一甄别，找出那个"嫌疑球员"。正式开工之前，陈诗怡郑重其事地告诉胡小可，接下来的视频甄别工作量会比较大，而且这也只是自己的一个一厢情愿的想法，极有可能耗费大量时间之后所得出来的结果对案情一点帮助也没有，如果胡小可不想做无用功，可以选择退出。

　　胡小可拍胸脯保证，即便是刀山火海、一头撞南墙后毫无所得，他也愿意倾尽全力帮助陈诗怡且毫无怨言。对于一个搞技术的人来讲，他才不愿意放弃这次难得的跟着技术大拿学习的机会。

　　对于二人来讲，把90分钟比赛中五名江城队防守球员的防守视频剪辑出来不是难事，同样，利用当下足坛已经非常成熟的战术捕捉和技术捕捉系统把五名球员的技术动作甄别出来也不是难事。难点在于，如何区分球员做出一个动作时，是主动失误还是被动失误。即便是当今足坛顶级的金球奖球员，在比赛中也会出现各种失误动作，这跟体能、心态、草皮、天气、开球时间、球迷影响等各种综合因素相关。

　　态度不积极、主动防守失位、不回追、防守动作过大等因素，才是二人需要捕捉的点。但仔仔细细一轮甄别筛选过后，二人发现在那场比赛中江城队防守球员可以说是全员铁血防守，不光是后防球员，中场球员、前锋球员也都会在失球后第一时间回撤防守，可谓是三军用命，球员们在态度上没有任何问题。同样也不存在不回追、防守失位的问题，这场比赛江城队采用四四二阵型，四名后卫球员外加两名防守后腰，全场配合默契，相互叫喊补位，有着极强的战术素养和防守厚度。守门员更是献出几次精彩扑救，获得无数球迷掌声。

整场比赛下来，除了在终场前，江城队队长也是江城队防守核心的梁磊，在本方禁区内一次背身防守时的铲球动作让河城队进攻球员倒地，河城队获得点球以外，找不到其他失误。之所以这次判罚极具争议，首先，终场之前的点球足以绝杀比赛；其次，梁磊是脚先触碰到球完成了防守动作后绊倒了对方球员，且触球之后手臂有一个轻微的拉拽动作，但这个拉拽动作绝不至于使对方球员倒地；再次，对方进攻球员痛苦倒地捂脸翻滚三圈，有明显的跳水嫌疑。十年前的足球比赛还没有VAR裁判，但还有边裁，还有球场上22名球员和现场上万名球迷，当然还有球场大屏幕上不断的回放。但点球判罚的决定权在主裁张海洋手中，他不顾江城队球员抗议，判罚得很是坚决。赛后的各路解说员、评论员中大多数也认为，河城队球员有跳水嫌疑，梁磊是完成了一个干净利落的防守动作。

所以整场比赛通过视频技术甄别下来，除了梁磊这个导致点球的防守，陈诗怡再也找不出其他球员有主动失误的嫌疑。难道是自己的判断失误，想要操控比赛的人只单单买通了裁判一个人？陈诗怡思考着，长时间盯着电脑屏幕，此时她眼睛干涩，她抬手轻轻揉着，但眼睛仍然盯着屏幕上剪辑出来的梁磊防守视频。

"小可，不对劲，你来看这个。"陈诗怡灵光一闪，把梁磊在本场比赛中本方禁区内的几个防守动作，在视频中提取出来，放在同一画面下进行比较。

"哪不对劲？"胡小可凑在屏幕前，挠头问道。

"你看，梁磊在本方禁区之内的防守动作，都是正身防守，也就是眼睛和身体都是正面朝向来球或者进攻球员；而且即便是他在进攻球员身后回追时，也没有做出过从进攻球员身后铲球的动作，他都是利用速度回追或是身体卡位，卡住进攻球员的传球和进攻线路，然后寻找机会将球破坏掉，也就是说基本不会犯规；但你再来看点球的这次防守，他的队友失位，进攻球员带球杀入禁区，梁磊是从进攻球员身后伸脚铲球，这是他唯一一次从进攻球员身后做防守动作。"

"但是，已经临近终场，球员体能都已经到了极限，而且进攻球员已经来到禁区非常危险，做出这个防守动作也是合理的吧？"

"如果单看这个防守动作，当然是合理的，而且绝对算得上是一个漂亮的防守，毕竟是裁判误判，但你看，江城队的守门员已经离开球门准备上前封堵进攻球员的进攻路线，江城队另一名中卫也已经在进攻球员身前就位，进攻球员的进攻线路基本被封死，作为一个防守核心、球队队长，此时梁磊做这个动作是合理的吗？他极有可能会送给对方一个点球，而且事实证明，他也确实送给了对方一个点球。"

"是不是有点牵强？球员在身体极度疲惫，精神高度紧张的情况下，做出失误动作是情有可原的，而且如果不是裁判误判，他这个防守动作确实是很完美的。"

"没错，现在来看我这个观点确实非常牵强，所以我们要继续找实证。"

"什么实证？"

"肌肉记忆。作为一名优秀的运动员，他们经历成千上万个小时的系统训练和比赛打磨，每个人都会形成专属于自己的肌肉记忆。梁磊在本场比赛中，唯一一次从攻方球员身后做防守动作，就送给对方一个点球，我不相信这是巧合。所以我们要把他之前所有的比赛录像全部找到，不，所有的比赛录像太多了，事发近三年的吧，然后从录像中把他的防守动作提取出来，如果在其他比赛中也没有出现过从攻方球员身后铲球的动作，那我们是不是就有理由怀疑，他这个防守是有意识地想送给对方点球？"

"那即便如此，也不能当作证据的吧？"

"当然不是证据，但至少我们有了怀疑他的理由，有了这个理由我们就可以对他展开调查，撒谎的人肯定会露出破绽。我还是那句话，你现在仍旧可以选择退出。"

"诗怡姐，你怎么老是怀疑我的工作态度呢？干，不就是三年的比赛录像吗，简单。"

"谁是你姐？逗你呢，三年的比赛视频一个个找出来，黄花菜都凉了，咱们来写个软件程序，让电脑帮咱们分析。"

技术室之外，其他专案组成员正在按照高寒的指示，有条不紊地对往返江河两地人员名单上的人进行问询，三间问询室内集结了江城本地最优秀的审讯专家。姜悦这活儿干得漂亮，她手拿专案组组长高寒的尚方宝剑，自己又性格活泛，"威逼利诱"之下，江城警界资源算是让她给玩儿转了。有这几名审讯专家坐镇，高寒心里踏实，如果他们还问不出来什么，那就只能证明这份名单没有意义。

审讯专家们上手很快，但实际问询起来会有不小的障碍，接受问询的人算不上是嫌疑人，他们只是所谓的时空伴随者，作为一个公民配合警方问询而已。没有证据指向，又不能透露实际案情，还要尽可能地了解每一个被问询人的背景信息，话不能说太重又不能说太轻，这个度非常不好把握。一个上午的问询工作，只完成了对三个人的问询，还没有发现任何疑点。

高寒了解完情况，对审讯专家们殷勤道谢后，把姜悦借调走，配合自己下午的外出工作。去找张海洋的前妻，一个经历过伤痛和苦难的女人，需要一个女同事在身边。路上，高寒把上午和张海洋接触之后的信息以及对张海洋的怀疑，一并告诉了姜悦，姜悦嘴上没说，但心里觉得就因为陈诗怡莫名其妙的怀疑，毫无任何证据和线索指向张海洋，而耗费大量人力心力去调查他，有点跑偏，应该集中人力物力朝着往返江河两地人员名单和飞流工具厂职工名单的方向狠追猛打，再不济也要继续追查凶手的逃匿路线，而不是在一个毫无证据指向的出狱人员这里耽误时间。

张海洋的前妻叫谢春晓，是一名小学语文老师，她衣着质朴，一脸诗书气，面对高寒和姜悦的来访，她从容应对，像是身前站的不是两个警察，而是她课堂上的学生一样，面露温情，她找其他老师调了课，主动提出可以去操场上边走边聊。

当高寒和姜悦脸上露出理解的神情时，她却主动解释说，并不是担心在办公室内聊起前夫会有影响，而是自己喜欢在操场散步。谢春晓非常配合，她不知道警察为何而来，也不想知道，她主动讲起了十年前的故事，像是在借此机会好好回忆过去，又像是在和过去好好告别。

谢春晓和张海洋是师范学院的同学，在大学期间相识相恋，工作稳定后很快结婚，一个大学老师，一个小学老师，虽然收入不高，但两人琴瑟和鸣，他们努力憧憬美好的未来。两个人努力攒首付，准备用新房来迎接肚子里的宝宝，好在那个时候房子不贵，他们的工作又稳定，借了些钱付了首付把房子买下来，儿子也生了下来，所有的一切都朝着预定的方向在走。张海洋喜欢足球，大学期间就考下了足球裁判员证书，儿子生下来之后花费增加，再加上每月房贷，所以除了本职工作，张海洋开始在足球裁判的工作上发力，每执法一场球都有一场球的钱，可以好好贴补家用，同时又满足了自己的爱好。张海洋很认真，裁判员的等级也越考越高，直至成为国际级裁判，事业上的成功代表着陪伴家庭的机会的流失，足球比赛多是在周末，但一场球下来能有将近两千块的收入，每年执法超过二十场的话还会有额外奖金，当然如果能评选为年度最佳裁判的话，奖金收入更高，张海洋没少拿最佳裁判的奖金。

房子首付借的钱很快还掉了，没几年房贷的钱也提前还完，两个人开始好好规划着更美好的未来，可谁也没想到2012年儿子会突发急性白血病。有什么别有病，医院就是个无底洞，多少钱都能扔进去，谢春晓请了长假照顾儿子，各个医院来回奔走，眼见着存款见底，终于找到了最佳治疗方案，那就是干细胞移植，但手术费用要五十万元，他们那套小房子的价值也只有不到二十万元，而且术后的恢复治疗还需要一大笔钱。两人卖掉了房子，开始到处借钱，两个人的原生家庭极为普通，帮不上什么忙。张海洋一边照顾着母子俩的医院生活，一边兼顾着学校的工作，并主动向足协提出要求，希望足协能多多安排自己执法比赛，以便能有更多收入。但手术费仍旧不够，在那场比赛前，张海洋搞到了钱，交了手术费，谢春晓问他哪里来的钱，他说借的，让她不用担心。

直到赛后，张海洋被举报，谢春晓才知道，原来把职业操守看得像命一样重要的丈夫，竟然接受了贿赂，参与赌球。她理解丈夫，儿子手术很顺利，术后恢复也不错。十年的刑期不长，她可以等，但张海洋却想尽一切办法要离婚，他说别让孩子背上骂名。在张海洋的坚持下，谢春晓妥协了，张海洋入狱一年后两人离婚。

一个人带孩子的生活是艰难的，谢春晓学校有个同事，也是离异，谢春晓离婚后两人开始走近，他人不错，对儿子也不错，随后两人在2015年结婚，且在婚后没有再要孩子。她本以为生活就可以这么继续下去，但没想到一年前老天爷又给她开了一个天大的玩笑。张海洋出狱后，每个月会见儿子一面，但一年前的那次见面，却让车祸夺走了儿子的生命。当时儿子突然冲上马路，那辆货车避让不及，撞了上去。

谢春晓疯了一样地去质问张海洋发生了什么，但张海洋闭口不谈。她让张海洋还他儿子，她抽打他，辱骂他，唾弃他，但又有什么用呢？他应该会比自己更痛苦吧？

高寒和姜悦认真听着谢春晓平淡的讲述，她的讲述平淡得就像是在讲他人的苦难。

操场上有一个班的学生正在上体育课，有十几个足球在几人一组的小学生脚下来回奔走着，他们在进行抢圈活动。谢春晓眼睛直勾勾地看着学生们，含情脉脉。

"关于张海洋参与赌球的事情，你还知道些什么吗？"一个足球不合时宜地朝着高寒而来，他一个大脚将足球踢还给正在玩耍的学生们，转头问谢春晓。

"我只知道我们有了钱做手术，其他的一无所知。当时啊，一门心思全在孩子身上，有了钱做手术，大半年在医院间奔走的苦闷一下子就没了，哪还有心思去想钱是从哪来的。后来，我也有想过，如果我当时追问一下钱是从哪来的，如果我当时就知道钱是从哪来的，我会让他接受这笔让他入狱十年的钱吗？"谢春晓没有看高寒，她的眼睛一直盯着操场上的孩子们，就像是自己的儿子就在其中一样。

"会吗？"

"会。一定会。你还没有孩子吧？有了孩子你就会知道当父母的，面对自己的孩子会有多无私。"

"你是什么时候知道这件事的？"

"搜家的时候。我和张海洋当时正在医院，接到派出所的电话，让我们立马回家一趟，要对我家进行搜查，我安抚好儿子，跟护士交代好，就匆匆赶回家。警察和检察院的人给我们看了搜查令，然后就开始在我们家里搜，其实没什么可搜的，我们房子卖掉之后就搬了出来，租在一个小一居里，家里有什么东西一目了然，钱就放在客厅茶几上。检察院的人问钱是从哪来的，我说不知道，张海洋没说话，我悄悄问他怎么回事，他什么也没说，就让我照顾好儿子，其他不用管。之后，他们把张海洋带走，我跟在屁股后面问怎么回事，有个好心的警察告诉我，他赌球受贿让人举报了，具体情况还要再调查。说实话，我当时所有的心思都在儿子身上，至于什么张海洋赌球受贿，我好像脑子自动忽略了这几个词的严重性。然后我就回了医院，儿子问我爸爸呢，我说去工作了。之后就是案件审理，判刑，自始至终张海洋也没告诉我，到底是怎么回事。"谢春晓的眼神一直没有离开操场上欢叫的孩子们，脸上还露出微笑，她嘴里诉说的往事就像是一台收音机里播放的离奇故事，跟她没有任何关系，这是要历经多少个无眠伤心夜才能养成如此心肠呢？

"你有没有想过，是有人操纵张海洋赌球，而他没有咬出任何一个人的名字，是不是有人拿你儿子和你的命来威胁了他？或者是有人威胁了你，好让张海洋闭嘴？"高寒转过身，眼睛直视着谢春晓，但谢春晓全然没有理会高寒的直视，他眼中逼问的寒光像是洒在了海绵上，轻悄悄消失不见了。

"没有人威胁我。我也不知道有没有人威胁过张海洋，但他如果受到威胁从而选择闭嘴来保护自己的儿子，又有什么不对呢？如果是你，不会吗？"谢春晓这才转过头，她眼睛里没有像高寒一样想要知晓真相的咄咄寒光，有的只是烟消云散后的不甘回望。

"张海洋入狱之后你去探望过他，他有说过关于赌球的事情吗？"

"我逼问过他，但是他什么也不肯说，只是一味地劝我离婚。"

"听你说了这么多，感觉张海洋为了儿子能做任何事。"

"谁不会呢？"

从谢春晓这里已经无法得到其他有用信息后，高寒和姜悦告退。谢春晓没有问为什么来找她，张海洋发生了什么，她什么都没问，对警察为何而来毫不关心。高寒问什么，她答什么。高寒和姜悦都搞不懂，她的言行举止都与常人无二，甚至饱含小学教师的温和，像是走出了丧子之痛，但聊起自己的前夫和去世的儿子时，脸上那种毫不关己的神态又像是一种凄凉的病态，苦苦积压着无可诉说。好平和，又好痛苦。

"她还爱着张海洋，说爱也不对，就是她心里绝对还有张海洋的位置，即便是儿子去世之后，她心里也没有真正去恨张海洋。她很痛苦，又不得不为现在的家庭假装坚强。"离开学校后，姜悦坐在副驾驶的位置一脸愁容，像是被谢春晓感染了一样。

"同意，那她是不是也有可能为现在的家庭而撒谎？"

"高寒，你怎么那么薄凉啊，你没感觉到谢春晓有多痛苦吗？能不能有点同情心啊！"姜悦大喊着表达不满，一气之下将高寒的名字也喊了出来。

"刑警就是要冷血地审视一切，同情心交给法官吧！"

"你们真觉得张海洋有问题？调查了一天有什么发现吗？

在谢春晓这样一个痛苦的人身上有什么发现吗？这不是浪费时间吗？为什么不把精力放在有线索的方向呢？就因为陈诗怡的直觉吗？咱们江城刑警队什么时候破案靠直觉了？"姜悦的无名之火猛然爆裂，她自己也不知道哪里来的底气质问高寒，是因为案子目前还毫无进展而心累疲惫？还是因为陈诗怡到来之后高寒对自己再无直视和偏袒？

"累了？"高寒开着车，转头看了一眼姜悦，夕阳的柔光照着这个小姑娘生气的脸，折射出一种他看不懂的红。

"有点。"

"有线索的方向是什么？往返江河两地人员名单？还是飞流工具厂名单？如果从这两份名单里什么都得不到，接下来再去哪里找线索？张海洋这条线，至少能解释一种作案动机。目前我们掌控的情况，还没有任何线索能够指向一个清晰的作案动机，动机有多重要还需要我跟你解释吗？累了就忍着，没破案之前绝不能说累。累了有情绪，朝我发火，这都没有问题，但绝不能把这种情绪带到队里，影响他人，明白了吗？"

"明白了，对不起，高队。"

"来姨妈了？"

"什么呀？没有。"

第十四章

球赛新发现

高寒和姜悦回到警队后，正好撞见满脸窃喜的陈诗怡和胡小可从技术室出来；姜悦就差把"不满"两个字写在脸上，没有理会面前这两人，径直走到问询区，回到自己的工作岗位。

姜悦心里的不满只有她自己知道，在警队这样的阳刚环境里，指望他人能去感受一个女生的"委屈"，实属奢望。她不满高寒从陈诗怡来了之后，便不把自己带在身边办案，减少了跟在高寒身边学习的机会，而当陈诗怡甩开高寒时，高寒却又把自己带回身边当跟班，召之即来挥之即去；更可恨的是，之前办其他案子时，自己也总会有天马行空灵光一现的思路，但都被高寒当作太异想天开的想法而否决，可当陈诗怡提出这些同样异想天开的想法时，高寒却不惜人力物力甚至亲自上阵，来帮陈诗怡去落实这可笑的想法，凭什么？就因为她长得好看，她哪里比自己好看？这个色令智昏的男人，可恨。你不是一直任人唯贤，最看重实力吗？怎么到了陈诗怡这里，就各种讨好呢？她真想啪的一声，大力关上门，大喊一声来发泄自己的不满，但还是控制住了。有什么用呢？人家是队长，是专案组组长，是自己的上司，不能表现出自己的小肚鸡肠，要用实力征服他，我要告诉所有人，我，姜悦，行。

"她怎么了？"陈诗怡看出了姜悦脸上的不对劲，小声问高寒。

"可能是太累了吧，你这边怎么样？有收获？"高寒搞不懂姜悦突如其来的无名之火，也没时间、不想去搞懂，他的认知里永远都是成年人有情绪需要自己去解决。

"有收获，当然有收获，诗怡姐太强了，高队你来看。"胡小可没有搞懂刚才空气中出现的微妙情绪，还沉浸在收获的喜悦当中，说着就要带高寒来技术室亲自参观。

"现在还说不好算不算是收获，但我觉得这是一个疑点，也算是一个突破口。"陈诗怡没有胡小可那般兴奋，但一下午辛劳得出的结果能应和心中的猜测，自己的想象随着自己的调查在往自己希望的方向发展，这一点还是值得欣喜的。

来到技术室，陈诗怡主动让胡小可调出两人一下午的工作成果。胡小可异常兴奋，他作为一个网络信息技术员很少有机会能真正参与到重大案件中，这次不仅能参与，并且很有可能因自己的参与而推动破案进程。他搓了搓双手，然后拿着鼠标打开了一张动图和一个剪辑好的视频。

"高队，你来看这张动图里的防守动作和视频里的其他动作有何不同？"视频放好后，胡小可双手抱胸，一脸得意。

"动图是背后放铲，好在是先铲到了球，在禁区内背后放铲风险很高，很容易造点。而视频里剪辑出来的是禁区内防守集锦吧？这应该是一个顶级中卫所能做到的最佳防守动作了，身体卡位、贴身防守、球路判断、团队协防都做得很好，身体棒、意识强，是一个好中卫。"高寒作为一个球迷，很容易看出两者之间的不同。

"没错，动图里的铲球动作就是十年前那场球赛的争议判罚的动作，梁磊这个防守动作，给河城队送上了点球。梁磊在踢完那个赛季之后就退役了，但他当年只有三十岁，作为一名中卫来讲正是当打之年。我和诗怡姐用了一个下午的时间，把梁磊退役前三年的所有比赛录像中他在本方禁区内的防守动作全部技术提取了出来，结果发现三年时间里，他唯一一次禁区内身后铲球，就是在这场比赛，这个动作被张海洋吹了点球。"

"怎么做到的？你刚才说三年的比赛录像全部做了技术提取？"高寒抬头不可思议地看着胡小可。

"没错，这就要归功于诗怡姐这位技术大拿了，写了一个提取程序，我就做了点辅助工作，收集视频来着。"胡小可毫不贪功。

"太厉害了。这就是你那个疑问？"高寒问陈诗怡。

"对，这个视频刚好可以解释我这个疑问。那就是如果有人想要操纵一场足球比赛的胜负结果，单单买通裁判的可行性有多高？如果再去买通一名或多名球员，成功率才会更高。所以我和小可分析了球场上的所有球员，得来了这个结果。"

　　当然，如果梁磊只是在当时的球赛中做出这个与自己习惯完全不同的防守动作，也确实证明不了什么，但赛后梁磊的一系列行为，让他变得更加可疑。

　　2012年梁磊只有三十岁，正是一个中卫的最佳竞技年龄，成熟有经验且身体也在最佳状态，但赛季结束后，梁磊在没有任何伤病的情况下宣布退役。当年的足球黑哨事件过于热门，所有的媒体和球迷的关注点全部都在对黑哨事件的调查和处理中，没有人关心这个江城队队长的退役事件。

　　梁磊出道于江城队青训营，十六岁就跟随一线队训练，十八岁就进入一线队大名单，成为重要替补队员，当时他个子高、速度快、回追快，打的还是左边卫；二十岁时已经成了球队主力左后卫，二十二岁时被当时的主教练改造成左中卫，当年中职联赛中各支球队的中卫多是转身慢、速度也相对较慢的大个子球员，面对水平越来越高的外援前锋，转身慢相当吃亏，教练也正是看中了梁磊转身快、速度快的特点，才成功将其改造成为当年中职赛场上的最佳中卫。也就是从那一年开始，梁磊改掉了边后卫时期身后铲球的动作，一个年轻的主力中卫在一年的联赛中没有吃牌，更没有给对手送上一粒点球，这绝对算是一个防守奇迹。

　　也正是从那一年起，梁磊成功入选国家队，并逐渐成为国家队主力中卫，一直到三十岁他都是国家队和俱乐部的双料主力中卫，且是江城队队长。八年的中卫生涯他只拿到三张黄牌，从没有红牌，只送给过对手两粒点球，其中一粒就是在他退役前夕。梁磊的足球生涯开始于江城队，结束于江城队，不曾转会，连租借到其他队的经历都没有，是一个一生一城的忠诚典范。

按常理来讲，一个正值职业巅峰的主力中卫、球队队长、球队里的灵魂人物，没有任何大的伤病，怎么可能会选择退役呢？他还能维持巅峰3~4年，甚至能成长为国家队队长。

带着这个疑问，陈诗怡和胡小可查阅了大量当年的足球新闻以及各种球迷贴吧论坛，找出了几条完全符合他们怀疑逻辑的线索。2012年之前的中职赛场，有大量资本引入，球队为了快速提高球队成绩开启了高薪聘请"大牌"外援策略，同时在国内球市购入有实力的明星球员并予以高薪，以提高球队成绩，江城队同样也是如此。"高薪低能"这个词可以说贯穿了那几年的足球媒体报道，很多球队花了高价转会费买来大牌高薪外援，但很多外援都名不副实，或者水土不服，没有在比赛中踢出自己的身价，却还享受着超高薪水。而像梁磊这种球队自己培养的本土主力球员的薪水和队内外援薪水竟然能相差十几倍。在当年的球迷贴吧中，有球迷爆出梁磊和俱乐部高层因薪水问题爆发冲突，这或许也是梁磊当年选择退役的原因。

所以梁磊身上有三个可以将他和赌球案联系起来的怀疑点，一是那个与自身防守习惯完全不同的背后铲球；二是当年赛季结束后在当打之年选择退役；三是作为球队灵魂和队长，薪水却低于外援十几倍并与俱乐部高层发生过涨薪冲突。第三个原因尤其重要，也许就是这个原因，他选择参与了赌球案，以发泄心中不满并因此获得金钱补偿。

如果梁磊真的参与了赌球案，那从他身上或许可以为本案撕开一个缺口。

　　高寒完全认同陈诗怡和胡小可的调查和分析结果，现在任何一个可以为本案带来实质调查方向的线索都不能放过。

　　江河两地往返人员名单的调查工作目前还没有任何收获，江城刑警队一天的时间问询了七个人，没有发现疑点。

　　陈诗怡给河城谢队打了电话，河城方面的名单查访压力更大，需要调查的足足有一百多人，他们没有办法像江城警队一样，对每一个江河两地往返人员名单上的人过三遍堂。谢队安排了有足够经验的老刑警对往返名单上河城的九个人逐一查访，得到的结果是无疑点。陈诗怡在电话里质疑，有没有可能问询和调查得不够仔细，才没有发现疑点？谢队说，眼下只能如此，还有飞流工具厂的一百多人需要调查，人手不够，不可能对每一个人刨根问底了。但谢队保证，三天内把飞流工具厂里那个人抓出来。

　　谢队的保证让陈诗怡心里有了更多底气，她把这份底气原原本本地传递给高寒，而高寒得到的却不是底气，更像是两个警队之间争分夺秒的竞争。

　　此时江城刑警队的众人正在会议室里一边休息一边将一天下来的所得共享分析，除了陈诗怡这边还不知道是否是有价值的新发现，其他人又是一无所获的一天，忙碌一天后众人尽显疲态，只等高寒发话，解散回家。

　　但高寒还在等，陈晨和大飞还没有回来，他刚拿出手机准备给陈晨打电话，就见陈晨和大飞气喘吁吁冲进会议室。

"好消息，当年张海洋的举报信就是张葛胡三人联名并实名举报的。"陈晨不等坐下，脱口喊出。

"好，仔细讲讲。"

"我们一早去了检察院，约好档案管理员对卷宗又进行了一次全面检查，结果还是没有；随后我们按照卷宗上出现的检察院审理人员姓名做了登记，开始逐一查访，最后在一个退休的老检察官那里得到证实，他清楚地记得当年三名举报人的姓名，而且收到举报信之后，案子调查之初他就将三人传唤至检察院，对举报信的内容进行进一步证实。张葛胡三人说，赛后三人非常气愤，喝了一顿闷酒，一气之下找到张海洋家准备暴打张海洋一顿，结果没有看见张海洋，却发现有人将一箱钱送到了张海洋家里。检察官问他们怎么知道是一箱钱，他们说张海洋家的钥匙就放在门口的消防栓里，送钱的那人就是自己拿了钥匙开门，等送钱的人走了，他们悄悄潜入张海洋家，打开了箱子。案件进入调查之后，张海洋很快认罪，检察官也就没再把注意力放在张葛胡身上。"

"这就对得上了，张葛胡三人把自己赚来的钱栽赃给张海洋，而张海洋当年因为儿子重病急需要钱参与了赌球，家里出现五十万元现金他的第一反应肯定是赌球操纵者送来的，但又忌惮于赌球操纵者有可能会对自己的家人不利，所以独自承担下罪名。不管张海洋是在什么时候知道了这五十万元现金的真相，他都只能吞下这个哑巴亏，出狱之后他开始调查幕后真相，发现了举报者，而后报复。作案动机能够坐实，但是他是如何知道举报者信息的呢？他和凶手之间又是什么关系？难道他和十五年前李斌案也有关系？"高寒异常兴奋，大脑陷入高速思考。

会议室的人们也一下子摆脱了一天的劳累，空气里充满躁动，你一句我一句地讨论新的疑问和自认为合理的解释。

虽然张海洋有了充足的作案动机，但随着举报人身份的确定，随之而来的是更多的疑问。现在的案情还没有任何实质性证据能够指向张海洋，要想啃下这块骨头，光是推论还远远不够，证据，高寒需要证据，没有证据的单纯怀疑只会让自己误入歧途。

张葛胡三人遇害的原因到底是什么？真凶到底是谁？赌球案的真相是什么？现在压在众人面前的三座大山，只有真凶所持有的螺丝刀凶器这条线算是有明确的追查方向。遇害原因一直在猜测阶段，而赌球案的真相也极有可能只是牵强附会。

讨论越多，猜测越多，高寒脑子也越来越乱，他安排好明天的工作，姜悦、李大有等人继续问询江河两地往返人员名单上的人员。陈晨和小刘去盯梢张海洋，在他解除怀疑之前决不放弃对他的调查。而高寒和陈诗怡去调查新方向，看看在球员梁磊那里能不能有收获。

第十五章

江城队前队长

10月24日一早，高寒和陈诗怡驾车来到江城足球俱乐部青训基地。

江城足球俱乐部青训基地位于江城城南山区，江城城北有大江流过，城南有山区阻隔，所以城区的发展主要在东西方向，东边有新城开发区，城西随着新高铁站的运营也逐渐繁华起来。又随着江城经济的快速增长，南部山区成了富人别墅区的聚集地，江城俱乐部也幸亏是早年间就采购下这片当时无人问津的地皮修建了青训基地，这里山清水秀、清清静静，确实适合孩子们专心学习、专心练球。

梁磊于五年前回到江城俱乐部，在拿到教练证之后开始担任江城队U16梯队教练。不管之前和球队闹出过什么矛盾，一个江城队队史上的功勋队长回到母队任职都无可厚非，这是一个活跃在中国顶级联赛且从未降级的球队该有的底蕴。

　　江城队青训基地又叫江城足校，可以把它看作一个含小中高三级的全日制寄宿学校。高寒和陈诗怡在学校门口保卫处登记后，驱车进入足校，和常规学校不同的是这里有更多草皮质量不错的球场。

　　梁磊此时正在健身房做着运动，四十岁的他仍然保持着三十岁时在球场上奔跑的体形，十年的时间好像从他身上什么也没带走，上午的时间他的队员们需要上文化课，下午才会归他管理。对于高寒和陈诗怡的突然到访，梁磊有些错愕，从十岁起他就和足球打交道，除了家人，他生活的一切都是围绕足球，他所能接触到的穿制服的人员可能也只有球场保安了，警察对他来讲太过陌生。

　　"请坐。"错愕地听完两人自我介绍之后，梁磊带二人来到健身房休息区，给二人拿了两瓶水。

　　"咱们就开门见山吧，我觉得运动员应该喜欢直来直去。"见高寒没有开口的意思，陈诗怡主动开场，梁磊给她的印象不错，运动服、肌肉、微汗、圆寸、干练、毫无畏惧。

　　"那太好了，你们刑警是不是那种走在大街上就能看出谁是坏人？问话中就能知道对方是不是撒谎？"错愕之后，梁磊又觉得警察很好玩。

　　"那我先问几个小问题验证一下，2012年你才三十岁，一个中卫的最佳年龄，身体也没有伤病，为什么选择退役？"不光毫无畏惧还很风趣，和张海洋那种沉稳伪装完全不同，梁磊毫无四十岁的世故，陈诗怡对他的好感再次上升，她已经能感觉到在梁磊这里能问到自己想要的结果。

"当时的足球环境不太好，联赛比较畸形，退役也算是自己的一种无声抗议吧。"

"没说实话，至少没全说。"

"嘿，你这小姑娘还挺厉害。你是用你们的技术听出我没说实话，还是提前调查过我，才知道我没说实话？"

"都有，既然能来找你了解情况，肯定会提前对你做一些背景调查。"

"也对，不打无准备之仗对吧？和我们踢球一样，下一场对手是谁一定要做阵型预演，知己知彼，对付不同的对手要做不同的战术布置。"

"所以实话是什么？"

"实话就是薪水太低了，当然这个薪水太低是相对的，和大多数普通人相比，我当时工资加奖金能拿几十万，绝对算是高薪群体了。但是队内的外援比我多拿十几倍，从别的队挖来的国内球员年纪轻轻也比我多，你说可气不可气？当时中职联赛搞金元足球，上游球队为了比赛成绩，全都去国外找优秀外援，但是好外援看不上中职，所以只能高薪买，这我能理解。买外援就是让他们能摧城拔寨、能进球，所以各个球队的外援配置几乎都是前锋，中职水平和欧美相差太多，别说欧美就连日韩也比咱们高不少，球员也一样，技战术水平、身体素质、速度、跑位都比咱们强，尤其是高水平外援。你想想我是踢中卫的，那些外援前锋突你、过你、用小技术杂要你，当时的国内后卫太吃亏了，我们在比赛中是最累的，脏活累活全是后卫的，精神要一直绷着，要时刻防着那些外援前锋不知什么时候就冲你一下。如果外援水平强能进球拿高薪，这个我认，毕竟人家能力在这，技术扶贫对吧？但也有那些高薪低能，拿着高薪混日子的，反正人家签了好几年的大合同，解约就赔钱呗。还有就是国内挖来的球员，薪水也比我们这些老队员高，这就有点说不过去了，我也是主力球员，还是国家队主力。为这事儿，我们队内的老队员都很不满，我是球队队长，自然要出头去和俱乐部领导去聊这件事，俱乐部领导软硬兼施，软的就说球队不容易，外援已经花了那么多钱，球队也难，要我们理解球队；硬的就说按合同办事，反正我们前几年合同薪水就已经签死了，没法涨。后来我就因为这事和俱乐部领导爆发过冲突，所以赛季结束之后就退役了，窝火，没意思。"梁磊回忆起往事来滔滔不绝，或者说他聊起足球有关的事情就会滔滔不绝。

"这像是实话。给你看段视频。"陈诗怡打开平板电脑里剪辑好的梁磊球员时代防守技术动作分析集锦视频，拿给梁磊。

"你到底是刑警，还是搞足球技术分析的？"梁磊的表情和眼神在炙热地表达自己对这个视频的喜爱，视频中不光是他球员时代的防守动作集锦，还用柱状图、饼状图、曲线图等清清楚楚地分析出，他在禁区内不同位置、面对不同方向来球与不同方向球员、禁区内参与防守人员人数及站位、参与进攻球员人数及站位等不同情况下，他自己会选择哪种防守方式，是盯人防守还是卡位、盯球，如何破坏球，用哪只脚破坏球，等等，全部用数据做了全方位的细致分析。在他踢球的那个年代，数据分析还没有如今盛行，更没有人会对自己这样一个中职的后卫球员做如此系统的分析，大众喜欢的是前锋，喜欢能进球的人。"这个视频能发我一份吗？是谁做的？"梁磊眼中冒着光。

"当然可以，是我做的技术分析。"

"老球迷？还是以前踢过球？"

"一个月之前我还对足球一无所知。"

"天才，你比我还要懂我。"

"那你再来看看这个。"陈诗怡从梁磊紧握平板电脑的双手中抢过平板电脑，他手劲真大，陈诗怡那一刻真担心他能把自己的平板电脑抓烂，陈诗怡关掉视频，打开那张动图。

"这次防守我记得很清楚，我给对手送了点球，球队也输了那场比赛。"梁磊的表情和眼神一下变了，从刚才的欣喜变成失落的回忆。

"在你退役前三年的所有比赛中，这是你唯一一次在禁区内背后铲球，我想知道为什么？"陈诗怡直视着梁磊，她想刺穿梁磊那看似无辜又单纯的眼神。

"你们是来调查陈鹏的吧？"

陈诗怡趁着抢平板电脑的空隙，慢慢坐回座位，趁着这个空隙高寒和陈诗怡在光速之间用身体气息做了神识交流，两个人从未想过会被被问询人突然将一军。陈鹏是谁？是否和本案有关？梁磊为什么突然提到陈鹏这个人？梁磊从自己的点球突然过渡到陈鹏身上，陈鹏和当年的赌球案也有关联？

"陈鹏和张海洋都聊聊吧。"陈诗怡故作淡定，只能见招拆招，高寒坐在一旁不动声色。

"两位警察同志，你们并不知道陈鹏是谁吧？既然你刚才说开门见山，那咱们就开诚布公地聊，告诉我你们想知道的和已经知道的，我也告诉你们我知道的，谁也别藏着掖着，怎么样？"梁磊虽然一辈子在和足球打交道，但是在中国，足球并不是纯粹的足球，想要在足坛立足，不光要技术好，还一定要懂得人情世故，这样才走得远，这是这里的"地方特色"。他放下手里的平板电脑，双手抱胸，摆出一副防守架势。

"梁指导，抱歉，在来见你之前，我们确实没有掌握陈鹏的信息。这次来我们是想了解十年之前那场球赛涉及的赌球案，那场赌球案极有可能关系到我们现在正在调查的一起刑事案件，但具体的案情我们现在还不方便透露，请你理解。来找你的原因，正是你刚才看到的，在十年前那场夺冠关键战中，你用了一个蹊跷的动作，而这个动作在你此前的三年的比赛当中从未出现过，而恰恰是这个动作让你们江城队丢掉了冠军，运动员尤其是老运动员都是有肌肉记忆的，你为什么在如此重要的比赛当中使用这个极有可能造点的动作呢？而且在赛季结束之后，你在当打之年选择退役，所以我们有理由怀疑，你也参与了当年的赌球案。所以，我们想知道当年到底发生了什么，以及，陈鹏是谁？"陈诗怡一脸从容，虽然梁磊脸上表现出些许抗拒，但她对他的好感并未减少，她知道他因刚才视频而对自己产生的好感也没有减少，他会配合。

"小姑娘，这个视频真是你做的？"

"在我一个同事的帮助下完成的，以现在的计算机技术还是比较容易完成的。"

"好，就冲着你这个视频，我会把我知道的都告诉你。做视频可能对你来说是一件很容易完成的事情，可自从我退役以来，从没有人对我的足球生涯做过如此精准又科学的复盘。这是我这辈子收到过的最好的礼物了，谢谢你。陈鹏是当年河城队的总经理，在赛前他私下里找到我，当时我和球队的矛盾，在足球圈子里不是什么秘密。他向我抛出了橄榄枝，说赛季结束后邀请我到河城队踢球，并允诺我四年高薪合同和签字费。我当年和江城队的合同还有一年，在最后一个合同年为自己谋求一个高薪合同，这可能是任何一个职业球员都想要的事情，而且我在江城队这么多年任劳任怨，江城队在最后一个合同年免费放我走，应该问题不大。说实话，我当时挺心动的，职业生涯末期最后一个大合同，薪水还那么高，搁谁谁都会心动，谁跟钱过不去呢？如果我能履行完河城队给我开出的大合同，就真的可以在退役之后完全享受退休生活了。

"我当时对陈鹏说要考虑一下，和妻子商量商量，毕竟我和家人在江城生活多年，去河城踢球自然要尊重家人意见。但陈鹏话锋一转，告诉我还要帮他做一件事情，那就是最后一轮比赛的时候，让我对河城队放个水，踢个假球，让河城队夺冠。他给我准备了一百万元的放水费，现金，告诉我已经把现金放在了我家旁边的一台车里，我可以随时去拿。而且这一百万元现金跟河城队的签约没有任何关系，也就是我只要在比赛中放水，这场球就可以拿一百万元，下个赛季转会到河城队，签字费和薪水都是另算的。

"我当时就火了，把陈鹏臭骂了一顿，我虽然和江城队管理层有一些矛盾，但江城队一直是我的母队，我爱这支球队，绝不会做出伤害这支球队的事情。而且，还有一点，那就是作为一个职业球员的职业道德，回顾我的职业生涯，不敢说是足球运动员的表率，也不敢说是江城队队史上的功勋球员，但至少兢兢业业好好踢球，有多大本事使多大本事，让我去做一件既违背职业道德又伤害江城队的事情，我做不到。陈鹏对我的臭骂完全没有生气，他笑呵呵地让我再考虑考虑，还说钱这几天会一直在那台车上放着，让我什么时候想清楚了随时去拿，然后留下了车钥匙，他就走了。你们猜我拿了那钱没有？"梁磊一脸轻松地看着对面两个人，就像是面对自己的球员在讲述当年球场上的故事一样从容。

"梁指导，听你的语气，以及考虑到你在赛季结束之后就选择退役，应该是没拿这笔钱，但你为什么会做出给对方送出点球的动作呢？"从情感和理智的角度，陈诗怡都选择相信梁磊没有拿这笔钱。

"说实话，我当时很犹豫。四年高薪合同，加上签字费再加上这一百万元，总价超过一千万元了，在2012年一千万元绝对是笔大数目。回到家后，我手里拿着那把车钥匙一直在卫生间洗澡，一直洗了一个多小时，像是入定了。我老婆感觉到不对劲，猛敲卫生间的门，我才醒过来，我把手里的车钥匙扔进了垃圾桶，擦干身体之后就把垃圾扔到了楼下。至于球场上那个动作，你视频里分析得不错，在禁区内身后铲球这种动作，我几乎不用。你所说的肌肉记忆也是没错的，老运动员都会有下意识的动作。但还有一种情况叫灵光一现，巴西足球赛场上有太多灵光一现的伟大动作，包括在欧洲五大联赛、欧冠、世界杯等这些顶级赛事中，都会看到很多灵光一现的天才级传球进球，就像2002年齐达内在欧冠决赛里的天外飞仙，2014年范佩西在世界杯里的鱼跃冲顶，2018年C罗在欧冠赛场面对尤文图斯的惊天倒钩，这些神奇又无法超越的进球正是不可复制的灵光一现，球员在那一秒钟为什么会选择用这个动作踢球，他自己可能都是没有意识的，它就自然发生了，所以你所说的肌肉记忆并不绝对。

　　"当然了，我当时选择身后铲球，并不是灵光一现，而是因为慢了。不光我慢了，那个持球进攻的球员也慢了。那场比赛节奏很快，决定冠军归属的比赛，谁都想赢下来，所以到了下半场，双方中场已经不设防，就是在冲刺在进攻，比赛已经临近结束，球员们的体能已经到了极限，谁都是强弩之末。你们看。"梁磊说着，又把平板电脑里那张动图打开，拿到两人面前，"当进攻球员带球突入禁区时，我方防守球员还没有落位，我在进攻球员的斜后方补防过来，速度已然追不上了，这种情况下，他会直面守门员，半个空门的情况下以他的能力，可以有一万种方式能进球。但是他的体能也不够了，球没有带好，稍稍趟大了，足球和他的身体之间有不到一米的距离，这个时候我唯一能做的事情就是把身体扔出去，追已经追不上了，但是把身体扔出去，利用身体惯性，我有把握能够在他与球的空当之间把球破坏，而事实证明我做到了，我先碰到了球把球破坏，进攻球员躲避不及撞在我身上摔倒，当然也有假摔的嫌疑。我先破坏了球，没有犯规，而且即便是主裁判视线受阻，没有看清我的防守动作，在这种关注度这么高的比赛中且临近比赛结束，主裁判一定会好好斟酌，这种比赛判点球一定会引起强烈争议；而且他一定也会征求边裁的意见，当时边裁并没有举旗示意犯规；如果裁判张海洋按照他以往水平执法，那这绝对不是点球，当然我当时也不知道张海洋会参与假球。这就是那场比赛中，我为什么会做这个动作。"

"是我卖弄了。"陈诗怡有些失落，她过于相信技术统计，过于相信数据分析，作为一个非球迷，她已经从技术层面把这个点球分析到了极致，但她恰恰缺少了对真实足球比赛的了解，足球赛场是瞬息万变的，球场上有二十二名球员，再加上一名裁判，他们都是活生生的人，二十几个人在一起所产生的变量，即便是用现在的计算机来分析，也无法真正做到完美的技术判断。

"梁指导，关于张海洋参与的赌球案你还知道什么？张海洋被举报后，你是怎么想的？你做了什么？"高寒没有理会短暂陷入懊恼的陈诗怡，提出了自己到场之后的第一问。

"在赛季结束后我选择退役，和这件事也有关系。你们想想，我们中国足球顶级联赛的金哨，竟然参与假球，这个足球环境还能好得了吗？实话讲，张海洋这个裁判已经算是中国足球赛场上的佼佼者了，我到现在也想不清楚，为什么他也会参与假球？或者他有难言之隐吧。张海洋参与的赌球案，我不太清楚，但是我知道2012年之前的中职联赛确实有赌球存在，只是具体怎么操作我不知道，是谁在幕后操作，我也不知道。

不知道你们信不信，我这个人比较本分，只想做自己分内的事情，其他的我不太有兴趣。但有一点，我可以确认，张海洋绝不是赌球案的组局者，其中之一也算不上，他不够分量，充其量只是一个棋子。真正能够组局操纵假球的人，都是幕后的大佬。至于陈鹏和张海洋之间有没有什么关系，我觉得是有的，但是张海洋是参与赌球，还是接受了陈鹏的贿赂，我不清楚。你问我做了什么？我能做的也只有退役了，眼不见为净，我没有那么大能耐，什么也改变不了。"梁磊脸上出现了一种连阴天一样的阴郁，是唏嘘也是无奈。

"事后陈鹏联系过你吗？"高寒接着问。

"没有，我把他电话号码删了。而且紧接着，我们就要准备重赛，赛后我就宣布退役，一个已经退役的球员，对他来讲也不会有什么价值了。"

"陈鹏向你行贿这件事，还有其他人知道吗？"

"这件事我妻子都不知道，你们是第一个从我嘴里听见这件事的人，至于陈鹏有没有跟谁说过，那我就不知道了。"

"南看台球迷会，你还有印象吗？"

"2012年左右我们主场看台上确实有这么个球迷会的横幅，不过我这个人当时比较闷，基本没有参与过和球迷会之间的互动活动。"

"南看台球迷会的三个发起人，张楚、葛明辉、胡利民，你有印象吗？"

"没什么印象。"梁磊的表情真实地表露出他在好好回忆思考，但并无所得。

　　高寒问完这几个问题后，和陈诗怡对视一眼，表示自己已经没有什么想问的了。

　　"梁指导，我们目前调查的属于重大案件，你今天对我们说的内容，我们还要进行核实调查，之后有可能还会打扰到你。"陈诗怡接收到高寒的眼神，做了终结语。

　　"没问题，有你这件礼物，随时来找我。"

第十六章

新方向　河城队

　　10月24日，上午刚从江城足校回来，当天下午高寒和陈诗怡就带着姜悦、李大有二人坐上了去往河城的高铁。按照高寒的性格，他应该从江城足校出来之后，立刻开车带陈诗怡开往河城，但又考虑到，陈诗怡需要收拾行李，李大有和陈诗怡一起来江城出差，此刻也应该一同回河城稍做休整，而带着姜悦则是为了达到出警的最低人数标准。高寒本想带陈晨一起去，男同事之间相对方便，但见完梁磊之后，他对张海洋怀疑的程度只高不低，所以对张海洋的监控绝不能放松，盯梢这件事陈晨更妥帖一些。

　　陈鹏绝对是江城足校之旅的一个意外收获，但高寒和陈诗怡绝没有想到，这个意外收获将决定着案情的走向。

　　在江城足校与梁磊告别之后，高寒立马给姜悦打了电话，让她立刻去查陈鹏的信息，结果显示陈鹏的户籍信息和居住信息依旧在河城。"去河城！"高寒和陈诗怡见完梁磊回到车上之后，同时喊出了这三个字。高寒驱车赶回警队，安排好工作事宜，江河两地往返人员名单上的人继续查，由大飞负责，陈晨和小刘继续盯梢张海洋，同时安排了人手去调查梁磊。

高铁之上高寒睡着大觉，不管窗外风景如何如画，不管环境如何嘈杂，他只要想睡，不管怎样的外部环境都不能影响他。姜悦得知从梁磊处获得如此重要线索，对陈诗怡由开始的不屑变成由衷的佩服，但佩服也只是局限在作为刑警破案侦察的技术与讨论上，而其他的如情感如女性之类，她暂时放下，毕竟陈诗怡只是出差，案子破了也就会重回河城，一切都不会有变化。想到此，姜悦放下昨日那沉重包袱，和陈诗怡、李大有悄声在车厢里讨论着案情有可能的一切。

河城的夜不如江城那般清冷，暖意还在短暂停留。河城刑警队内正如江城刑警队先前一样，昼夜不歇地在重点调查飞流工具厂名单上的人员。大案当前，没有接待寒暄，高寒等人在陈诗怡的介绍下，和谢队等人简单打个照面，开了个简会，继续共享和分析了一下案情。其实也没有什么可以再深入讨论的内容，案情进展江河两地每日都会共享，对现有线索，谁都清清楚楚。高寒本想留下加班帮忙，但被谢队谢绝，让陈诗怡领着吃了晚饭而后入住警队招待所。

10月25日一早，高寒和陈诗怡就来到陈鹏家。

陈鹏住在河城老城区，该小区楼栋不多，楼层也都不超过十层，远远看去已经发乌，被岁月刻画得越来越深，但小区内绿化做得很不错，曲径幽深、枝丫乱舞，江城已是落叶纷纷，而这里还红绿争晖，更让人想不到的是，小区里竟然实行人车分流。陈诗怡讲，小区虽然坐落在老城区，远远看着老旧，但这里确实是十几年前正经的市中心，只不过近些年开发区在东边大肆扩张，开发区道路规划完善、功能分区合理、河景公园建成、大厂林立，新河城人几乎都围绕开发区新城生活，如果不是因为这里是河城最贵的学区房，外人已经无法看出这里曾是河城富人区。清早的小区内，不少老人随着鸟雀鸣叫声在小广场上练着太极。

资料显示陈鹏在2016年卸任河城俱乐部总经理后一直处于无业状态，名下亦无其他房产。在高寒正要敲陈鹏家门时，陈鹏刚好开门准备外出。

"你好，是陈鹏吗？"高寒和他四目相对，陈鹏戴着鸭舌帽，黑色长T恤外套着黑色运动帽衫，皮肤黝黑，不到一米八的个头，开门的手上条条青筋，彰显着力量。

"是我，你们是？"陈鹏握住门把手保持着门半开。

"河城刑警队的，找你了解点情况。"高寒和陈诗怡把警官证举在陈鹏面前。

"哦，请进。"陈鹏眯着眼看了一会儿，他看到高寒的警官证上显示他来自江城，但他并没有因此而质疑什么。

陈鹏脚穿一双黑色运动鞋，玄关处放着他刚换下的拖鞋，房间地面很干净，或者是因为警察的到访，他并没有再次换上拖鞋，直接把人让进客厅。玄关回廊挺长，穿过回廊是亮堂的客厅，客厅与开放式厨房相连，厨房边上就是阳台，朝着正南方向，清晨来自远东的阳光已经斜插着穿进房内。

"你们先喝口饮料，我去烧水泡茶。"陈鹏从冰箱拿了两瓶饮料放在高寒和陈诗怡面前的茶几上，而后又走到厨房与客厅相连处放着茶海的吧台，接水烧水，像是在招待熟识老友。

"家里就你一个人？"

"我老婆送小孩去上学了，送完小孩估计又去找姐妹逛街了。请问你们有什么事？"把水壶烧上水之后，陈鹏坐回茶几旁。

"2012年中职联赛最后一轮，也就是河城队和江城队比赛之前，你找梁磊给他送了一百万元，有这事儿吧？"高寒开始发问，陈诗怡拿出平板电脑准备记录。

"是，不过他没收。"陈鹏愣了一下，看不出脸上有什么表情变化，他没有摘掉帽子，在自己家中仍旧戴着鸭舌帽，看上去非常奇怪。

"为什么要给梁磊送钱？"

"当然是为了赢啊，我们老板想要拿当年的中职冠军，所以就想用点手段，但没想到梁磊竟然不为所动，我还挺佩服他的。"

"所以，你也找了张海洋，也给他送了钱？我想知道，你们用了什么手段让张海洋闭嘴的？"高寒身体前倾，语气开始变硬，他这是一种攻击姿态，因为他隐隐感觉到陈鹏像是一块旧海绵，软软的会变形，重拳打上去也不会有什么变化，但是当这块旧海绵蓄上水冰冻起来，那就是坚硬的利器。

"我没有找张海洋，更没有给他送钱，我知道的是，张海洋因为赌球被判了刑，他应该已经出来了吧，这件事你们可以去问他。"

"聊聊给梁磊送钱这事吧，钱是从哪来的？中间有多少人参与这件事？"

"钱当然是俱乐部的钱，当时我们老板给俱乐部投了很多钱，买外援、挖内援、修球场，还有各种公关费，一百万元对我们俱乐部来说不是问题。我是俱乐部总经理，从财务那里直接支了一百万元，财务也只知道我支了一百万元，但这一百万元用在了哪里，没人知道，也没有其他人参与。"

"你们老板呢？也不知道？"

"我们老板投资这家俱乐部，就是想要球队有成绩、能夺冠，只要能夺冠，花了多少钱，花在了哪里，他都不关心。"

"你的意思是，你老板授意你去贿赂其他人？"

"不需要他授意，如果我不懂老板的心思，俱乐部也就不会交给我来管了。"

高寒刚要接着问，陈诗怡的电话和厨房吧台烧水壶水开的声音同时响起。电话是谢队打来的，陈诗怡眼神示意高寒，而后拿着电话走到阳台接起，与此同时，陈鹏也走到厨房去处理水壶，高寒坐着没动，眼神围着客厅转来转去。

"喂，谢队。"

"诗怡，陈鹏有可能就是我们要找的凶手，现在你们稳住他，我们正在路上，马上来支援，就这样。"

陈诗怡挂断电话，转身看了一眼陈鹏，他正在厨房吧台后忙活着，像是在泡茶。她又打开手机，编辑微信"陈鹏是凶手"发给高寒，信息发完，她抬起头眼神刚好和高寒相对，她用手指指手机，示意高寒看手机信息。

此时陈诗怡的眼神正在高寒身上，她正要从阳台走回客厅；高寒的眼神转到刚刚从口袋里拿出的手机上，准备看这条刚刚收到的信息；陈鹏的眼神左右飘忽，他在时刻关注着眼前这两人，他心想，这是一个绝佳的机会，两个警察之间距离很远，无法做到及时救援和配合，在陈诗怡走回沙发重新坐下之前，他有机会先将陈诗怡击倒，然后获得和高寒一对一搏斗的机会，他有信心在高寒掏出枪之前将其击倒。

陈鹏手拿飞流螺丝刀已经转移到吧台靠近阳台那一侧，他没有抬头，但是已经用余光观察到陈诗怡正在侧视着自己朝沙发方向走来，而高寒在低头看着手机，五秒钟的机会，先将陈诗怡击倒。1235-A型螺丝刀是他最喜欢的工具，可拆卸的螺丝刀把手是直径足有三厘米的高密度塑料，没有人工干预在地球上一万年也不会损坏，螺丝刀金属部分足有二十厘米长，尖头一侧已经被他打磨到吹发可断。在工人手里，它是一把修理工具，在他手里它就是一把杀人利器。他只有五秒钟的时间击倒陈诗怡，不能用尖头去捅，把螺丝刀捅进身体里再把它拔出来的时间，足够高寒做出反应，这样会对自己下一次的攻击非常不利。他把螺丝刀的金属部分握在手里，他能感觉到硬钢传递到自己手心的温度，这是他的伙伴，它在告诉他，快动手。

陈鹏身子一闪，从吧台一侧冲到陈诗怡身前，高高举起手中的螺丝刀，要将螺丝刀把手部分狠狠砸在陈诗怡脑袋上，只需要一秒钟就能让陈诗怡无法动弹。

陈诗怡已经捕捉到陈鹏向自己压来的动作，那个动作势大力沉、饱含杀意，面对一个有杀意的对手，她明白自己必须变得嗜血才行。她是灵敏的、果断的，大脑在一刹那做出决定，距离太近她无法做到有效躲闪，她弯腰低头双腿前屈扎稳步子，抬起左臂挡住头部，右手伸向腰间打开枪套，只要左臂挡住这一击，她就有机会掏出手枪，将陈鹏击毙。

"小心！"高寒眼睛瞥到陈鹏从吧台里一闪而出的动作，他此时还没有看到手机里的信息，只是意识到危险不自觉大喊。他往腰间一摸，坏了，腰里没枪，昨晚才刚刚来到河城出差，一大早就来调查陈鹏，申领枪支的手续过于烦琐耽误时间，如果他能预料到此时陈诗怡的危险，一早出门时不管手续再烦琐，他也应该配枪出门，但现在不是后悔的时候。高寒摸往腰间的手立刻改变方向，他双手按住茶几桌面，双手同时发力让自己的身体瞬间弹起，他跳在茶几上，双脚继续发力，一个标准又迅捷的二连跳。他想到了梁磊昨天说过的那句话，他距离球太远了，只能将身体扔出去，利用惯性将球破坏掉。此刻他能做的也只有把身体扔出去，利用身体的惯性来弥补将近四米的超远距离，但他已经无法将球破坏掉，他的身体够不到螺丝刀也够不到陈鹏，他只能够得着离自己最近的陈诗怡，现在能做的就是用自己的身体来保护她。

陈诗怡和陈鹏谁都没有意料到，在如此短的时间之内，还能在半空中飞来高寒一米八多的结实身体。陈诗怡双腿继续下蹲，身体后仰，准备迎接这次来自高寒身体的撞击。陈鹏已经无法改变自己双手运行的方向，螺丝刀狠狠地砸了下去。

　　高寒后脑吃痛，眼前一黑，趴在了陈诗怡身上，昏倒之前他还在想，陈诗怡应该没有受伤吧？

　　陈诗怡在高寒冲来之前虽然已经做了后仰动作，在倒地之前右手将手枪掏出，而后绕过高寒的身体对准了陈鹏射击，但高寒的冲击让她的身体和动作全部变了形，她被高寒撞倒在地，高寒的身体压在自己下半身，她把刚才护头的左臂垫在脑袋底下，以防止强烈冲击之下头部受伤。手枪打歪了，子弹射中了吧台上刚烧开水的水壶，玻璃碎片纷飞。

　　陈诗怡在准备开第二枪时，陈鹏已经半蹲着绕到吧台后面。错失机会的人一定会受到惩罚，这是陈鹏心中认定的铁律。他大脑飞速运转，他知道击杀二人的机会已经没有了，反而自己有了被杀的危险，他现在只剩下十秒逃命的时间，在陈诗怡还没有从高寒身下脱身之前，自己要冲出客厅，滚到玄关回廊，溜之大吉。

　　随想随做，陈鹏起身将吧台上的茶海胡乱扔向倒地的陈诗怡，冲出吧台，又将手中的螺丝刀扔向陈诗怡，而后快跑到回廊，打开房门，出门关门锁门，一系列动作一气呵成，他缓缓呼了一口气，现在他有时间可以从容逃走了。

　　陈诗怡的第二枪击中了朝自己飞来的螺丝刀，螺丝刀在空中一个后仰弹到天花板又落了下来。陈诗怡抽出自己的身体，从地上爬了起来，追到回廊，想要开门但门已被反锁。"操！"她大喊一声，用脚猛踹了一下门，门丝毫没有反应。她转身回到客厅，趴在地上检查高寒的伤势。

　　"高寒！高寒！醒醒！"陈诗怡左手晃着高寒的身体，拿枪的右手伸到自己面前去擦拭滚烫的泪水，为什么流泪啊？为什么那么伤心啊？高寒，你傻啊。

陈诗怡拿出手机打给谢队，告诉他陈鹏已经逃脱，并把他们二人困在了房内，需要立刻在小区周边布控，封锁小区和周边路段，嫌疑人身穿黑色运动帽衫、蓝色牛仔裤、黑色运动鞋、黑色鸭舌帽；叫救护车，高寒头部受伤已经昏迷。说完，她挂断电话，不需要再给谢队解释什么，谢队会立刻布置一切，一个老刑警、老队长会从容地应对这一切。

陈诗怡跪在了地上，把高寒身体翻了过来，让他平躺在地上，解开他衬领的衣扣，让他能够呼吸顺畅，高寒的呼吸还算平稳，这就代表身体应该不会有大碍，她只能这么安慰自己，她清楚，头部受重创，只是呼吸顺畅并不能代表什么。她轻轻摸了一下高寒的脸，又一滴泪水从她的手指缝隙间滴落。

高寒没有醒过来的迹象，她起身来到玄关置物柜前，一般情况下，家里会有备用钥匙放在这里，她一层层翻找，终于找出一串钥匙，挨个试着打开了门。她犹豫了几秒钟，是现在追出去，还是守在高寒身边，等他醒来或者送他上救护车？

电梯在本楼层到达的声响打消了陈诗怡的犹豫，谢队带人从电梯里走了出来。

第十七章

通缉嫌犯

"你没事吧？"高寒在被送上救护车时短暂地醒了过来，他抓住跟在旁边的陈诗怡的手，他手上的力气很足，但说话的力气却又很微弱。

"我没事，什么事儿也没有。"陈诗怡的手指动了动，回应着高寒。这一幕刚好被赶来的姜悦看在眼里。

"陈鹏呢？"高寒手上的力气丝毫没有放松，他自己也在想为什么手能使上力气，但嘴里的话却又那么虚弱。

"跑了，谢队已经把小区和附近路段全部控制起来了，他逃不掉。"

"你去吧，一定要抓住他。"

"好，我一定抓住他。"

高寒再次闭上了眼睛，抓着陈诗怡的手却丝毫不见放松，陈诗怡掰开高寒的手，让姜悦和李大有坐上救护车陪着高寒一起去医院。她目送救护车开走，定了定心神，她一定要亲手抓住陈鹏。

河城刑警队这两天在紧锣密鼓地追查飞流工具厂2009年员工名单，一百多人的名单当中着重排查能够接触到1235-A型螺丝刀的一线工人以及仓库管理人员。刑事案件中的大规模排查绝对有运气的成分，但排查过程中只要方向正确，或早或晚总能接触真相和线索，或早的时候就是运气出现的时候。运气站在了河城刑警队这一边，刚刚排查不到十人，就有人指出2007年飞流工具厂有个临时工痞气十足，在李斌案期间没有去上班，回去上班之后还和同事吹嘘去江城泡了个妞。这个家伙好像并不以飞流工具厂工作所得来生活，和当时社会上一些小流氓整天混在一起，身上有功夫，一身腱子肉，当时在厂子里没少打架，把不服他的人揍了一个遍，在厂子里横着走，工作期间也是吊儿郎当，车间主任也不管他，或许也是不敢管，他胳膊上还有文身，四个大字"亢龙无悔"，他把自己当作真龙。

排查审讯的河城警员听到这个信息，立马上报给谢队，谢队亲自问询了这个飞流工具厂前员工。前员工口中说的人叫陈文，在2009年离开了飞流工具厂，之后走了狗屎运，听说跟了一个大地产商老板做了保镖，再后来他看见陈文的脸出现在了足球报道上，那个河城俱乐部总经理长着一张和陈文一模一样的脸，但名字不一样，总经理叫陈鹏，不知道是不是兄弟俩。

这个线索非常重要，飞流工具厂加河城俱乐部，把李斌案和球场案联系在了一起。谢队安排人手调查陈文和陈鹏，发现两者是同一个人，只是改了名字。直觉告诉谢队，这个陈鹏极有可能就是凶手，而此时陈诗怡和高寒已经在陈鹏家中，把陈鹏当作一个有可能的案件线索来调查。谢队立刻带队赶往陈鹏家，并同时给陈诗怡打了电话，但没有想到陈鹏的警觉性那么高，身手那么好，他在两个战力顶尖的刑警面前从容不迫地逃脱了，还重伤了其中一人。

作为刑警，轻视对手绝对会付出代价，尤其是轻视一个像陈鹏一样冷血又缜密的对手。

谢队接到陈诗怡电话时，已经到了陈鹏所在小区的门口，他把带来的两车人分成三队，一队紧盯小区出入口，卡住陈鹏和他的车；一队去配合交警封锁小区周边道路，将陈鹏的车辆信息同步给所有同区域交警，卡死陈鹏开车逃窜路线；剩下的人，谢队亲自带着赶往陈鹏居住单元，两部电梯守住，楼梯守住，一层层扫楼，直至天台，与此同时谢队致电技术队，锁定陈鹏手机信号并追踪，信号显示陈鹏的手机依旧在小区内，但河城刑警队的人把小区翻了个底掉，仍旧毫无所获。

陈鹏再次消失了，就像他前几次作案后一样消失得悄无声息。之后有警员在小区垃圾桶内找到了陈鹏丢弃的鸭舌帽、运动帽衫和他的手机，陈鹏名下的车子也静悄悄地停在地下车库，后备厢里的钓鱼渔具惬意地躺在那里，正等待着主人随时召唤自己。

"谢队，怎么样？"目送高寒的救护车离开之后，陈诗怡找到谢队，急切地问。

"不见了！"谢队长得非常清瘦，两颊的肉都像是抹不开面子一样深凹进去。

"周边路段也没有发现？"

"时间比较急，只是紧急调动了周边交警以及派出所警力严查车辆，但陈鹏家的两台车都在车库里停着呢。"

"申请通缉令吧，然后加大协查力度，高速路口、高铁火车站、汽运站、机场全部下发协查通告，一定要加大警力。陈鹏的家人呢，有没有安排人监控起来？"

"陈鹏的妻子和女儿已经在他作案之前出国，去东南亚了。"

"什么？"

"我刚才安排人手调查陈鹏的家人情况，他女儿学校那边回复说她已经有一个多月没来上学了，陈鹏给她请了长假。陈鹏妻子的手机信号也不在市内，接着调查发现陈鹏妻女已经在一个月前购买机票出国去了。这小子心思太细了。"谢队抽烟的手微微发抖，从警几十年还没有人能在他的地盘上伤了警察还从容逃脱，他绝不允许这种事情发生。

"他跑不掉。"这句话，陈诗怡说给了自己听，谢队此时打通电话，继续加派人手对周边布控，并将河城所有客运站、高速路口、出城路口、城郊公交车站等地点全部布控起来。

接下来要做的重点，一是技术队对陈鹏家中进行全面搜查，尤其是DNA证据方面的收集，要先确认他是否就是球场案的凶手；二是去小区物业排查小区出入口视频监控，要追踪到陈鹏是从哪一条线路逃出小区的，以便天眼系统追查。

经过一天的调查和监控，河城刑警队内再次得到一个共识，陈鹏确实是消失了。从小区内电梯监控、出入口监控、车库监控都没有看到陈鹏的踪迹。众人分析下来认为有几种可能，他要么是翻墙出了小区，小区边缘的铁栅栏很难阻挡住陈鹏这种身手的人；要么是跟着其他业主的车一同出了小区而未被发现；还有一种可能就是他还藏匿于小区内，各楼天台也好，其他业主家内也好，狡兔三窟，他在小区内有租住其他房源也未可知。

小区外的布控情况也没有得到任何有用线索，小区周边路段在第一时间开始布控，在布控之际和陈鹏开始逃窜之间有一定时间差，如果陈鹏在这个时间差之内乘坐交通工具逃窜，那就如同鱼入大海，很难寻其踪迹。

河城的车站、机场、高速路口同样没有收获，陈鹏没有用自己的身份证购买任何票据；高速路出入口安排的警员虽然对每一辆过往车辆都进行了人员身份排查，但没有任何收获。

陈鹏将自己的手机丢下，没有了手机信号的监控，但同时他也放弃了数字消费的可能，除非他有另一台实名认证的手机，可以供他消费使用。

陈诗怡和谢队马不停蹄，对各路线索不时询问和总结，一天下来，他们得到的结论是：陈鹏有可能仍在小区内；陈鹏有可能仍在河城市内；陈鹏有可能已经逃窜出河城市。也就是说陈鹏有可能在任何地方。他们把他跟丢了，陈鹏戏耍了江城警方还不够，还要戏耍河城警方。

这一天下来唯一的收获就是，在陈鹏家中提取的毛发等可检测DNA的物品检测显示，陈鹏所遗留毛发里DNA序列与江城陈晨身上提取的血迹DNA序列一致。

他们确认了陈鹏就是球场系列杀人案的凶手，但他们又一次让凶手从自己眼前溜走。

入夜，陈诗怡和谢队打了招呼，一个人来到医院。这个时候她在追查中已经发挥不了任何作用，她心里已经承认陈鹏已经再次遁去，再耗费精力布控几乎没有作用。这个时候她需要做的是静下心来分析，陈鹏有可能去哪。

李大有坐在病房门外，他像是河城刑警队内最闲的那个人，别的同事都在紧张忙碌，而他守在病房门外毫无作为。陈诗怡让李大有离开，去警队帮忙也好，回家休息也好，总之不用继续守在这里。李大有想好好和陈诗怡聊下案情，虽然他已经从警情群内得知了今天的追查结果，但看到陈诗怡落寞又有杀气的脸，自觉闭嘴离开。

病房内姜悦坐在高寒病床前，面含温情目不斜视，直勾勾盯着高寒沉睡的脸。

"小悦，怎么样，医生怎么说？"陈诗怡调整好自己的情绪，推开病房门。

"脑震荡，颅内有血块，医生说，如果二十四小时内他能自己醒来，那就问题不大，血块也会慢慢自行吸收；如果二十四小时之内醒不过来，那就有可能血块挤压到脑神经，也就有可能一时半会儿醒不过来。"姜悦脸上有悲愤，但那种悲愤不是冲着陈诗怡，她脸上还有心疼和无助，她不知道如果高寒醒不过来，她该怎么办。

"他是为了救我。本来陈鹏是要拿螺丝刀砸我的脑袋，但是高寒在一瞬间冲了过来，挡在我面前扛住了这一击。"

"他就是这样，拼命三郎，看不得自己任何一个队友受伤，你不用自责。"姜悦抬起头看着陈诗怡，她好像看到了自己的脸，悲愤、心疼又无助。

"你喜欢他？"

"他一直拿我当小孩，我喜欢他有什么用？你喜欢他吗？"

"虽然只有短短几天，但我可以确定我爱他。"

"他也爱你。"

"瞎说。"

"真的，我太了解高寒了，我能感觉到。"

"前两天你在江城发脾气，是不是因为我？"陈诗怡坐在姜悦身旁，两个人坐在一张病床上，两人的眼睛都直勾勾看着身前病床上在睡梦中呼吸均匀的高寒。他时而露出微笑，时而眉头紧锁，好像梦里面也是悲喜交加。

"是，吃醋了。其实我当时是单方面地嫉妒你，凭什么你胡思乱想的方向高寒就会无条件地支持你去查，还调动各种资源配合你去查，但是今天陈鹏被确认为凶手之后，我一下子就想明白了，我离一个真正的优秀刑警还差很多，尤其是跟你相比，差的不是一点半点。而且我也知道，高寒一直把我当小孩，一直把我当成一个新兵在培养，从没有过一丝男女情感，但我之前把那种同事友谊、师徒培养错认为有男女情感在，你知道吧，就像是小女生青春期思春，觉得自己喜欢的优秀的男生肯定也会喜欢自己。"

"我也有过这种时候。"

"是吧？你后来不这样了？"

"来警队之后，警队里大部分人都把我当花瓶养着，如果我就错把自己当花瓶，当然也可能工作生活得不错，但我永远不会找到我是谁，我要什么。但现在我知道我要什么，我要成为什么样的人，也就知道了我想要什么样的他。之前那些让我分心的小女生的心思，也就全都消散了。"陈诗怡转过头看着姜悦，对面的姜悦就像是学生时代的自己，少女怀春却又理想远大，一直在怀春和理想之间蹉跎；同时她也看到了未来的姜悦，坚定又果敢。

"你和高寒都是我学习的榜样。尤其是你。"

"如果需要我的任何帮助，不管什么时候，随时找我。"

"一言为定，对了，陈鹏抓到了吗？"

陈诗怡把目前陈鹏的情况详细说了一遍。医院是一个神奇的地方，医院的墙壁聆听了比教堂更多的祈祷，病床前也见证了比其他任何地方更多的和解。陈诗怡和姜悦一个晚上守在高寒的病床前，你一言我一语，一直聊到依偎着入睡。

/ 第十八章 /

消失的陈鹏

10月26日，清晨。

高寒天刚微亮时便醒了过来，他睡了整整一个下午加一个晚上，自打球场杀人案开始以来，这是他睡得最沉稳最香甜的一觉，此刻的高寒满血复活、精神亢奋，他弹坐起来，后脑还是刺啦啦地疼。他一转身看见隔壁病床上睡得四腿交叉的陈诗怡和姜悦，两人脸就快要贴在一起了，她们俩什么时候这么亲近了？他从上到下打量了陈诗怡好几圈，发现并未受伤，这才安下心，而后悄悄下了床，在床头找到自己的手机和外套，轻悄悄地走出病房生怕弄出声响。睡了太久，嗷嗷待哺，他打开大众点评寻找附近的美味早餐，医院附近的店铺评分普遍不高，他索性打了辆车，奔出三公里来到一家生煎店，打包好几种招牌生煎和牛肉汤，免费调料包装了十几袋，而后打车回医院。

高寒在出租车里和司机胡乱聊着天，眼睛一直看着车窗外不断闪过的街景，什么时候能过上这样每天早晨慵懒着买早餐的生活呢？这一刻他把案子抛在了脑后，从第一起球场案案发开始，高寒和他们警队以及之后的专案组，一直没有掌握任何关键性线索，被凶手揪着鼻子遛，但就在昨天，凶手蹦了出来，成了一只暴露的秋后的蚂蚱，在高寒眼里这个案子已经接近尾声，兴许河城警方已经将陈鹏缉拿归案，接下来就是审讯、结案、移交检察院，可以趁着这个工夫好好在河城耍几天。

回到病房，陈诗怡和姜悦两人还在睡觉，高寒看看时间还不到七点，不忍叫醒她们。这段时间所有人都在强努着劲儿，昨晚她们又不知道熬到几点才睡，让她们继续睡吧，只不过这个睡觉姿势真能睡得舒服吗？高寒走近一点，拿出手机准备拍一张美人缠绕入睡图。

"高寒，你在干什么？你怎么起来了？"陈诗怡在睡梦中感觉到有什么东西在自己面前晃来晃去，猛然惊醒，准备弹跳起来，结果身边还有个"连体婴"姜悦，自己一时没法起来，只能大喊。

"高队，你醒了？"姜悦被陈诗怡的叫声惊醒，醒来后两人相互看着各自的窘态，赶紧分开下床。

"来来来，吃早饭，杨记生煎，百年老店，童叟无欺。"高寒赶紧把手机收起，支开餐桌准备进食。

"杨记生煎？离医院有三公里，你出门了？"陈诗怡看着身穿外套的高寒，质问道。

"身体感觉怎么样？不会是回光返照吧？"姜悦问。

"饿，太饿了，快来吃，一会儿凉了。"高寒打开餐盒，把整个生煎扔进嘴里，滚烫的汁液飞溅，嚼也不是吐也不是，只能张大嘴巴拿手扇凉。

"你们先吃，我去叫医生来给你检查。"说着，陈诗怡走出病房。

"知道饿就应该没事，以后你可以改外号叫高铁头了。"姜悦被食物的气味吸引，这才想起从昨天下午到现在还没有进食，饥饿感一下涌了出来，她走到高寒跟前开始抢食。

高寒边吃边向姜悦问询案情进展，得知陈鹏逃匿，还在追捕中，心一下凉了半截，立刻就要去办出院手续，被陈诗怡和她带来的医生拦了回来。高寒争不过眼前这两个女人，只得老老实实配合医生做检查、做CT，结果显示恢复不错，建议继续住院观察一天。得到医生的肯定，陈诗怡知道已经劝不住，只好急匆匆办好了出院手续。

河城刑警队已经发出对陈鹏的通缉令，城市所有出入口已经在严防死守，天眼系统也在城市内开启二十四小时追查，但至今仍毫无所获。

高陈姜三人回到河城刑警队与谢队会合，他们需要根据案情做下一步讨论和部署。与追捕陈鹏的工作同时进行的是对陈鹏的深入调查。陈鹏是李斌案和球场连环杀人案的嫌疑人这点已经毋庸置疑，但他的作案动机是什么还没有摸清楚。

河城警方很快从陈鹏在河城俱乐部工作期间结识的同事及其他熟知的朋友中，调查拼凑出陈鹏的履历，也基本推断出陈鹏在李斌案有可能的作案动机。

陈鹏老家在鲁西郓城，当地民间流传着一句出自《水浒传》的谚语，"梁山一百单八将，七十二名在郓城"，所以当地民间武风盛行，坐落着大大小小不少武校，而陈鹏就是出自当地武校的练家子。不到二十岁，陈鹏便跟随老乡辗转来到河城打工，在河城打工期间，与当地小痞子混在一起，不俗的身手让他很快在小混混间脱颖而出，经常有人找他帮忙打架平事。也就是在这段时间，陈鹏的身手不经意间被当时的昌泰地产老板梁昌泰发现，梁昌泰愿意提携陈鹏，陈鹏自然也愿意追随梁昌泰，毕竟昌泰地产在河城的大名无人不知。之后陈鹏便摆脱了自己的混混生涯，在飞流工具厂做起了临时工。在这个时候他还叫陈文。

陈鹏于2009年离开飞流工具厂，进入昌泰地产工作，也就是成了昌泰地产老板梁昌泰的私人保镖。梁昌泰于2010年收购河城俱乐部，也就是这一年陈鹏成为河城俱乐部总经理，并于同年购买了房产，他只用了一年时间便完成了人生逆袭。

逆袭的代价是杀人。能给陈鹏财富的是梁昌泰，想要杀李斌的人，也正是梁昌泰，但梁昌泰已于2016年携全家移民海外，此时无法找到他还原出当年真相。河城警方立即重启了李斌案在河城地区的调查，一些尘封的往事逐渐浮出水面。警方找到了李斌的妻子，面对案件重启，元凶梁昌泰又早已移民海外，李斌的妻子说出了当年的真相。十五年前昌泰地产作为河城本地的龙头企业，梁昌泰在河城地区风光无限，黑白通吃，对敢于冒犯自己和影响自己生意的人，从来是心狠手辣，毫不留情。李斌是河城本地人，捎客为生，那一年他撮合了一笔砂石生意从中抽佣，但不想这笔生意是截和了梁昌泰的，梁昌泰立马找到了李斌将其痛打一顿，并让他吐出了所有利润。李斌由此怀恨在心，开始收集梁昌泰在河城地区无法无天的犯罪证据，想以此威胁梁昌泰或向上举报，但还没等他完成报复，自己的行动就被人出卖给了梁昌泰。梁昌泰决不允许有人手握自己的犯罪证据并威胁自己，李斌也知道梁昌泰心狠手辣一定会杀了自己，便逃到江城，想等风声过后再想办法。但他并不知道，自己即便是躲到江城也躲不过这场杀身之祸。

梁昌泰派陈鹏去江城杀了李斌，并因此重用陈鹏，杀人的报酬是让其坐上河城俱乐部总经理的位置；根据李斌妻子给出的信息，河城警方得出以上推论，一切都看似合情合理。

但张葛胡三人又为何被杀呢？难道真的是张楚当年在和李斌的接触当中，看到了陈鹏行凶？或者李斌将收集到的梁昌泰犯罪证据交给了张楚？但梁昌泰早已移民海外，这份证据又有什么意义呢？张楚又为何时隔十五年再拿出这份证据呢？或者是张楚看到了陈鹏行凶，时隔多年之后认出了陈鹏？但江河两地相隔几百公里，两人是怎么产生交集的呢？

这一切疑问，现在还都没有办法解释，只有将陈鹏抓获，才能知道真相。

高寒这个专案组组长在河城这个人生地不熟的地方，无法施展拳脚，全面的缉拿工作照常由谢队指挥，高寒主动要求配合物证人员检索物证。谢队此时忙得焦头烂额，通缉、物证检索、人员问询、警员分配、信息整理，哪哪儿都要照顾到，他让陈诗怡配合高寒，将整个物证工作交给了陈诗怡和高寒负责，姜悦和李大有打下手。

任何人都不可能做到不留痕迹地消失，魔术师不能，陈鹏自然也不能。所以对陈鹏家中的搜查工作和线索排查就至关重要，每个人的生活痕迹都能指引出他要去的方向。陈鹏的出逃对他而言是被动的、紧张的，在家中一定会遗留重要线索。

陈鹏家的搜查工作已经完成，物证的整理和排查是一个琐碎的过程，说不定哪一件小东西就能给追查带来重要线索。他们要从日常最常用、最关键的东西着手，而后由点到面。河城技术队先是对陈鹏的手机完成破解工作，但手机内微信等聊天软件已经被清空，通话记录也没有发现异常。警方下一步要做的是，把陈鹏手机聊天记录以及购物、浏览记录等全部恢复出来，但这需要时间，需要各运营商配合。

从球场连环杀人案的作案过程来分析，陈鹏一定还有其他备用手机，且是不可追查到的无关联人实名认证号码，他把手里这台自己实名认证的手机随手扔掉是为了影响警方视线，给自己的出逃争取时间。

"现在我们要做的是，先从物证中找到陈鹏日常随身必需品，再看他们家庭必需品有哪些缺失，让物证告诉我一些秘密。"因为不好确定陈鹏家中哪些物品可作为物证，除了送去技术队的凶器、手机和提取到的毛发，陈鹏家中其余物品仍旧原样未动，河城警方将陈鹏家整个贴条封存。高寒站在陈鹏家中自己被击倒的位置，指挥物证人员从卧室到客厅将一些需要的物证编号装袋。

陈鹏家是三居室，高寒等人的主要目标是在主卧、客厅、次卧和卫生间，客卧里比较整洁没有太多物品，厨房用品可以放在最后筛查。陈诗怡和姜悦跟着物证人员，从主卧到卫生间将陈鹏家中物品一一登记造册。

"手机在，身份证在，车钥匙在，钱包在，背包也在，陈鹏的日常所需物品好像都在。"姜悦一边看着物证清单一边说。

"护照呢？还有港澳台通行证？"高寒此时在主卧衣帽间内翻找着什么，对着室外的姜悦大喊。

"护照和港澳台通行证不在，不光陈鹏的，他妻女的护照也都没找到。鉴于陈鹏妻女已经在一个月前购买机票出国，陈鹏是不是也准备逃出国？"姜悦答。

"出国他是出不了了，现金，有没有找到现金？"高寒继续大喊。

"钱包里有个几百块，陈鹏于一个月前，在自己的账户中陆续取现了将近五十万元现金，应该不至于全部花干净，是不是交给了妻女？"陈诗怡站到衣帽间门口看着高寒。

"不会，你来看，陈鹏妻子的金银首饰、内衣裤都有大量缺失，包括化妆品，这代表他妻女这次出行，至少是抱着长期旅行的打算，东西带了不少，就没有必要再给她们携带大量现金，一是太重，二是在泰国等东南亚地区刷卡消费甚至取现都很方便，这笔钱绝对是陈鹏取出来自用的。陈鹏往返江河两地，没有身份证登记，没有用手机消费，应该用的就是这笔钱，陈鹏的银行账户都监控起来了吧？"说完，高寒推开自己身旁衣柜内一溜挂着的外套，用手敲着镶嵌式衣柜内侧。

"已给银行发了协查通告，陈鹏账户一有动静，会立刻上报。陈鹏往返江河两地能做到无影无踪，他除了有备用手机，还应该有一台不在他名下的备用车辆，有没有可能他将现金以及其他必备品都放在了这台车里，准备随时逃窜，而且这台车应该就停放在小区内或者小区旁边，所以昨天我们才没堵住他。"陈诗怡在一旁看着高寒认认真真、一寸一寸地敲击衣柜。

"分析得没错，你现在就给谢队打电话，让他安排在小区扫楼的同事，去查陈鹏在车库有几个车位，以及小区车库和出入口监控，看看能不能有收获。其实，我有一件事想不通。"高寒停下手里的动作，看着陈诗怡。

"什么？"

"陈鹏妻女已经在一个月前出国，陈鹏已经连杀了张葛胡三人，为什么没有去国外找妻女？难道他还有什么事没有完成？还有人要杀？"

"你、你、你这个乌鸦嘴的怀疑有道理，我给谢队打电话，把这个怀疑告诉他。"陈诗怡惊出一身冷汗，赶紧拿出手机给谢队打去了电话。

"找到了！诗怡，帮我找个锁匠。"高寒把衣帽间的内嵌橱壁挨个敲了一遍，终于找到一处极其隐蔽的暗格，他把旁边衣物全部拿开，各种尝试之后，终于找到打开的方法——同时按住这块橱壁上下角向内推，暗格缓缓打开之后里面是一个冷冰冰的保险柜。

"这个我拿手。"所有人都闻声跑了过来，衣帽间里挤挤撞撞，李大有挤到前面半蹲着抚摸着保险柜，"还好是个老式保险柜，简单。"李大有终于有了英雄用武之地，他搓了搓双手，变魔术似的从警务腰带里抽出两根铁丝，小心捅进锁眼，把密码转盘右转三圈左转两圈这么来回试着，不到一分钟，保险柜啪的一声，开了。"你们猜里面是什么？"李大有手拉着保险柜的门，在门半开之际神秘兮兮地转头问。

"黄金。"高寒说完，抓着李大有的手打开了保险柜，金灿灿的一堆小黄鱼，还有不少美金。

"嚯，这么多金条！"李大有惊呼。

"你怎么知道里面是黄金？"陈诗怡安排警员将黄金和美金当作证物封存，走出衣帽间问高寒，姜悦紧随其后也想知道答案。

"蒙的，保险柜里放黄金再正常不过。"

"说实话。"

"今天在警队时，我在网上简单搜了下梁昌泰的新闻，有一条比较有意思，他在一篇采访中说，非常喜欢黄金，最爱黄金艺术品，每逢喜事就要囤一根金条。陈鹏从一个农民工小混混能成为河城俱乐部总经理，绝对不只是帮梁昌泰杀了李斌这么简单，如果只是做杀手这种脏活，钱给够就好。陈鹏之所以能成为总经理，一定是他有哪些能力得到了梁昌泰的认可，比如察言观色、心思缜密、有勇有谋。陈鹏想要摆脱以往小混混的身份，自然会向身边最好的老师梁昌泰学习，所以他也可能会喜欢黄金，甚至和梁昌泰一样，每逢喜事或者达成一件重要的事，就会买一根金条。保险柜里每一根金条都有可能代表发生在他身上的一件大事。"

"小悦，你瞧你们高队藏着掖着，你得好好追问才能学到东西。"

"就是，真不地道。"

"对了，你刚才说陈鹏的妻女是买的江城直飞泰国的机票？"高寒没理会两人的打岔，脑子里突然有根弦动了一下，他好像知道陈鹏去哪了。

"没错，你想到了什么？"陈诗怡看到高寒表情严肃，也赶紧回神。

"你准备两台车，咱们回江城。另外，陈鹏家里要二十四小时两人以上蹲守，如果陈鹏想要逃出境外，他不可能放弃这笔钱。"

"高队，为什么是两台车？"姜悦已经想到陈鹏多次往返江河两地而不留踪迹，极有可能是开着一辆不在自己的名下的车子，甚至不走高速。

"江河两地之间除了高速，还有两条国道可以连通，高速摄像头太多，再加上通缉令，按照陈鹏的性格他绝不可能走高速冒险，而且他多次往返江河两地，一定已经熟悉了某条国道路线，他可以不留踪迹，但车子要加油，这两条路上的加油站就是咱们的重点。"

第十九章

国道上的加油站

10月27日上午，A国道。

"你们谢队快退休了吧？这个年纪还活跃在一线办案，不容易。"此时高寒已经开车出了河城市区，他打了转向灯并从车窗伸出大拇指，和继续直行的李大有、姜悦分道并祝他们一路顺风。

"高寒，别那么小气，谢队这个人凡事都讲事实讲规矩，你一个江城刑警配河城的枪去江城，这算怎么回事？我这一把枪，足够保护你，放心吧。"陈诗怡已经在平板电脑里规划好了行车路线，出发之前河城警队已经把河城通往江城两条国道线上的所有加油站信息都调阅出来，并标注在了地图上。

"我只是单纯地说谢队年纪大，可别给我乱扣帽子。"

"谢队有多次机会可以晋升的，要想调二线也随时可以调，但是他受不了那份清闲。"

"这倒是，刑警都受不了寂寞。"

高寒昨天在陈鹏家突发奇想之后，就想立刻上路，但被陈诗怡劝了下来。陈诗怡在河城就要接受谢队的领导和管理，再者即便是开车上路，也有很多准备工作需要整理和交接。

陈诗怡先是将在陈鹏家中的发现以及高寒的怀疑第一时间告诉谢队，并在当晚在河城警队开了案情会，这一天追查下来陈鹏仍旧毫无踪迹。在陈鹏小区内的扫楼工作已经完成，没有发现疑点，和陈鹏熟识的邻居和好友对陈鹏的下落以及最近的行为轨迹所知不多，这些也都在高寒和陈诗怡的意料之中，陈鹏有极强的反追踪意识，能在短时间之内连杀三人而不留痕迹，足以证明他已策划良久，逃亡方法和路线也应该早有准备。

高寒对陈鹏还有未竟之事和有可能去往江城的怀疑，也得到包括谢队在内的大部分河城警员的认可。但陈鹏的未竟之事是什么？没有人能给出答案，他们现在连陈鹏杀掉张葛胡三人的作案动机也还没找到。

陈鹏有详尽的逃亡路线，身上有大量现金，有一套伪装的身份，河城警队接下来的重点侦破方向是，在河城境内尽可能地寻找陈鹏落脚点，根据陈鹏的身份信息继续调查他所有可能联系的人，并派出一队警员前往陈鹏山东老家，虽然陈鹏父母皆已去世也没有兄弟姐妹，但要对陈鹏这一生足够了解，才有可能勾勒出那个隐藏在表象之下最真实的陈鹏。

陈鹏在与梁昌泰结识之后以及在河城俱乐部任职期间的过往，是案件重点调查的方向，也是有可能找出陈鹏作案动机的关键所在。但梁昌泰早已将国内资产清售一空携家人移居海外，给这段关系的调查也蒙上一层阴霾，警方只能寄希望于从前昌泰地产和河城俱乐部的关联人员那里有所收获。

对于高寒提出陈鹏家中要有警员二十四小时值守的建议，陈诗怡提出了反对意见。她认为一旦有警员值守，按照陈鹏如此警惕的性格，自然不会冒这个险。应该做出并未搜出金条的假象，将衣帽间还原，并安装报警监控，陈鹏家贴上封条就好，在小区周边安排监控警力，不能离太近也不能离太远，只要陈鹏回家，就让他有来无回。谢队采纳了陈诗怡的意见。

高寒要沿回江城的国道追陈鹏的想法当然也得到谢队的支持。对于谢队来讲，高寒和姜悦这两个江城刑警对河城情况不熟悉，他没有时间也没有兴趣去验证这两个人是否能来之即战，河城警方正大撒网一样去抓人自然也腾不出人手去配合高寒的无限想象力；再者高寒的头衔毕竟是专案组组长，缉拿陈鹏本应在专案组管辖之内，一山二虎难免发生矛盾；其次，高寒的分析也不无道理，现在河城虽紧急部署全员警戒，但收获不多，不排除陈鹏有潜逃江城的可能。高寒能主动走，再好不过。谢队也能理解高寒想在河城申领枪支的想法，毕竟陈鹏穷凶极恶、战力不俗，两次在警察手中逃脱，但理解归理解，枪不能给，他能做到的最大限度的让步就是让陈诗怡和李大有配枪出行，路途遥远，一旦擦枪走火就会后悔莫及。

这条江河两城之间的A国道上，大大小小加油站有十几个，当然还不包括一脚油门拐个弯绕个远岔路上的加油站。高寒和陈诗怡不可能把所有的可能性都计算在内，时间紧迫，他们不知道陈鹏下一步计划是什么，只能尽可能快地追上他阻止他。所以他们要做的是，把国道直线范围内的加油站调查一遍，至于能不能有收获，一是要靠运气，二是赌陈鹏缜密心思之下的行为习惯能被他们发现并追踪。

连环杀人凶手一定有其难以更改的行为偏好，比如陈鹏一直习惯用他曾工作生产的螺丝刀做凶器，比如他爱收集黄金，比如他规划好一条安全路线之后不会轻易改变，还比如他一个鲁西人改不了爱吃面食的习惯。前两条有实证，后两条是猜测。

永兴镇这个在南北方交界线上的小镇被A国道横穿而过，镇尾这家加油站是高寒和陈诗怡从河城一路走来查访的第七家加油站，已经是下午两点，除了见证高寒在县城里、小镇间的国道上为穿行大车躲避电摩所展示出的高超车技以外，还没有其他收获。

"车里有桶面，在加油站借点热水对付一口吧？"从加油站出来，陈诗怡的肚子开始抱怨，遂向高寒提议道。

"甭吃泡面了，带你去吃煮面。"

加油站斜对面走上一百米有一家山西面馆，虽已是下午两点，但面馆门口的大车队已经沿着国道停了上百米，高寒把车停在加油站一侧，和陈诗怡一起步行前往。陈鹏的这台备用车既然是备用状态，按照陈鹏谨慎的性格就应该长时间保持满油状态，所以在路程前半段的加油站没有收获，这完全可以理解。除了加油，在这条路上还有两件事陈鹏应该会去做，那就是吃饭和上厕所。这样一家客流量很大的面馆，且来往客流都是奔赴四方的陌生司机，他如果选择在这里就餐丝毫不会引人注意。

"来这吃饭的都是大车司机，确实是一个掩人耳目的好去处，希望他家的面能好吃些。"陈诗怡随着高寒的眼神，也关注到这家小面馆门前的一切。

"从河城出来，一路上这七家加油站旁边的饭馆都是典型的南方特色，全是什么炒菜米饭，这是咱们碰上的第一家北方面馆。能让这些大车司机口口相传到他家吃饭，他家菜品至少有两点优势，一是量大，二是重口。大车司机这活不轻快，有时候堵哪就是一天，他们胃口大，再者长时间坐在方向盘前会变得疲惫、烦躁、压抑，他们需要吃点重口的来调剂味蕾调节心情。山西面馆刚好可以兼具这两点，刀削面、油泼面、各种炒面，面的分量可以增加，反正成本低，各种浇头麻辣酸咸，味道整得重些，你说这不正对大车司机胃口？"

"还有一点，陈鹏是山东人，虽然久居南方，但从小形成的味觉记忆会让他不管走到哪里，都会偏爱面食，而且山东人的口味也偏重，这家面馆的味道完全符合陈鹏的味觉需求。"陈诗怡已经完全喜欢上和高寒搭档，不需要过多言语解释，不需要过多规划、讨论、争辩，他眼神的方向她能清晰知晓且信任。

山西面馆看着门头不大，但里面别有洞天，大厅摆着六张大圆桌，来人可以随意拼桌；内侧有一吧台，吧台里摆着各式亲民酒水，吧台外有一长条几，上面摆着各式凉菜和面浇头，凉菜有大头菜、海带丝、土豆丝、豆芽菜，都是些最家常最便宜的蔬菜，但红油闪闪，芝麻、葱丝、辣椒、花生碎点缀其间，十分诱人，吧台一侧连通厨房和两个单间，单间里横竖摆着四张长条桌。从食客们取食的动作可以看出，凉菜和浇头都是随意自取紧着吃。食客进进出出，他们扒着蒜、吧唧嘴还能凑手抽口烟；跑堂前前后后穿行，一碗碗热腾腾的、要溢出海碗的面乒乒乓乓落在桌前；吧台后老板娘胖乎乎、四十多岁年纪，拿笔不断画着，抬头招呼客人转头叫骂厨房；一个个生龙活虎、脚转腾挪、大口吞咽，这般人间烟火没人注意到高寒和陈诗怡进入其内，除了老板娘。

"老板，吃点什么？墙上有菜单，凉菜十五元一份，随便吃。"老板娘抬头招呼着二人，随即又低头摆弄着手里的账单。

高寒要了一份加辣油泼面，陈诗怡纠结许久点了份过油肉炒刀削，他们拼了两盘凉菜又要了两瓶沙棘汁，此时老板娘忙得手忙脚乱，不宜打扰。两人没去里间，就在大堂里找了个圆桌位置和别人拼桌，面上得很快，不到五分钟，两份面摆在两人面前。

两人都没说话，默默吃面，高寒在油泼面上浇上醋拌匀，一口面一口菜再加一口沙棘汁，细嚼慢咽，在这家店里很是突兀。

"山西人吃面讲究一口面一口醋，你要不要试试？"半碗面下去，高寒又拿起醋瓶，他看出过油肉炒刀削稍显油腻，陈诗怡食欲不佳但又因肚子饿强忍着进食，说着也没经过她同意便把醋倒进面盘里。

"哎，我不要。"陈诗怡并不是没有想过倒点醋解解腻，但醋瓶看上去比眼前这面更油腻，便断了这念想。

"我刚才吃了，是正宗山西陈醋，你试试，不行就换一份，不过再换应该也就这样，所有的面油都大，正符合大车司机的胃口，你看大家吃着多香。"高寒又给自己加了些醋，拿纸巾擦擦手，继续吃着。

陈诗怡不想说话，喝了一大口沙棘汁，而后又吃了口加了醋的面，味道确实发生了变化，陈醋味的清香遮住了油腻，让面变得顺滑。

两人慢慢吞吞吃了将近半个小时，面馆也从人声鼎沸变成三五人的吱吱呀呀，时机已到，高寒起身去结账。

"老板娘，跟你打听个事，这个人这两天见过没有？"结完账之后，高寒打开手机相册，翻出陈鹏的照片问。

"嗯？他以前不留胡子啊？"老板娘的表情先是惊讶，后又是对高寒的身份产生疑惑，随后又坐回到吧台让自己重回平静，并嗑起了瓜子。

"我是江城刑警队的，请你配合我们的询问。你是说你见他的时候他留着胡子，什么时候见的？"高寒掏出警官证，双眼露出凶光，身体已经倾在了吧台上。

"警察同志呀，这人这段时间来我们家吃过几次饭，最近一次应该是前天，他留着上唇胡，戴着眼镜，还挺性感的，这年月留上唇胡的人不多了。"老板娘看到警官证表情立马生变，满脸谄媚，她放下瓜子站了起来。

"就来吃过几次饭，你能确定是他吗？"

"错不了，上唇胡、戴眼镜、付现金、开小车，来我店里吃饭的，开小车的可不多。"

"他开的什么车？前天几点来的？"

"前天中午一点左右吧？开的什么车，我还真不知道，没往店门口停。"

"那你怎么知道他是开小车的？"

"开大车的比开小车的，手要厚。我见天跟这帮人打交道，一眼就能看出来。"

"这附近知道谁家装摄像头了吗？"高寒早就把山西面馆看了个底掉，没有发现摄像头。

"嗨，家装摄像头哪管用啊？都是照着自家门口三五米的事，这条国道再往前走不到一千米有个区间测速的摄像头，那摄像头拍得老清楚了，一个超速的也逃不掉。"

"谢谢你啊，老板娘。"说着，高寒转身要走。

"警察同志，他犯啥事儿了？"老板娘又拿起瓜子嗑了起来，一路追出店门口问着。

"不关你的事，少打听。"

高寒和陈诗怡都觉得运气站在了他们这一边，陈鹏消失两天之后，他们终于发现了他的踪迹。他有一台备用车，他出行用现金，戴上眼镜贴上假胡子作伪装，挑选这样专做司机生意的餐馆吃饭；但又聪明反被聪明误，一个用现金、留上唇胡、开小车的人，在大车司机扎堆的饭馆吃饭，逃不过一个牙尖嘴利记性好的老板娘的眼睛。

高寒从山西面馆出来，立马驱车赶往最近的交管部门，调阅前天中午该路段的测速监控，他们要找到陈鹏的那辆车。

幸运的是这条国道上来往车辆除了大车和本地车，外地小车并不多，再加之经过该路段的时间基本明确，很容易排查。

陈鹏开了一辆河A牌照的黑色桑塔纳，一款随处可见又皮实耐用的亲民车。

得知车辆信息后，高寒和陈诗怡同时联系江河两地警方，立即给交警部门发协查通告，让交警排查A国道线上陈鹏的通行时间，确定陈鹏的逃跑路线，以及最后出现的地点。牌照信息很快就得到确认，陈鹏开了一辆套牌车。

高寒是对的，他推断出了陈鹏的逃跑方向，陈鹏一路开往江城，直到这辆黑色桑塔纳消失在江城城郊。

/ 第二十章 /

烂尾楼的居民

10月27日傍晚，江城城郊。

高寒和陈诗怡此时站在陈鹏黑色桑塔纳消失的江城城西，和上次陈鹏从新幸福里小区逃窜后丢弃电瓶车的地点，相差不过三公里。这里有大片的荒草地，有停滞的工地，有已经采收过的农田，不远处有村庄、有鸭棚、有猪场；但高寒和陈诗怡在这打转了半个小时，都没看到一个人影，人群避开了这条坑洼的老路。

"陈鹏应该是在这条路上换了车牌，半天没个人影，周边也没有监控探头，他对附近的地理信息非常了解。"高寒蹲在路边，点燃一支烟，看着农田里收割后被粉碎的玉米秸秆末在夕阳下随风飘荡。

"走，上车。"

"去哪？"

"回警队，蹲在这里能和陈鹏偶遇？"

"你来开车，我睡一会儿，换换脑子。"高寒踩灭烟头，伸了个懒腰，然后钻进副驾驶的位置。

河城警方在收到陈诗怡关于陈鹏的逃窜信息之后，迅速调转了调查方向。对陈鹏居住小区周边，以及河城入城口的各条道路的车辆进行监控以防止陈鹏回城，除了这两处警力不变外，河城警方让其他警力开始收缩，全力调查陈鹏及其家人的关联人员。陈鹏在河城像是一个独居客，朋友不多，且在河城俱乐部易主之后，不再工作，看他的银行账户和家中的金条积蓄可以判断，他在河城俱乐部工作期间收益不菲，已然实现财富自由，不需再进行劳作赚钱，他每天的生活就是钓鱼和喝茶。

陈鹏的妻子是河城本地人，自嫁给陈鹏之后就再也没有工作，做起全职太太，父母前几年相继去世，在这座城市陈鹏和妻女相依为命，再也没有其他亲人。但陈鹏妻子的发小、同学、闺蜜倒是不少，她闲暇时间的乐趣就是和闺蜜一起逛街探店。但这些人对她的突然出国全都是一头雾水，她一个月前发了一条朋友圈，照片是飞泰国的机票，文字是"开启国际旅行，归期未定"，从此就消失在朋友的视线当中。多数朋友表示理解，她就是这样一个人，生性洒脱，想做什么就做什么，如果说有一天她突然跟着马斯克去殖民火星也没人会觉得奇怪。但自打她出国之后，微信就陷入停摆状态，朋友圈不再更新，信息也不再回复。闺蜜有私下问过陈鹏，陈鹏回复说，一切安好，她现在想放下微信，进入一个纯粹的旅行状态，不过每天都会给陈鹏打一个越洋电话报平安，陈鹏自己也会在处理完手头的事情后，就去国外和妻女会合。陈鹏和妻子一向恩爱，对女儿一向宠溺，是妻子闺蜜圈里的好好先生，没爹没娘，有车有房有存款，是很多人都羡慕的结婚对象。有了陈鹏的答复，闺蜜们也就放下心来，谁都有自己的生活，一个慢慢消失在自己生活中的人，对其的关注度只会持续降低。

陈鹏妻女的消失绝不像是她闺蜜们理解的那样，对陈鹏及家人的银行账户和陈鹏妻子电话的监控发现，陈鹏妻女出国消失后，银行账户没有发生任何变动，她们没有取款没有刷卡，也没有支付宝、微信消费记录，难道她们娘俩出国之后只靠现金生活？还是说陈鹏为了避免妻女在国外的行踪被人发现，而故意让妻子必须用现金消费？既然已经提前安排妻女出国生活，还有必要担心妻女行踪被发现吗？是担心有人对妻女不利，还是什么？

对昌泰地产和河城俱乐部的前员工的调查工作，以及对陈鹏山东老家的调查还在继续进行中，河城方面一有收获，会随时通报给江城警方。

姜悦和李大有在B国道线上辛劳地进行了半天自驾游，收到高寒信息后便直接赶往江城刑警队，进行下一步的调查工作。

陈鹏在江城，开着一辆不知牌照信息的黑色桑塔纳，这是目前江城警方对陈鹏仅有的明确信息。

陈鹏很狡猾，像一条泥鳅滑不溜丢不好抓，钻进紫泥里谁也看不见，但高寒和陈诗怡坚信，水塘就这么大，这条泥鳅不管在哪个犄角旮旯，只要还在水塘里，哪怕是把水塘翻个遍，也肯定能把他揪出来。

在回警队的路上，本在睡梦中的高寒突然惊醒，他告诉陈诗怡，陈鹏的习惯特点已经确认，那他两次消失在江城城西郊区绝不是巧合，这里应该是他的心理安全区，他对这一片区域了如指掌，知道如何在这一区域逃匿、消失、躲避警方追查，也知道如何在这一区域隐藏而不被人发现。

陈诗怡相信高寒的看法，这一路走来，两个人的想法在相互印证，一个人遇到的死胡同会在另一个人那里撞开南墙。

"雁过留声，人过留名，只要他在江城，他就跑不掉。"高寒突然觉得内心完全放松，陈鹏从河城逃窜至自己的防区，不管陈鹏有什么动作，都是在自己眼皮子底下行动，玩灯下黑他不怕，他要把这条泥鳅揪出来，不沾手不沾泥地把他揪出来，只有这样这场猫鼠游戏才能赢得漂亮。"陈鹏不是江城本地人，他不可能对这座城市全部了如指掌，每个人都有自己的心理安全区，陈鹏也一样，不管他这次来江城做什么，他一定会待在他的心理安全区范围之内，这个心理安全区应该是他前几次作案时藏匿居住的地点，接下来我们要做的是，把张葛胡三人的家庭住址区域、遇害区域以及陈鹏消失的区域仔细分析一下，找共同点，好好分析下这几个区域的周边、交会点，看哪里有适合藏匿、不需要身份信息入住且人流量大的鱼龙混杂的地方，尤其是陈鹏两次消失的江城城西城郊，他两次消失在这里，一定有他的行为习惯在。"高寒在记事板上贴了一张江城市地图，把重点区域和有可能的隐藏点在地图上标注出来。

"还有一种地方，也要关注，那就是可居住但人流关注不到的地方。"陈诗怡补充道。

"对对对，这个点说得好，还要重点关注网约民宿，这种地方有网络认证信息即可入住。还有一种情况，陈鹏有可能就住在车内，所以要发动当地片警、线人，以及有可能的区域内社会闲散人员，不管他接下来要做什么，在他做之前把他揪出来。"说完，高寒按组分配工作，几个重点区域内都安排了专人负责。

"睡了吗？"夜里将近十二点，高寒辗转反侧睡不着，从会议室溜达到休息室，轻轻敲了两下陈诗怡的房门。

"怎么了？跑一天不累啊？"陈诗怡穿着睡衣打开了门，她虽然嘴上这么说但精神很好。

"换个衣服，带你去吃夜宵。"

"骗子。说实话！"

"吃夜宵是真的，顺便去见下陈有为。"

"等一分钟。"陈诗怡关上门，迅速换好衣服。

"陈有为的家也在城西，他做了那么多年废品生意，对周边从事废品回收行业的人应该都很了解，而这些人走街串巷，说不定能发现点什么。"等陈诗怡换好衣服后，高寒边走边说。

"你一个人去不就行了？大晚上的折腾我干什么？"

"咱俩这不是搭档吗？没有你在身边，总觉得空落落的。"高寒打开车门坐进驾驶座。

陈诗怡缓了两秒，打开副驾驶的门，这个呆子是在说情话吗？

高寒先是开车找了一家地摊，打包了几个可口小菜，又在便利店拿了一件啤酒，驱车赶往陈有为的家。

"案子破了？"陈有为打开小院铁门，让两人进来。

"还差一点，需要找您帮点忙。"

"你们两个是在谈恋爱吗？"陈有为把茶几上的杂物收拾干净，让高寒把菜品摆在上面。

"没有，您想哪去了，找您是案子上的事儿，需要帮忙。"

"哦，说吧，啥事？"

陈诗怡不管其他，用湿巾擦过手，拿起一只店家自己卤的鸡脚啃起来。

高寒把关于陈鹏逃窜消失以及有可能的落脚点的猜测概括地讲给陈有为听，陈有为大口喝酒、大口吃肉，耳朵里一句话也没落下。

"我知道个地方，那里藏人再好不过。"陈有为吃饱喝足，点上一支烟后缓缓说道。

东盛小区是江城本地地产商营建的一所小区，但眼见它起高楼眼见它没钱烂尾了，九栋楼矗立在城西，楼间距很大，如能顺利完工交房，住户可以享受到足够的阳光，但如今只剩下光秃秃的水泥表面，黑洞洞的门窗，一片荒凉。

杜诚是本小区的首批预购业主，二十六岁，本应等着今年小区交房，好好装修下当作新房迎娶新娘，这是他前女友和准丈母娘的唯一要求，要在江城有套房，他掏空了父母和自己的积蓄付了首付买下这套城西房产，心心念念等来的却是楼盘烂尾、开发商破产的噩耗，申冤无门，退款没钱，娶妻流产，他不单住不上新房、娶不上新娘，还要继续每月还着房贷。他每周末都要和购房业主联合维权，但徒劳无功。如今他要付出更多的努力，工作赚钱，还要每月交着房租。房租和房贷的双重压力让他不堪重负，他决定退掉租房，搬进这栋不可能再完工的烂尾楼。他找到自己购买的房子，在门前贴上楼层编号，还好自己的房子楼层不高，在六楼，他这个年纪爬六楼完全可以承受。他自己装上了一扇简易房门，用塑料纸加木板固定在窗子上，可以打开但要费点功夫，但至少可以挡风。他把自己的一应物品搬进自己的房子，一个床垫扔在地板上就是床，每天的用水要从远处提来，大便入袋小便入桶，每天下楼扔在隔壁马路上的垃圾桶内。他已经在这栋楼里住了半年。

"除了你，这个小区里还有多少住户？"高寒和陈诗怡在上班路上等到杜诚，高寒亮完身份，用自己的车送杜诚去工作的单位，在车上开始向杜诚询问这个烂尾小区内的居住情况。

"像我一样的住户应该是没有的，但住着几个流浪汉。"杜诚回答。

"有没有见过这个人？"陈诗怡打开平板电脑，把陈鹏的照片拿给杜诚看。

"没见过，其实我和住在这里的人都没有什么交流，而且能住进这里的人，虽说是流浪汉，但他们边界感都比较强，空房子多的是，找个远离他人的住处不难。不过最近一个月，有一户房子前一段时间偶尔有亮，这两天每晚都有亮光，不知道是不是住进新人了。"杜诚衣着立整，谈吐稳健，丝毫看不出他是一个"山顶洞人"。

"你会观察小区里的居住情况？"

"当然，没有水电没有网，晚上除了看书就是观察这些和我一样无家可归的人了。"

"是哪一户，能不能帮忙画出来？你有没有观察到周边停过一辆黑色桑塔纳？"陈诗怡从置物柜内拿出纸笔递给杜诚。

"车子我倒是没注意，我把所有住人的位置都画给你们吧。"说着杜诚开始在纸上写写画画。

"房子就没其他办法了？"陈诗怡问。

"能想的办法都试过了，现在就等能有新的地产商接盘，听说已经在谈了，兴许过一阵子就能重新动工了。"杜诚的脸上像是已经经历过山崩地裂，礼貌克制又理性乐观。

"你是个爷们。"高寒从后视镜里看着杜诚，诚心夸赞。

"那又有什么用。"杜诚说着，指引高寒在前方停车，他已经到了目的地，他把手里画好的楼层图递给陈诗怡，而后打开车门，下车后杜诚背上双肩包，大步向前毫无迟疑。

高寒在陈有为那里得到东盛小区的信息，为了避免打草惊蛇，一大早就在小区外围等着杜诚了解情况。小区停工之前，还堆放着一些建材物料，等工程停摆，工人拿不到工资就索性把物料全都当作废品卖掉，这笔生意正是陈有为接的。

"先在外围布控，找到车再说。"陈诗怡目送杜诚离开。

"没错，我找几个机灵的，把小区周边情况摸清楚。先回警队，等信息汇总。"

第二十一章

抓捕凶手

10月28日，晚上十一点，陈鹏在东盛小区一栋烂尾楼的二楼的床垫上坐起来，看着对面墙上随着蜡烛闪动的光影变换，他感觉到了空气中的气味变化。他的嗅觉很灵敏，他能闻出楼外野草丛中交媾的流浪狗晚饭吃的是鲁菜渣还是川菜渣。

一个月之前陈鹏就物色到这处居所，除了小区东面围墙外的马路连接城区，其他方向还都是待开发的荒草地，而他选择的这栋楼正是最东面一栋，从二楼窗户跳下可以迅速穿进一米高的野草丛，在草丛中向东疾跑五十米可以迅速翻越只有一米多高的低矮围墙，再沿着马路跑一公里，就能到达另外一个入住率不高的新楼盘，他的桑塔纳就停在那里。这栋楼东靠马路，虽然马路来往车辆稀疏，但住在烂尾楼里的流浪汉们，连这点声响都要避开，所以这栋楼上只有他孤零零一个住户。

房子的格局是二居室，他搞来一张床垫放在次卧当床，次卧的窗户最小，可以用最少的塑料布遮挡住。十月底的寒风没有把塑料布看在眼里，在缝隙中拼命挤进来，陈鹏并不觉得冷，前些年风平浪静时他最爱去郊外夜钓，在一次次网上购买户外御寒毯的试错中，找到一款最轻薄又最抗寒的羊毛毯，此时正把它披在身上。床垫旁边放着一个黑色旅行袋，他的全部家当都在里面。

他这次来江城，确实还有一件事要完成，找到那个人干掉。陈鹏知道他的工作和居住地点，也知道他每天的出行习惯，但没有找到下手的机会。

东边的围墙已经有警察守住，已经超过一个小时没有车辆走过，十二点之前至少一个小时要过三辆车，他对这条路再清楚不过。

楼下野草丛中至少有三个人，他能清楚地嗅到野狗们龇牙咧嘴逃窜的方向。窗子底下有两三个人，在防备他突然跳下，单元门外有十几个人，他们脚步轻轻，尽量不弄出一点声响，他们在等上楼的指示。陈鹏现在唯一的机会是往楼上跑，跑到天台而后一跃而下，粉身碎骨，但又有什么意义呢？他太累了，让他们来吧，他知道自己这次跑不掉了。

晚上十点半，高寒已经带人将东盛小区围住，回到江城后他感觉运气已经完全站在了他们这一边。今天清早，各个小组按照昨晚制定的既定路线，开始在城西重点区域寻找陈鹏有可能的藏身地。和杜诚分开之后，高寒安排姜悦带一个小组，在东盛小区周边布控查访。

姜悦从进入刑警队跟着高寒办第一个案子后就在想，自己是一个好刑警吗？这种想法在陈诗怡来到江城进入专案组之后变得更加强烈。她先是不满于高寒对陈诗怡的骄纵，后又在见识到陈诗怡缜密高效且有正确导向的办案方式后，由不满变成了敬佩和找到动力。她想成长，她想寻找到重要线索以此成为破案的关键人物，她甚至做梦都在想能和凶手不期而遇，可以亲自抓住凶手来证明自己的价值。但她又在想，如果真让自己碰上陈鹏，自己有能力将其捉拿归案吗？毕竟陈鹏能从高寒和陈诗怡两人手中全身而退，自己真要是和他正面碰上，应当如何应对呢？

上午姜悦接到高寒电话，让她带人重点调查东盛小区周边，姜悦从电话中捕捉到了信任和期待。她相信这是高寒对自己的特殊照顾，进入刑警队以来高寒身上那种光芒一直在狠狠地刺着她，她绝不能辜负高寒对自己的信任和期待，她一定要好好回馈这份信任和期待。

姜悦知道自己需要一丝运气，她带着李大有和另外两名警员在东盛周边散开，找人找车找居所，下午六点她又饥又渴眼睛发花，钻进一家小卖部想买瓶水喝。在饮品货架前，她胡乱拿了瓶矿泉水直接打开就喝，一口气灌了半瓶，准备转身到柜台结账。在她转身那一刻，眼前所有的景象都似烟尘般消失在茫茫大地，她看见了戴着鸭舌帽和墨镜，贴着假上唇胡的陈鹏，她不可能认错，警队里所有人都已经把陈鹏那张脸刻在了脑子里。

她此刻应该掏出藏在腰间的配枪，大喊"警察，不要动！"但外套拉链锁在胸口，她没有力气拉开拉链，手里那瓶水困住了她，让她动弹不得。

陈鹏买了包烟，隔着一个货架，他没有看到痴痴望着自己的姜悦，头也不回地出了小卖部，上了他那辆黑色桑塔纳。

姜悦愣了五秒，冲出小卖部，后面跟着小卖部老板追着出来向她要钱。黑色桑塔纳已经绝尘而去，好在最后的理智让她记下了那个蓝色江A号牌，她走回小卖部，扫码付了钱。

"高队，江A×××××，查一下这辆车，刚刚出现在东湖路，怀疑是陈鹏驾驶车辆。"姜悦没有听清高寒在电话里说了什么，她呆呆地挂掉电话，蹲在小卖部门口，剩下的半瓶水跌落洒了一地，她的眼泪一颗颗奔着洒满水的地面而去消失不见。

高寒接到姜悦电话后，立马安排天眼布控，快速锁定了陈鹏的车子。陈鹏并没有走远，出了小卖部，他开车转了个弯，在一家羊汤馆，要了一盘凉拌羊杂，一碗羊肉汤，吃完后将车子停在东盛小区东面，他坐在车里，他在等夜幕完全黑下来，再回到那个水泥房间。

没有人注意到姜悦脸上的不适，所有人都进入抓捕前的紧张准备工作中，姜悦脸上的不适和抓捕之前的兴奋紧张如出一辙。

有了车牌号这条关键线索，高寒迅速锁定了陈鹏最后出现的位置，他带着警队的精干力量全副武装赶赴战场。

黑色桑塔纳孤零零地在路边停着，有两名警员在十米外陪着它。

对陈鹏所在楼进行合围之后，高寒一直在等，他想等陈鹏进入梦乡之后再行动。陈鹏已经有了两次暴力袭警并逃窜的前科，高寒不想冒险，如果这次行动有任何一个警员受伤，哪怕是受轻伤，对他来讲都意味着行动失败。

陈鹏房间内的烛光随风摇曳，没有熄灭的迹象。猫在狩猎时，会隐藏在猎物身后，它将自己的气味慢慢释放在空中，让自己的气味和周边空气完全融合以麻痹猎物。猫爪有厚厚的肉垫，即便如此它的每一步仍旧是轻轻的，不会发出任何声响。

半个小时了，楼上仍旧没有声响，高寒站在队伍的最前面，转头向战术小组示意行动，陈诗怡抓住了他的手，用力一握，高寒轻拍一下陈诗怡的手，点了点头。

他们眼里有火花，照亮了这个烂尾楼无光的黑夜。

战术小组轻轻上楼，按照高寒手势指引，迅速进入既定位置。地上的细小灰尘已经在脚步间扬起，房间内还是没有声响。

高寒左手在做最后的指令，三……二……一！

高寒在前，陈诗怡紧随其后，四名突前队员的枪全部向前伸进了满是烛光的房间。

"啪。"陈鹏点燃了一支烟："来了。还是让你们找到了。"陈鹏坐着没有动，烟雾在向烛火的方向飘散。

"等你抽完这支烟。"高寒把枪收起，靠在墙上面对面看着陈鹏。

"谢谢。你的头没事吧？"

"硬伤，没事。"

"你运气比较好。"

"你运气也不错，不过运气总有用完的时候。"

"抽一支？"陈鹏伸手把烟盒递给高寒。

"白将，这烟冲。"高寒把烟盒和打火机一块接了过来点上一支。

"嗯，我们老家的烟，送你了，进去是不是就不让抽了？"

"走吧。"

"走。"陈鹏站了起来，他把烟屁股扔在地上踩灭，又把羊毛毯叠好放进旅行袋，拉好旅行袋拉链，然后把双手同时伸向前。

两名警员押着已经戴上手铐的陈鹏下楼，成功将嫌疑人抓获的信息已经通过对讲机传达到每一个参与抓捕的警员耳中，所有人涌向单元门口，像是欣赏进贡瑞兽一样地看着这个心心念念的悍匪。他们大失所望，一个连杀四人，两次从警察枪口下逃脱的狂徒，原来如此普通。

高寒把陈鹏送他的香烟塞回到陈鹏的行李袋内，把行李袋交给姜悦，让其带回队里登记扣押。姜悦接过行李袋，手上下坠的力量让她缓过神来。这是陈鹏的行李袋，行李袋上全是他的味道，像自己下午遇到他时的味道一样，陌生又可怕，让自己窒息。万幸，这次没有因为自己的懦弱让陈鹏再次逃掉，她想趁着这个机会，把自己下午的失职行为告诉高寒，但看到高寒和陈诗怡二人待在陈鹏房间内，还没有走的意思，她自觉退出房间下楼。她两手把行李袋高高提起，放在鼻前，狠狠嗅了嗅，尘土的味道，汽油的味道，香烟的味道，汗液的味道，唯独没有可怕的味道。去他的，我不怕你。

姜悦退出后，这间陋室就只剩下高寒和陈诗怡两人。

"还不走？"陈诗怡问。

"明天晚上有空吗？"

"干什么？有没有空不得看你工作安排？"

"跟我回家吃顿饭，我妈一直给我打电话让我邀请你，现在人抓到了，我都没别的借口拒绝我妈了。"

"好啊。"

"嗯？或者，你要不想去的话，我单独请你吃顿饭？"

"高寒，你能不能别磨磨叽叽的？想什么，直接说。"

"能做我女朋友吗？"

"好啊。"

"真的？"

"当然，我可以做你女朋友，我们可以开始以结婚为目的的恋爱，但是，有一个条件。"

"别说是一个条件，千个万个我也能做到，是什么？"

"高寒，不要激动，我们需要解决一个现实问题，专案组的案子已经要到尾声了，我也要回河城，然后我们就要两地相隔，两地分居的情感能长久吗？我觉得不能，如果不能，那我们就需要在一个城市生活，你能解决我们的人事调动？还是谁能放弃自己的刑警工作？你能吗？反正我是不能。我们都是成年人了，如果这个问题解决不了，这段关系也就最好不要开始。你觉得呢？"陈诗怡顶着高寒已经开始躲闪的眼神，字字如刀，句句寒光，她本不想在本该欢庆的时刻说这些扫兴的话，但既然现实问题存在，她更不想做一个逃避现实问题的人。她喜欢高寒，她爱高寒，这份爱可以是冲动的，可以是绚烂的，但恋爱不是，尤其是他们这个年纪考虑的恋爱，必须要立足于现实。

这个问题高寒不是没有想过，从他在副驾驶位置看到陈诗怡那个美丽动人的侧影开始就在想，那时候他就对她动了心，但又赶紧掐死了这个念头。陈诗怡只是来江城出差办案，案子总有办完的那一天，这一天到来她就要继续回到几百公里外的河城。刑警忙起来三五礼拜不着家是常有的事，两个都是将刑警这一职业作为生命的人，分居两地，怎么想也不太现实，两个省份之间的人事调动千难万难，莫要说他没有这个能力完成两人中任何一个的人事调动，即便是能够完成，又要让谁做出牺牲，迁往外地重新开始呢？他不应该开始一段注定不可能的关系。但在陈鹏家中他奋力一跃帮陈诗怡挡住他自认为的致命一击的时候，他知道，他已经爱上了这个女孩，两地分居又如何，千难万难又如何，他等了三十多年，终于等到那个可以为之献出生命的人，只不过案子还在胶着之中，时机还不合适，现在，终于，陈鹏被抓捕归案，接下来就是审讯、结案、移交检察院，不管如何，自己都要迈出这一步。陈诗怡答应做自己女朋友，她也是喜欢自己的，大案将破，美人入怀，双喜临门。是啊，她也在考虑现实问题，如何能不考虑呢？该如何应对陈诗怡炽热的目光呢？

　　"高队，收队吗？"楼下有人大喊，打乱了高寒的思绪。

　　"收队，就来。"高寒转过身，朝着楼下大喊，借着这个机会躲开了陈诗怡质问的眼神。

　　"高寒，我相信你能找到解决的方法。"陈诗怡走到高寒面前，抓住他的手，朝他脸上轻轻一吻，然后潇洒离开。

/ 第二十二章 /

审讯凶犯

10月29日凌晨，江城刑警队审讯室。

"这段时间，跑累了吧？我叫高寒，这位是陈诗怡警官。"将陈鹏羁押回警队之后，高寒立刻开始审讯，趁热打铁，他把大部分警员打发回家休息，只留下配合审讯的人员。进入审讯室之前，他看了眼陈诗怡，陈诗怡立马给出眼神回应，眼睛在说好好工作，其他事事后再说。进入审讯状态，高寒忘掉了刚才和陈诗怡之间的情动，开始认真对待面前的对手。

"习惯了也就好了。"陈鹏把审讯室扫视了几圈，身板坐得很直，一脸平静看似很放松，语气中没有抗拒的意思。

"可把我们折腾够呛，你挺厉害。"

"厉害就不会被抓进来了，你身手不错。"陈鹏对着陈诗怡说，像是一句真心的夸赞。

"谢谢。"

"你是不是没有告诉他，如果不是他突然冲出来挡在你面前，你是有可能当场把我击毙的？"陈鹏看着陈诗怡，脸上露出鬼魅一笑。

"也有可能被你当场打死。"陈诗怡确实没有跟高寒讲过这件事，不应该也不值得讲。

"高警官对你不错。"

"行了，叙旧的话就不说了。你是想一问一答，还是自己一五一十地从头讲？"高寒清楚陈鹏所指，如果再来一次他仍会选择保护陈诗怡。

"不耽误你们时间，我自己来，从哪里讲起呢？"

"从李斌开始吧。"

"这事儿你们也知道？"

"所以就没必要再隐藏什么了，开始吧。"

"梁老板算是我的贵人，在遇到他之前，我一文不值，就是个农民工，跟着村里的长辈外出打工。我小时候练过武，你们知道为什么练武吗？为了不挨打，高年级的欺负低年级的，练武的欺负不练武的，这就逼着不练武的也得练，大家都练武了呢，就拉帮结派，人多的欺负人少的，我们老家太穷了，穷山恶水出刁民嘛，都说穷则思变，但怎么变呢？就那一亩三分地也变不出金子来，所以就得饿虎抢食，争地要打，抢浇地要打，高房檐要打，练了武就要显摆身手，心思全放在打架上了。后面出来打工，仗着自己有身手，替自己工友出过头，就跟社会上一些小流氓混在一起了，吃喝混，过一天算一天，帮各种人打架。一次在一家夜总会唱歌，喝多了又跟人打起来，警察来把我们抓走了。

"当晚梁老板也在夜总会，他把我从派出所保出来，问我愿不愿意跟他干，当时我不知道他是谁，但是他珠光宝气的，一看就是大人物，我想都没想就说愿意。然后梁老板把我安排在飞流工具厂上班，告诉我，要摆脱以前的生活，安安稳稳工作，不要惹事，他先考察考察我，考察期过了，就让我去他公司。梁老板身上有一种江湖气，这种江湖气不是当时我们身上那些青春躁动、不服就打的江湖气，而是那种上海滩大亨的感觉，说出话来铿锵有力。我当时就被震慑住了，也彻底清醒了，我要改变命运，我要跟着梁老板，哪怕是端茶倒水、牵马扶蹬也要跟着他。在飞流工具厂我住宿舍，当然最开始，我也不太适应，毕竟在外面野惯了，突然让我正常作息、按时上下班，很不习惯，所以刚开始在飞流工具厂也和厂里各种人打过架，也出去和狐朋狗友浪过，但有一天，一个声音在我脑子里说了一句话，你还要这么混下去吗？我当时就清醒了，完全清醒了，我开始按时上下班，跟之前的狐朋狗友彻底断了联系。后来梁老板告诉我，让我去飞流工具厂是考察我的定力，也是让我不再犯事，留下案底就不好了。

"2007年，我终于等来梁老板的召唤，下班后他开车到厂门口等我，我上车之后他就问我，有没有胆子干大事，我说有。他说你也不问问什么事儿？我说只要能跟着您啥事都干，杀人都干。他说说对了，就是杀人，敢吗？我说敢。他让我准备个干事儿的家伙，明天来接我。飞流工具厂生产的螺丝刀质量很好，我工作无聊的时候经常手拿两把螺丝刀当匕首比画，所以就选了螺丝刀。第二天，梁老板开车带我来了江城，到了李斌的住处，梁老板敲开了李斌的门，李斌吓坏了，全身颤抖。梁老板问东西呢？李斌刚开始不说，我上去就是一脚，李斌摔在地上，我还没打第二下，李斌就告饶，把东西拿了出来交给梁老板。梁老板把文件检查了一下，递给我一个眼神。这是要让我动手了，他要亲自看着我动手。我从背后把螺丝刀掏出来，手心全是汗，背着手接近李斌，我脑子里喊了几百声"操"，然后闭上眼，朝着李斌胸口就捅，捅了三下，李斌躺在地上像一摊烂泥。梁老板确认李斌已经死了，让我擦手走人。我把螺丝刀扔下，脱下外套擦了手。当天我们就开车返回河城，梁老板告诉我，自己不会亏待兄弟，我帮了他一个大忙，他会满足我一个要求。回到河城之后，梁老板给了我两万块钱，让我继续在飞流工具厂上班，等风声过去就让我去他公司上班。

"后来我才知道，原来是李斌抢了梁老板一单生意，梁老板让他把利润吐了出来，还打了他一顿，但没想到李斌不服气，开始收集梁老板的犯罪证据，风声传到梁老板耳朵里，梁老板想再敲打他一顿时，没想到这小子就跑了。人只要在河城，梁老板都不怕，但人跑了，就有可能做出很多对梁老板不利的事情，所以他一定要处理掉这个人。但具体李斌掌握了梁老板什么证据，我不知道，也没打听，我知道跟着梁老板这种人干，一定要少问多干。之所以他能器重我，也因为这个，胆大心细，少问多干，在哪都一样。"

　　在陈鹏交代的同时，高寒用眼神向单向玻璃外的观察室内传送信号，现根据陈鹏的供词已经可以对梁昌泰进行通缉抓捕，即便是梁昌泰已经移居国外，他也不会那么容易逃脱中国法律的制裁。观察室内的警员收到高寒信息，开始着手准备梁昌泰的犯罪资料，而后报批局领导、省厅等，这是一个极度烦琐的流程，需要和梁昌泰所在国执法部门沟通落实，最后才有希望将其引渡或遣返。

　　"说实话，回到河城之后我很害怕，梁老板把我送到厂门口之后，我没有立刻回宿舍，我找了家宾馆，买了酒菜，在宾馆里喝了个大醉，睡了一天一夜。睡醒之后，我就释然了，务农打工，回老家娶妻生子，再务农打工，生个孩子也是务农打工，与其一辈子在底层挣扎，还不如杀个人博个前程，让警察抓住就枪毙，没什么大不了的。而后我继续回到飞流工具厂工作，结果一个月风平浪静，什么事儿也没有，然后梁老板就把我带到他公司上班。杀李斌就是这么回事。"陈鹏很平静，头低着，就像是眼前有一本小说，他在照着读。

　　"之后呢？又帮梁昌泰犯过什么事儿？"高寒手里拿着一支笔写写停停。

　　"我跟梁老板一起干过很多事儿，不知道你说的是哪一件？"陈鹏心里很清楚，他所犯下的这四起命案换来的只可能是枪子，对这四起命案已经没必要再隐瞒什么；输赢已定，梁老板移居国外远在天边，李斌的案子既然警察已经查到，把他供出来应该也没什么影响，而且只有把他供出来，才能让这件事可信。

"梁昌泰的事不急，先说张楚吧。"

"我在球场给你们留的礼物，不知道收到没有？"陈鹏把头转向玻璃墙，似乎是想和墙对面的人打个招呼。

"得亏你送的螺丝刀，要不然还真找不着你。"

"我就是电影看多了，耍了个小聪明。张楚、胡利民、葛明辉，我一块说了吧，我说完之后，有什么细节不清楚，你们再提问，我补充。张楚那个超市小老板，太容易下手了。他是最简单的一个，三天就可以摸清楚他所有的生活轨迹，他生活太规律，又没防备心。我在球场给他打了电话，然后他就乖乖地到球场对面找我。江城体育中心我很熟悉，在河城俱乐部这些年，我跑遍了全国顶级球场，构造上都大同小异，不过我还是去提前踩了点，毕竟好多年没去了，谁知道球场内有没有升级改建过。杀了他之后，我就躲到了卫生间，抽了根烟，等着比赛结束和球迷一块退场，等待的时间是很煎熬的，所以就想到了电影里那些杀手们会在杀人现场留下一个标签，当时闲等着也没事干，我就把螺丝刀拆下来，砸进了洗手台下面的缝隙中。

"对胡利民能顺利得手，全是运气好，他到河城出差，我跟了他好几天，一直没有机会，他就是天天工作，吃饭睡觉身边一直有人，我都想准备放弃等他回江城再说，没想到他主动送上门来了，一个人跑去河城体育馆看球，我从他脸上看出来他很疲倦，想远离人群，他一个人孤零零地坐在偏远看台，我远远地跟着他，找机会下手。那天真是运气太好了，老天也帮忙，比赛刚开场没多久就下起了大雨，既然老天爷都帮忙了，那绝对机不可失，我趁着雨幕冲过去，解决了他。如果他不去看球，如果当天没有下雨，我还真没有机会。

"葛明辉最有意思，没想到和你们的人撞上了，对了，那个年轻警察怎么样？"陈鹏一脸愧疚，非常真诚地抬头问着高寒。

"他没事，皮外伤。"

"那就好，他是个好警察，勇敢，不过还是年轻，有点紧张。还有非常关键的一点，我有杀意，他没有，所以他没机会赢我。"

"警察就不该有杀意，我们只想制服你，杀不杀你，看法律。"

"这倒也对。葛明辉和张楚差不多，都是整天憋在小区里，很容易动手。只要对他们做好调查，熟悉他们的生活规律，找到那个合适的时机基本上就成了。解决葛明辉的时机就是当他在他的出租房，在自己的小区，自己的房子里，他没有任何防备时。我本来以为要解决掉这三个人，一定会困难重重，我做了好多预案，分析计算了无数种可能，但真行动起来，发现一切都那么顺利，那么简单。事后，我在想一个普通人根本无法预判危险，我们整个社会都缺乏危险教育。不要和陌生人说话，不要相信陌生人，要对每一个陌生人保持警惕，这些一定要写在教科书里，从幼儿园就要开始教育，尤其是女孩，她们遇到危险，更没有抵抗力，最好学校里要教授防身术。"陈鹏在平静地碎碎念，不知是在调侃还是在真心反思。

"这话从你嘴里说出来，分量很重呐，回头咱们找个法制节目采访采访你，你把这些思考好好说道说道。"陈诗怡身子往椅背一靠。

"说说缘由吧，为什么杀他们？"

"你们是不是一直没有找到我杀他们的动机？"陈鹏抬起头，身子坐得很直，眼睛直勾勾看着面前两人。

"你该知道，这个时候卖关子没有用，我们知道的比你想象的多。"

"好的，高警官。我知道的，你想象不到。他们三个是江城俱乐部球迷，这个你们应该早就知道了，他们还搞过一个球迷会，这个你们也知道。江城队2012年没能夺冠，这事儿让江城队的气散了，2012年之后江城队从一支中职联赛传统强队开始沉沦，年年挣扎在保级线，不过命挺硬，一直没降级，但是今年江城队缓过来了，一波补强之后成绩稳稳排在前三，是冠军的有力争夺者。巧了，今年暂时排名第一的球队正是河城队，联赛最后一轮时河城队对江城队，这场比赛仍有可能决定冠军归属，当然现在河城队已经跟我没有关系了，谁夺冠跟我也没有关系。但是他们三个很关心，真是球队死忠啊！他们支持的球队苦苦挣扎了那么多年，终于有机会再次夺冠，他们想为球队争冠做点什么，所以他们找到我，想让我帮他们买通裁判，好让江城队获胜。我不干，他们威胁我，然后我杀了他们。"

"他们怎么找到你的？拿什么威胁的你？"

"高警官，我刚才说了，我知道的，你想象不到，这件事我只能点到为止，把我可以跟你说的，全说出来，不能说的，

一个字也不会说。中职联赛其实是各个大佬间的游戏，你可
以看看每支球队背后的资方是谁。2012年联赛的黑哨案，我有
参与，我向一些球员和裁判行贿过；这种事不只是我一个人在
做，很多球队都有人这么做。他们三个怎么找到的我？我不知
道。他们拿什么威胁我？他们知道一些联赛背后大佬游戏的秘
密，至于他们是怎么知道的？我也不知道。总之这些秘密是不
能公开的，一旦公开，会有很多人受牵连，当然包括我。所以
我要阻止他们三个，决不允许他们把这些秘密泄露出去，不单
是为我自己，也为那些背后的大佬。所以他们只能死。我只能
说这么多，四起命案，是我做的，口供、凶器你们都拿到了，
审讯完成，移交检察院，开庭，判罪。你们领功受赏、加官晋
爵，我死罪难逃，也只求一死。咱们到此为止，皆大欢喜。怎
么样？"

"不怎么样。我们要的是真相。"

"真相就是，我杀了他们。"

"他们三个掌握什么秘密？在哪？"

"不知道，死人的秘密，你只能去问死人了。"

"陈鹏，你别想要心眼。"

"高警官，放松，你好好想想，我是为你好，知道太多对
你没好处。这是我最后一句话。"

第二十三章

不再开口

审讯工作从凌晨一直进行到上午十点，众人在审讯间隙匆匆吃了一顿早餐，陈鹏去了两趟厕所续了三杯咖啡，但他始终没有再说一句话。高寒和陈诗怡苦口婆心、口干舌燥也毫无办法，只好整理好口供让陈鹏签字，暂时休息。

陈鹏清楚地知道他只剩下死刑一条路，他已经做好准备坦然受死，但为何对杀人动机之后隐藏的真相闭口不谈？如果真像他说的，背后涉及的人员，到底有多大能量，能让一个赴死之人不敢开口呢？而且陈鹏已然提前将妻女送至国外，即便如此也还是担心背后涉及的人员会对妻女不利吗？

"死猪不怕开水烫，如果他就是不再开口，怎么办？"陈诗怡此时满眼红血丝，疲态尽显。

"那就要找到让他开口的办法，他不说，一定是有所忌惮，找到他忌惮的人和事。对了，要找到他的妻女，他现在一心求死，唯一还能让他记挂的只有可能是他的妻女。"高寒打了个哈欠，连续一晚上的鏖战，现在他只想躺在床上睡大觉。

"好困，歇一会儿吧，反正人已经抓到了，跑不了。"姜悦也跟着熬了一宿，此时趴在会议桌上，下一秒就能入睡。

抓到心心念念的罪犯，本该是件高兴的事，但高寒等人脸上除了困意，却丝毫觉察不到高兴，他和陈诗怡一直在寻找真相，但罪犯就在这里，他们却没能得到背后的真相。

"同志们，辛苦了，这活干得漂亮，行动组毫发无伤，连夜突击审讯，嫌疑人认罪伏法。非常好，我现在就上报省厅，给你们请功。"局长推开会议室的门，手里拿着口供复印件，他每个毛孔都舒张开，在尽情挥洒着兴奋。

"陆局，您来了。"高寒还在用力思考着，突然被陆局打断，只好起身招呼。

"看你睡眼蒙眬的，累坏了吧？还有你们，现在赶紧回家休息，睡觉。我来安排人整理结案资料，带嫌疑人指认现场，把证据夯实，上报省厅，然后移交检察院，为咱们这场仗画一个完美的句号。我看呐，你们专案组集体二等功是跑不了了。"陆局拍拍高寒的肩膀，让他坐下，眼睛绕着会议室转了几圈，把赞扬的目光传递给每一个人。

"陆局，先不忙吧，陈鹏杀人背后的真相还没找到，这案子还没完。"高寒有点有气无力。

"你们先回去休息，高寒和诗怡留一下。"陆局找到一个空位置坐了下来，等人都散去之后，语重心长地对二人说："四条人命呐，其中还有一个是陈年旧案，江河两地多少年都没有过这么恶劣的案子，两地省厅都极为重视，省厅领导天天给我打电话，问案情进展，但我不想给你压力，没催过你，因为我相信你，相信你们。高寒、诗怡，你们两个人可以说是江河两地最优秀的刑警，如果你们两个人联手这案子还破不了，那我想大罗金仙来了也没用。果不其然，从江城案发到现在，短短半个月的时间，你们就联手破了这个惊天大案。这可是省厅和公安部都在重点关注的案子，你们两个前途无量，我看个人二等功，你俩也没问题。现在物证、口供确凿，咱们尽快结案，让大家伙儿也都好好休息休息。"

"陆局，您的意思我全都明白，证据确凿，陈鹏翻不了案。但是案子背后隐藏了什么，我们就不管了吗？"

"不是不管，而是怎么管，如何管？口供我仔仔细细看过了，陈鹏说这背后隐藏着足球大佬势力，这难道不会是他信口胡说？即便是真的，陈鹏闭口不谈，我们现在又没有任何线索，甚至指向性怀疑都没有，怎么管？足球乱象不是一天两天了，几十年来都是这样，背后都是高级玩家，我们管得了吗？凭借你我能让中国足球环境变好吗？我们是警察，我们的职责是守护百姓、惩治犯罪、维护法律，做好我们的分内事，不要节外生枝。"

"可是，我们破案就是要寻求真相，但现在真相是什么，我们还不知道。"

"真相就是陈鹏杀了四个人，现在他认罪伏法。江城现在正在申办全运会，这你不是不知道，城市安全问题对能否申办成功有很大的影响，这个省厅和公安部重视的案子，你们能快速破案，也体现出咱们江城警方对维护城市安全的超强能力。行了，不是任何时候都要较真，放你们两个一天假，好好睡一觉，收尾工作我交给其他人来做。我就说这么多，我走了。对了，晚上我请专案组人员吃饭，都要到。"陆局站起来，手里拿着那份口供，走出了会议室。

高寒和陈诗怡对视一眼，没有说话，太累了，什么也不想说。两人拖着疲惫的身体先后走出会议室，迎接他们的是彩带，是喷花，是掌声，是欢呼。警队里所有人欢歌笑语，尽情释放着欢愉。

高寒和陈诗怡只得收拾好心情，努力假装雀跃。高寒让昨晚加班的警员回家休息，剩下的人配合陆局做后续工作。而后和陈诗怡一道前往休息室，他应该睡一觉，等睡醒之后再好好琢磨陈鹏杀人背后的真相。

"高队，凶手也抓到了，张海洋这边还继续盯吗？"陈晨打来电话时，高寒和陈诗怡刚刚走进休息室楼道。

"先撤回来吧，整理一下收获，下午四点报告给我，我先睡几个小时。"高寒抬手看了下时间，他听出了陈晨语气里的埋怨，昨晚进行抓捕行动之前，陈晨就打来电话，主动请缨加入行动组，但被高寒拒绝。陈鹏在葛明辉出租房将陈晨击昏逃跑，对陈晨而言是不甘，是懊恼，甚至是耻辱，看到陈鹏在高寒手下再次逃掉时，这份耻辱感才有所缓解。在得知昨晚要对陈鹏进行抓捕时，陈晨请战，就是想亲手洗刷这份耻辱，但被高寒无情拒绝。

　　高寒心里很清楚，凶手在自己手底下逃跑的那份耻辱对一名刑警来讲，是多么压抑的心理阴影。他也知道，刑警要对对手有敬畏之心，哪怕是带有耻辱感的敬畏之心。他需要陈晨心里绷着这根弦，时刻牢记曾有凶手在他手下逃掉，对他未来的成长益处很大。还有一个原因是，他心底始终对张海洋有一种着了魔的偏见，认为他也涉案其中。难道真的只是自己的偏见？难道自己真的错了？但为什么单单会对张海洋产生这种"他在犯罪"的偏见呢？高寒有点想不通。或许是这段时间太累了，思路跑太偏了，高寒安慰自己。

　　"十年前，张海洋对背后的真相闭口不谈，十年之后，陈鹏同样如此。他们是在怕谁呢？"陈诗怡看出了高寒的心思，或许这也是喜欢上他的原因之一，他们总能想到一起去，对张海洋的看法同样如此。

　　"他们怕，我不怕。"

　　"你如果对你们局领导甚至省厅有所顾虑，不用担心，我不是你们系统的人，我可以继续查。"

　　"可不要小瞧我，诗怡，我相信，我们能一起找到真相。"

　　"好，我们一起找。"

　　"好，你先歇一会儿，我找人去查陈鹏妻女的行踪。"

　　"高寒，你现在要做的是休息。警队的人，要么回家休息了，要么在配合陆局工作，谁还有时间帮你查？好了，不急于这一时，先睡一会儿，睡醒了，换换脑子，我们再好好想想下一步该怎么做。乖，累坏了我会心疼的。"陈诗怡拖着疲倦的

　　手轻轻拂过高寒的脸，轻轻一撩，让高寒心神荡漾，"我现在要睡一觉，下午四点来找你，一起听听张海洋的情况。在此之前不要打扰我。"

　　高寒还没回过神来，陈诗怡已经轻飘飘进入自己的房间，关好了门。高寒现在脑子很乱，他想好好捋一捋张海洋和陈鹏背后真相该如何查起，但躺在床上之后，脑子已经不受控制，立马进入了梦乡。

　　"高队，什么情况？人不让抓也就算了，连看都不让看？"陈晨下午回到警队第一时间想要去看一眼陈鹏，但听同事说，陈鹏已经在去往河城的路上，江城现场已经指认完成，就等河城现场指认完成后结案。陈晨心里窝着火，给高寒打电话关机，就直接找上门来，他推开门，坐在高寒床边摇醒了他。

　　"什么啊？什么人不让你看？"高寒睡得太沉了，连陈晨进门都没有察觉，警队休息室虽说是一个足以让自己放松安心的环境，但警觉性如此之差，还是让他自己很是诧异。

　　"陈鹏呗，还能有谁？"

　　"他在队里好好关着，谁不让你看？"高寒直接起身站起来，鞋子睡前压根没脱，他拿起桌上放的不知何时打开的瓶装水灌进肚子大半瓶。

　　"被押往河城指认现场了。"

　　"陆局效率好高啊，又不是不回来了，还怕见不到？不要有情绪，张海洋的监视工作同样重要。"

"张海洋那边盯了那么多天，毛都没发现。而且陈鹏也认罪了，跟张海洋啥关系都没有呀！我能没情绪吗？安排我去指认现场也好啊，好让我跟这家伙好好接触接触。"

"别那么多屁话，走，去会议室。"高寒走出门外，陈诗怡早已在楼道里等着，陈晨的大嗓门，她很难听不到。

"张海洋每天的生活非常规律，他七点到达快递站，打扫打扫卫生，进行一些准备工作，送货车差不多7:20到，快递员7:30左右到，卸货之后进行快递分拣，快递员把快递分拣完之后就开始送货，差不多八点，张海洋把所有快递员送出门后，自己到旁边的早点铺子吃早餐，吃完早餐回快递站，看书，接打电话。中午有时候出去吃，也是在旁边小店，有时候叫外卖，下午仍旧是看书，接打电话，下午五点会有第二趟送货车送货，然后把快递员收来的快递运走。快递员下班的时间不固定，看快递件多少，件少的话六点左右就可以下班，件多了就加加班，张海洋要等所有快递员下班，然后系统结算，关店，到旁边小店吃晚饭，或者打包带回家。他就住在快递站旁边的出租房，步行不超过五分钟。出租房附近我们也都查过，没有什么有价值的发现。他回到出租房之后要么看书要么看剧，晚上10:30准时睡觉。张海洋每天如此，没有交际，一天天就耗在快递站，非常无聊。这几天的情况基本就是这样。"会议室内小刘汇报着这几天对张海洋的监视情况。陈晨脸上仍旧带着不悦，这完全可以理解，监视任务本就枯燥无味，耗时耗力，如果能遇上一个生活丰富的被监视者，还能给监视人员带来一些感官上的愉悦和调剂，碰上张海洋这样一个一成不变的无聊人，监视者必须想尽一切办法避免自己打瞌睡。

"电话有异样吗？"

"没有，都是正常的快递业务电话。"

"再想想，有没有任何值得关注的点，或者他和正常人不太一样的地方。"高寒继续追问。

"唯一一点，他饭量比较大，不过能吃也不能算是疑点呀。"陈晨像是想起什么好玩的事，脸上终于有了一点笑意。

"哦？讲讲。"

"就是饭量大呗，这有啥好说的。"

"陈晨，你少给我阴阳怪气的，不就是没让你参与抓捕行动吗？小刘，你说。"高寒突然发火，让在场的人都吓了一跳。

陈晨这才察觉出高寒心气不顺，自己实在不该拱火。但陈鹏已经抓获认罪，该开心才是，高寒这是怎么了？他猜不出，只好闭嘴。

"确实是饭量有点大，比如说早饭，他会在早餐店吃上一笼小笼包，喝碗粥外加吃俩鸡蛋，然后还会打包两笼包子带走。到了中午，外卖点的量也比较大，像是面呀米饭呀都是两份。也就晚上吃得少点，可能就是单纯的比较能吃吧。"小刘也很少见到高队会对自己人发火，畏畏缩缩地讲完。

"你们都在这呀，商量什么呢？陆局让我叫你们去吃饭，君越楼，规格高吧，这次陆局是要真出血了。"姜悦推开会议室的门，她睡了一下午，精神养得很足，完全没有察觉到会议室里的异样。君越楼是警队附近的一家老酒楼，老板是江城本地人，酒楼已经传承三代，几十年来沿袭着传统口味的同时又不断改良菜品，始终能迎合江城人的口味，在江城有口皆碑，生意火爆，当然价格也不菲。

"君越楼，好吃吗？"陈诗怡主动接过话茬，一聊起吃的，空气里的味道都发生了变化。

"当然了，江城必吃榜，我告诉你都有啥好吃。"姜悦说着拉起陈诗怡的胳膊，边说着君越楼内必须吃的菜品边向外走去。

"走，先去吃饭，好好宰陆局一顿。"高寒也迅速忘掉刚才的不悦，拍着陈晨和小刘的肩膀，一起走了出去。

/ 第二十四章 /

凶手的妻女

10月30日，江城刑警队休息室。

高寒的酒量还算不错，正常情况下白酒七八两刚刚微醺，身为刑警对饮酒有要求，工作期间即便是下班饮酒也必须报备，所以平时高寒没什么机会喝酒，他从不馋酒，也没有什么值得借酒消愁的事情。但昨晚在君越楼，不知是长时间不喝酒的原因，还是心有郁结遇酒就醉，或者是陆局故意引导把自己当成破案英雄，高寒醉倒了。陆局开场便讲到，今晚是庆功宴演习，等集体二等功下来，还会有一场正式的庆功宴，他现场批了所有人的饮酒许可，而后主动向高寒敬酒，有陆局打样，专案组其他人逮着这个能喝酒的机会，挨个儿向他敬酒，气氛已经烘托到那，身为专案组组长，在如此场合更不能扫兴，他也一下子放松下来。许久没有这么轻松过，高寒逢酒必干，感觉已经要酒醉之时，仍不忘遥敬陆局，大喊着感谢局领导、领导英明之类的官话。陈晨也是借着这个机会接连敬酒，高寒和陈晨勾肩搭背、一笑泯恩仇，之后便不省人事，直到现在将近中午才在休息室醒来。

此时高寒口干舌燥，脑袋像是灌进了钢筋混凝土，正在一点点凝结，凝结的过程中不断拉扯着四周的头皮。他拿起桌上那瓶昨天喝过还剩了瓶底有一点点的矿泉水倒入口中，仍不解渴，眼睛在房间内转了一圈，没有发现其他能喝的饮品，晃悠悠站起身，走出房外，来到卫生间打开水龙头，灌了一肚子凉水，这才感觉脑子里的撕扯减轻了一些。他关上水龙头，照着镜子看着这张呆滞的脸，满脸问号，自己怎么能喝成这样？

他重新打开水龙头，刚要准备好好洗下这张不清醒的脸，就从镜中看到陈诗怡扎着的马尾散开半边，手捂着嘴脸色苍白，快速跑进卫生间。

"你们江城人太能劝酒了。"陈诗怡在水池前把昨夜的宿醉一股脑儿吐了个干净，得亏高寒已经提前打开了水龙头，污秽之物已经被冲洗个七七八八。她撩起头发，把嘴伸到水龙头前，小小噘了一口，仰起头漱口吐掉。

"我也喝断片了，好久没醉过了。"高寒的手还在陈诗怡后背轻轻拍着。

"瞎扯，看你昨天喝酒那架势，恨不能把桌上所有人都喝趴下。"

"还是你说得对，陆局太能劝酒，我们都上套了。"

"有没有解酒汤，来一碗，我现在胃空了。"陈诗怡接连漱了七八口，口中酒精的味道丝毫不减。

"上次的羊汤怎么样？江城人喜欢喝羊汤解酒。"

"什么汤都行，我现在要把这股酒气压下去。"

"走，我带你去。"

"等我五分钟，换件衣服。"陈诗怡觉得现在不光是嘴里，浑身上下都是酒气，熏得她难受，必须从头到脚换一套衣服。

"香菜、葱花、胡椒粉、羊油辣子都不要？"

高寒没换衣服，只是好好洗了个脸，现在的状态他不敢开车，只好带着陈诗怡打车来到羊汤馆。

"不要不要，我先喝碗清汤。"陈诗怡此时尝不出口中食物的味道，鲜活滚烫的液体滑入食道，胃里有了热食垫底，她的脸色也才慢慢有了血色。

"马上十二点了，果真是案子一破，心里那根弦也就断了，竟然睡了那么久。"高寒不慌不忙地在羊汤内加入各种调味品，拿勺子把羊汤从白色搅成红色，然后一口汤一口火烧，吃得津津有味。

"啊——活过来了。"一碗滚烫的羊汤下肚，陈诗怡抬起头深深呼了一口气，"老板，加汤。"说着，把汤碗放在桌边，等着老板的大汤勺将汤注入。

"味道还可以？"

"什么味也没吃出来，我刚才只是需要一碗热汤，现在这碗开始尝味。"陈诗怡低头小声地跟高寒说道。老板已经手举一米多长大铁勺，勺下另一只手垫着托盘，把奶白色汤汁灌满桌前的空碗，勺里还有富余，又添给了高寒。"谢谢。"说完，陈诗怡把汤碗挪到自己面前，有样学样地把各式调味品小心地少量地放入碗中。

"羊肉汤我也会做。"

"真的？你还会做饭？"陈诗怡没有抬头，继续专注着眼前的食物，她拿起一个火烧咬了一大口。

"会做些家常菜，羊肉汤是得了我妈的真传。"

"那等有时间，做给我尝尝，看看高队长手艺怎么样。"

"没问题。"

"陈鹏妻女并没有出境记录。"

"什么？"

"陈鹏妻女只有购买飞泰国机票的记录，但是并没有出境记录。昨天我交代了河城同事，帮忙查陈鹏妻女的下落，结果从航空公司得知，当天航班她们并没有值机，更没有登上那架飞机，而后又查了出入境管理中心的资料，她们并没有出入境记录，也没有她们申请签证的记录；也就是她们并没有出国，购买机票只是一个障眼法，至于这个障眼法是给我们警方看的，还是给陈鹏想要隐藏的真相涉及的那些人看的，就不得而知了。所以，我们想要得知背后真相，就必须找到陈鹏的妻女。"陈诗怡第一次发现，吐酒之后能让人胃口大增，她第二碗已经见底，碗内羊肉和粉丝也已经吃了七七八八，可是她还想再来一碗，她现在在纠结是再加一碗清汤，还是重新点一碗，可以再吃一份羊肉和粉丝。

"你什么时候知道的这个消息？"

"今天上午，就是这通电话把我吵醒，要不然还不知道要睡到什么时候。"

"陈鹏家周边的监控是不是已经撤掉了？"

"对，陈鹏被抓捕之后，就已经撤掉了。"

"如果陈鹏妻女还在国内，家里藏着那么一大笔现金，她们一定会回去取吧？如果陈鹏已经计划好自己被捕后，不会供出他知道的秘密从而保护自己的妻女，那在他被捕之后他妻女回家是不是一个相对安全的时刻呢？"

"你的意思是陈鹏和她妻女一直在保持沟通？但我们检查了陈鹏的随身物品，包括他用的备用手机，没有发现他和他妻女之间有任何联系，陈鹏妻子的手机也一直在监控之中，并没有发现有开机信号，除非她也有一台备用手机，他们用一种我们不知道的方式在联系。"

"我现在就打电话让人重新对陈鹏妻子进行布控。找到她，或许就是突破口。"

"这件事我已经交代河城同事在做了。但是我想，在陈鹏被法院定罪前，他妻女都不会主动出现。你想想，陈鹏已经提前一个月让自己妻女消失转移了，他这么做的目的就是保护自己的妻女不被他担心害怕的那些人伤害，也只有等到自己被定罪判刑甚至是执行死刑之后，他的妻女才会真正安全，只有死人才绝对不会告密。"

"你说得对。所以陈鹏才一心求死，用自己的死来保证自己妻女的安全。坏了，他会不会选择自杀？"高寒拿出手机，打给队里同事询问陈鹏情况，陈鹏已于今早从河城羁押回江城，现已关押在看守所，人很安全。

"不能排除陈鹏自杀的可能性，一定要确保他在看守所的安全。"

"我现在就给看守所所长打电话。"高寒再次拿起手机，打给了看守所所长，千叮咛万嘱咐一定要确保陈鹏的安全，所长让高寒放一万个心在肚子里，如此重刑犯定会作为看守所典型，必定会严加看管，不会有半点闪失。

"从陈鹏口中已经无法得到什么了。按照我们之前的推论，陈鹏还有一件未完成的事，所以他要再次返回江城，而且陈鹏妻女那张没飞的机票也是从江城出发，这是不是意味着她们有可能藏身于江城？"陈诗怡还是没忍住，又重新叫了一碗羊肉汤，但等汤上来，她却没了胃口，拿着筷子夹着汤中粉丝捞起又放下。

"非常有可能，下一步就是要找到陈鹏及其妻女和江城之间的联系，陈鹏一个人可以做到完全避开警方的视线，但是他的妻女，尤其是还带着一个小孩，要想做到不留痕迹地消失，没那么简单。"

"没错，还是双线进行，河城那边我会请谢队亲自主持对陈鹏妻女的寻找工作，她们如果离开河城，必然有迹可循。"

"好，吃饱了吗？"

"走吧。"

"陆局，为什么动作这么快？"

高寒和陈诗怡刚回到警队就碰见陈晨准备外出，一问得知陆局已经安排人将结案资料整理完成，现在让陈晨去移交检察院，高寒把陈晨拦了下来，恶狠狠地说没有他的命令，不允许结案移交，陈晨有点摸不着头脑，他本来以为陆局和高寒之间已经达成一致，没想到高寒并不知情，自己这个小角色无形之中被当了枪使，懊恼中又跟着高寒回到警队。高寒马不停蹄，直接冲进了陆局办公室来质问。

"你是说将陈鹏案移交检察院？事实清楚、证据确凿，案子了一桩是一桩。梁昌泰的事情，我也已经上报给了省厅，省厅会和加拿大执法部门沟通，这件事我们现在也帮不上什么忙，只希望能尽快有一个好结果。你呢，今天再好好休息一天，明天接手独居老人诈骗致死案，高寒呐，案子多，咱们又人手不足，这个诈骗案涉及江城五个区，被骗人员有十几人，涉案金额近千万元，还导致两名老人自杀，自杀有疑点，有理由怀疑是凶杀，社会影响非常恶劣，五个区之间的协调统属非常复杂，只有你能胜任。你们队长临近退休，身体也不好，你身上的担子重，不能在一个案子上耽误太长时间，那别的案子还办不办了？"陆局给高寒倒了一杯水，拍拍高寒的肩膀让其坐下。

"所以陆局就主动做主，把我灌倒，然后结案移交？我一个专案组组长连什么时候结案都不知道？"

"这事是我做得不对，我是看你这几天太过辛苦，资料整理、结案移交这些琐事，就索性让其他人给办了，好让你赶紧抽身出来，把精力放在其他案子上。个人二等功的事情，你放心，我会好好给你争取。"

"陆局，个人二等功对我而言不重要，有没有咱案子都得办，这是咱刑警的职责所在。我也非常理解您，在您这个位置上，要考虑的肯定是全局问题。但是这案子还远没有到可以结案的时候，陈鹏的妻女并没有出国，而是失踪了。她们为什么会失踪？陈鹏为什么会再次回到江城？他背后隐藏的真相是什么？他是不是受到了胁迫？他的妻女是不是受到了威胁？她们是不是有危险？这些问题还都没有答案。我们做刑警的不去寻找真相，谁还能去寻找真相？"

"没有出国？确定吗？有没有其他线索？"

"确定，没有值机记录，没有出境记录。已经消失了一个月，这背后一定有问题。"

"那这样，移交先撤回来。我看陈诗怡的能力不错，让她继续沿着这条线查，姜悦辅助；我需要你接手诈骗案。"

"我必须有始有终，要不然即便是我接手了诈骗案，心思还是在陈鹏身上。而且这案子，我要和陈诗怡一起办完。"

"不行，明天起你要接手诈骗案。"

"陆局，给我三天，三天之后不管我能不能查清真相，我都全身心撤出来接手诈骗案。"

"好，一言为定。"

专案组成员在警队会议室内重新集结，高寒和陈诗怡一起梳理了陈鹏妻女失踪之后的怀疑和线索。随后高寒安排具体工作，陈诗怡和李大有负责和河城警方配合联络，对陈鹏妻女在河城消失之前的动态做一次仔细排查，一个月的时间确实过于久远，但人过留痕，她们去过哪？见过谁？和谁联系过？乘坐过什么交通工具？最后出现的地点在哪里？通过这些事实线索来排查，相信很快就能有结果。

江城这边，陈鹏需要再次提审，姜悦和陈晨分别带队，一是对陈鹏在江城期间的行为路线做一次全面摸排，以及对陈鹏在江城所有有可能的联系人做排查，希望能从中找到相应线索；二是对陈鹏妻子的人际关系展开调查，看是否和江城有交叉联系。

"三天，我只有三天时间，如果三天之后还没有进展，我就要去接手其他案子，专案组会交由陈诗怡负责继续调查，你们要全力配合陈诗怡的工作。"高寒说完最后一句话，宣布散会。

第二十五章

再会前金哨

11月1日，江城刑警队。

"带你去个地方。"在警队食堂简单吃完午饭，高寒对陈诗怡说。

三天的时间已经过去一天半，对陈鹏妻女的查找再次像案发初期寻找陈鹏一样，陷入困境。这一家人像是一起接受过隐身训练一样，消失得无影无踪。

对陈鹏的再次提审仍然没有任何收获，陈鹏咬死不开口，一心只等法院审判。

陈鹏妻子郝艳妮在一个月前最后一次出现在人们眼中，是在当天下午开车去接上小学的女儿，而后这台车子直接开往她们所在小区的车库，小区保安清清楚楚看见了这台车子开进小区，之后这台车子就一直停在车库里，通过对行车记录仪的调阅发现，这台车子从那之后就再也没发动过。

　　第二天陈鹏给学校打了电话，给女儿请了长假。同一天郝艳妮发了一条要去国外旅行的朋友圈，自此消失在人们的视野中。从这一天开始，郝艳妮的手机就一直处于关机状态，没有银行卡消费记录，也没有用身份证进行过任何实名登记。除非是郝艳妮和她女儿一直以来都在接受陈鹏的指导练习，练就了一身在当前大数据时代隐身的功夫，要不然就只有一种解释，郝艳妮和她女儿的失踪，不是自身的主动行为，而是被动接受，她们有可能被绑架了。也只有这种解释，可以让陈鹏闭嘴一心求死来换她们的安全。

　　陈鹏可以肆无忌惮地把自己当作贵人、当作榜样的梁昌泰给供述出来，却不敢吐露那个幕后之人只言片语。这个幕后之人可以不留痕迹地让郝艳妮母女二人消失，他会是谁呢？

　　随后高寒又将视线转移到足球领域——十年之前的赌球案，以及陈鹏从业过的河城俱乐部。2016年梁昌泰将旗下资产全部抛售，包括河城俱乐部在内，而后就移居加拿大。河城俱乐部易主之后，陈鹏也从河城俱乐部离开，之后就一直是无业状态，而从他的资产来看，足以应付下半生的奢侈生活。短短几年之间能积累如此多的财富，要么是陈鹏在梁昌泰手下时，梁昌泰念其是心腹支付给他丰厚报酬，要么是陈鹏在做河城俱乐部总经理期间，参与赌球等非法获利行为而获得大笔法外之财。

　　一旦将目光再次放回到足球领域，面对的困境要比郝艳妮母女消失多得多。是不是正如陈鹏所说，赌球参与者或者操控者有权有势，不可撼动，张葛胡三人也正是因为扬言威胁而惨遭毒手？有没有赌球？赌球是如何进行的？赌球的操盘者、参与者都有谁？在对陈鹏工作期间的河城俱乐部的老员工调查时，没有人能给出值得关注的线索。一旦问题涉及赌球，他们全都是一口否认，称不存在赌球行为，即便是存在那他们也绝不知情。

如果想沿着赌球这条线查下去，就只有让陈鹏开口，或者是让另一个赌球参与者张海洋开口。

"去哪？"

"找张海洋，咱们还有东西放在他那，今天去拿回来。"

"你这个工作不错，快递员天天风里雨里的，你风吹不着雨淋不着坐在屋里看书。"高寒轻车熟路来到张海洋快递站，进门打了招呼就坐在了沙发上。他自己也说不清楚为何会对张海洋充满敌意，一见面就想用言语来刺激他。

"我也是从快递员一路干起来的，该吃的苦都吃过。"张海洋仍是毫无表情，无视高寒的调侃，他倒来两杯水放在两人面前的茶几上。"高警官是来拿U盘的吧？"之后他又回到电脑桌前在小抽屉里拿出U盘放到高寒面前。

"没错，前几天有事耽误了，今天正好路过。"

"早就准备好了。"

"如果我再问你与赌球案相关的事情，你是不是还是什么也不会说？"

"该说的，我十年之前已经全说了，我不知道你还想要知道什么？"

"我想要知道赌球操盘者是谁。我想知道你为什么不肯说出真相。你知不知道他们此刻绑架了一对无辜的母女，她们现在命悬一线。你当年也是为了保护你的妻儿，怕妻儿受到他们的伤害才隐瞒事实的吧？这些只敢对女人小孩这种毫无反抗能力的人下手的下三烂，你害怕他们什么？你现在还有什么好怕的？你就不想把这些人绳之以法吗？"高寒手里拿着一支烟，迟迟没有点着，他句句声嘶力竭，质问着眼前的张海洋。

"犯了罪，当然要接受法律的制裁。但我不是执法者，我也不知道谁犯了罪，惩治罪犯是你们的事情。我曾经犯过罪，但我已经接受了法律的制裁，我坐了八年大牢，如今我是一个合法公民，我希望高警官不要再把我当成一个罪犯质问。我再说一遍，你问的问题，我不知道。如果没有其他事情，请回吧，我还要工作。"张海洋脸上仍旧没有表情，情绪上也看不出来波动，但他说的每一句话、每一个字都铿锵有力。

高寒还想再反驳几句，但又不知怎么开口，是啊，为什么要把怒火撒在一个已经接受过法律惩罚的人身上呢？话已至此，他起身准备出门。

"每天中午就吃外卖呀？外卖不太健康，还是少吃为好。"陈诗怡跟着高寒一起起身，看到了茶几角落里放着的外卖餐盒，开口说道。

"干快递的，谁还在乎外卖健康不健康呢。"张海洋听到陈诗怡的话，身体一沉，随即恢复正常。

"也是，那就再见了。"说着，陈诗怡走出门外上了车。车子驶离了快递站。

"掉头，开回去，不要停。"陈诗怡坐在副驾驶的位置，对高寒发出指令。

"嗯？"高寒虽然心中有疑问，但还是立马遵从陈诗怡的指令，从道路双实线处直接掉了头。

"慢点开，就从快递站门前路过就好。"

"发现了什么？"车子开过快递站后，高寒问道。

"上一次我们来快递站，离开之后张海洋就靠在了北墙上，这一次我们离开之后，他又靠在了北墙。为什么不是站着坐着？而是要靠在北墙呢？"

"一面墙？"

"还记得陈晨和小刘说张海洋饭量很大吧？每次外卖主食都要点两份，但是他今天中午吃完的外卖盒，只有一份，是他饭量突然变小了吗？"

"小可吗？我是高寒，现在立刻去查张海洋的外卖订购记录，给我一个他近两个月的外卖订购变化分析，包括今天中午吃了什么，我现在在回队里的路上，半个小时之后交给我。"高寒挂断电话，又对陈诗怡说："难道？"

"有可能。"

"晨儿，现在放下手里的活，你和小刘继续监视张海洋，不能让他离开你们的视线，还有，我需要一张张海洋快递站的装修平面图，不要问那么多，按我说的去做。"高寒接连打通几个电话，开始重新展开对张海洋的监控和调查工作。

"赌一把？"

"你还有别的选择吗？"

"是张海洋吧？"

高寒和陈诗怡来到看守所，再次提审了陈鹏。

"嗯？"陈鹏的瞳孔猛烈收缩了一下，但他仍旧低着头，刻意稳定着自己一直在伪装的情感。

"你的老婆和女儿在一个月之前被张海洋绑架，你是受张海洋胁迫而杀人。"陈诗怡尽量保持情绪稳定，把句子说得尽量温情。

"嗯？"陈鹏仍不做回应，他不敢确定现在警方查到了什么，掌握了什么，他不敢拿自己妻女的命冒险。

"张海洋答应你，会保证你妻女的安全，在你判刑之后或者执行死刑之后，会还她们自由；但是你有没有想过，你们之间的交易从一开始就是不公平的，你凭什么相信张海洋能保证你妻女的安全？你要把你妻女的安全寄托于一个绑架犯身上吗？"陈诗怡继续晓之以理，她在陈鹏身边转着，时刻关注着陈鹏的身体变化，并以此调整自己的说话语气。

"嗯？"陈鹏要崩溃了，他生命中唯一的光就是自己的妻女，但此刻他知道警方这样问话，必定是还没有掌握自己妻女的实际情况，这也就意味着她们仍有可能在张海洋手中，他不敢冒险，他不敢拿自己的妻女冒一丁点儿的险。

"你每耽误一秒钟，你妻女就会多增加一分危险。我们已经连续盯了张海洋三天，期间他一直在我们的视线之下，没有和外界有任何沟通，三天的时间，你的妻女不吃不喝，你知道意味着什么吗？"高寒站了起来，朝着陈鹏大喊。

高寒和陈诗怡回到警队之后，胡小可已经将张海洋近两个月的外卖记录整理出来，同时分析出了外卖订购的变化，两个月之前张海洋的外卖变化不大，他叫外卖的时间全都在中午，面食居多，除去面食也多是北方口味的菜品，且点取的外卖也是一人份正常食量。但一个月之前开始发生变化，先是中间有几天暂停过点外卖，而后中午叫取的外卖分量开始加大，为两到三人份，且菜品也开始变得更具南方口味。今天中午点的外卖是两份米饭，外加三个小菜，但陈诗怡在快递站茶几旁只看到两个餐盒。

　　陈晨也及时找到房东，拿到了快递站的平面图，他第一时间把平面图拍摄发给了高寒。高寒和陈诗怡对平面图仔细分析之后发现，快递站客厅南北向距离有明显的缩短，目测有将近两米的距离。这消失的两米去了哪里？而且快递站在一年之前遭遇大火，张海洋在大火之后租下快递站，并对其进行重新装修，如果快递站内部空间发生了变化，也只有可能是张海洋在装修期间动了手脚。是不是在一年之前张海洋就做好了一系列计划？

　　与此同时，河城警方也传来消息，陈鹏所在小区地库的视频监控硬盘是今年刚刚换过的，内存较大，存储时间可以延长到四十五天。河城警方调阅了郝艳妮最后出现在车库的视频，郝艳妮的车子所在位置，拍摄角度不佳，只能拍到车子驾驶位一侧的一半，虽然只拍摄到这一半，但从这一半的内容就足以发现郝艳妮脸上的惊恐。据河城警方分析，现场情况应是郝艳妮女儿坐在车子后排，到达车库停车位之后自行下车，但下车之后遭人钳制。郝艳妮下车之后一脸惊恐，但因女儿被人控制，只好接受胁迫，乖乖走到了监控死角处。而后不到五分钟，一辆黑色轿车驶出视频监控范围，司机面部有遮挡，车上除司机之外没有拍摄到其他人，而后车子驶出车库。河城警方对这辆车进行调查之后发现，这也是一辆套牌车。河城警方分析，正是这辆车的车主绑架了郝艳妮母女，将其藏匿于后备厢，驶出车库。但因时间过于久远，再加上是套牌车，从河城市道路监控上没有再发现这辆车的踪迹。

根据以上几点分析，高寒和陈诗怡更加倾向于怀疑张海洋，他极有可能是郝艳妮母女的绑架实施者，但目前又无任何一条实证能够证明张海洋是嫌疑人，没有办法实施批捕和搜查；所以眼下陈鹏的口供至关重要。

"什么？三天没有吃喝了？这个狗杂种！祸不及妻儿，狗杂种太不人道了！"陈鹏再也忍受不住，他陷入发狂状态，想要站起来挣脱审讯椅的束缚，但又一次次被审讯椅上的锁具给阻挡下来，一次又一次，他的双手紧紧握拳，手腕已经碰撞出淤血。

"是不是张海洋？"高寒没有理会陈鹏的癫狂，再次高声质问。

"是，是张海洋，就是这个狗杂种！"陈鹏仍未力竭，边高喊边挣扎。

听及此，高寒拿出手机走出审讯室，先是给陈晨打去电话，"晨儿，现在是不是在监视张海洋？"

"对，在快递站旁边趴窝呢！"陈晨从电话那头回答。

"听着，把车开到快递站门口，不能让张海洋离开你们视线一秒钟，我现在让姜悦带人过去和你会合，姜悦过去之后立马逮捕张海洋，把快递站掘地三尺也要把陈鹏妻女找出来，尤其是快递站北墙，好好找一找有没有夹墙，听明白没有？"

"什么？陈鹏妻女在这？"

"听明白没有？"

"明白。"

高寒挂掉电话，又给姜悦打去，让其立马带队增援陈晨，逮捕张海洋。

"你先坐好，放心，我们一定会把你妻女安全解救出来。"与此同时陈诗怡走到陈鹏面前，用手轻轻拍着陈鹏的肩膀，试图让他放松下来。

"求求你们，求求你们，一定要把艳妮和小满救出来呀！她们跟这件事一点关系都没有，她们是无辜的，求求你们，求求你们！"陈鹏停止了身体的歇斯底里之后，又开始了语言上的歇斯底里，他的目光追着陈诗怡，如果此刻他身体自由，绝对会毫不犹豫地朝陈诗怡跪下，祈求自己妻女安全。

"你放心，我们一定会尽全力保证你妻女的安全，但是你一定要配合我们，把知道的真相全部说出来。"

"我配合，我说，你们想知道什么，我全说！"

第二十六章

凶手的自述

一个月前的下午，我正在河城郊外钓鱼，接到了艳妮的视频电话，视频中艳妮和小满被五花大绑塞进了后备厢，我当时就急疯了，一脚把鱼箱踹到了河里，对着手机大喊你是谁，要干什么，要多少钱我都给你，千万不要伤害她们，然后就看见视频里的人砰的一声关上了后备厢，镜头转向了张海洋的脸，我当时就心想，完了，怎么是他，我害他坐了八年大狱，他这是报仇来了。

张海洋跟我说他不要钱，只要我能好好配合他，他就能保证艳妮和小满的安全，我一旦报警或者不配合，就会见到她们的尸体。他告诉我，第二天给小满请个事假，在艳妮车上给我留了备用电话和电话卡，他会用备用电话跟我联系，挂电话前，他还笑眯眯地叮嘱我，不要忘记收拾好渔具，千万不要露出任何马脚。这个王八蛋，他越笑我就越紧张，我听了他的话，收拾好渔具，就赶紧开车回家。在艳妮车的置物箱里我找到了张海洋留下的电话还有几十张电话卡，电话卡还都标着序号，回家之后我把电话一直拿在手里，我就一直抽烟，等电话。到了晚上十点左右，备用电话终于响了，电话镜头里艳妮和小满已经被铁链锁在一间小房子里，蒙着眼睛用破布塞着嘴，我当时眼泪就下来了，张海洋把艳妮和小满嘴里的破布拿掉。

小满一直在大喊大哭，艳妮也在哭，边哭还在安抚小满不要怕。我哭着跟艳妮和小满说，不要怕不要担心，我一定会尽快救你们出去。小满听见我的声音，她眼睛还被蒙着看不见，我看见她双手往前伸，哭着喊，爸爸你在哪里呀？快来救我呀！小满怕，小满要回家！艳妮听着小满的哭声，就一直用手摸着找她，但她被锁链绑着摸不着，一下就摔倒在地上。我心都碎了，我大喊，张海洋，你想要什么，我都给你，你想让我干什么我都干，但是千万不要折磨她们。这时候张海洋把手机转回到语音模式，我听见他关上了门，他跟我说，只要我乖乖听话，艳妮母女俩就绝对安全，千万不要想着报警，也千万不要想着反抗，这样只会让她们母女俩受到伤害。我向他保证绝对不会报警，他让我干什么我就干什么。他让我准备一辆无法被追踪到的车子，搞几副假车牌，明天上午记得给小满请假，然后明天早上艳妮会发一条朋友圈，让我按这条朋友圈的内容，来设计一套谎言，以应付艳妮朋友、小满同学有可能的询问，然后让我收拾好艳妮和小满准备远行的行李。明天下午他会再联系我。他让我电话打完之后就把电话卡毁掉。

挂掉电话之后，我赶紧把电话卡拆下来捏碎。当时我脑子完全蒙掉了，我赶紧去收拾艳妮和小满的行李，把艳妮日常所需的化妆品、首饰、内衣等全都收拾好，打包在行李箱内。等收拾完小满的衣物，我坐在小满床边又哭了。艳妮和小满是我在这个世界上唯一的亲人，梁老板出国之后，我这辈子就为她娘俩活着了，为了出人头地、为了跟着梁老板改命，我连人都敢杀，为了她娘俩还有什么不敢干。当时我就下定决心，我会满足张海洋所有的要求，一个坐了八年牢的人，谁知道心理会扭曲成什么样，我不敢拿艳妮和小满的生命冒一丁点儿的险。从小到大小满都是在蜜罐里长大的，她现在被铁链锁着，该有多害怕呀，她此时多需要我在身边啊。我不能报警，我会听张海洋的话。但我当时真没想到他真的让我去杀人。

第二天我就看见了艳妮的朋友圈，我给小满班主任打去电话，给小满请了长假。艳妮一直和她闺蜜们说羡慕那些一直在路上的人，她特别想带着小满环游世界，陪她在旅行中长大绝对要比学校教育好多了，而且也一直怂恿我，所以我们在小满的寒暑假都会全家出门旅行。艳妮的这条朋友圈没有引起任何怀疑，朋友圈下面甚至还有几条和她最好闺蜜的互动，一定是张海洋模仿着艳妮的语气回复的。这个王八蛋肯定对我们一家做了全面调查，心思非常缜密，所以他知道怎么干才不会引起怀疑。

然后我就去城郊一家修理厂搞了一辆车，一辆到了报废期的桑塔纳，虽然到了报废期但是发动机一点问题都没有，又搞了几副假车牌，这样一台不出挑的车开在路上不会有人关注。

我早就知道这家修理厂，他们有渠道把处于报废期但车况比较好的车子卖给郊区农村的人，这些车基本都在农村山区开，不进城，也没人查。

我一直在等张海洋电话，艳妮的电话已经关机，我联系不上张海洋。到了下午三点左右，张海洋打来了电话，问我车子准备好了没，我说准备好了，又问我行李收拾好了没，我说也准备好了。他让我开着这辆车拿上行李出城，我听着他的指示，开着车出城，他让我一路开到我昨天在郊外钓鱼的地方，这王八蛋，他对我的行踪了如指掌，那处钓鱼点是我自己开发的，没有第二个人知道。到了之后，他让我把艳妮和小满的行李扔进河里，并用视频拍下来发给他。我当时就明白了，如果我不能好好遮掩艳妮和小满失踪的事情，这次扔行李的行为就会让我成为导致艳妮和小满失踪的嫌疑人。张海洋太过歹毒，他也是用这件事来验证我会不会好好听话。扔完行李，张海洋告诉我，现在回家，但是要把车子隐藏好，不要让任何人知道这台备用车，然后去车库艳妮车的后备厢里取资料，资料里有下一步的行动计划，等完成第一件事之后，我才有资格再看到艳妮和小满。这个王八蛋，他早就把行动计划放在了艳妮车里，但我当时太过紧张，根本没有去查看艳妮的车。

我把桑塔纳停在了小区旁边的街道上，这里是老城区，车位管理相对混乱一点，没人会注意这辆车。在艳妮车子后备厢里我看到了任务安排，其实说是杀人名单更确切一点。用A4纸打印出来的资料，上面把张楚、葛明辉、胡利民的信息写得清清楚楚，他们的身份信息、住址、家庭信息、身高、体重、血型、病史、工作信息、行为习惯、个人爱好等，应有尽有。这王八蛋早就把这三个人调查得清清楚楚，他就是让我来做执行者，执行杀人。我拿到资料后回到家准备给张海洋打电话，但是那个电话已经打不通了，他自己也准备了无数张电话卡，每一张只用一次就换。到了晚上，他又给我打来电话，让我不要试图联系他，他会来联系我。他让我把这些资料尽快背下来，牢记在心里，然后把资料烧掉，让我切记电话卡用一次之后就要处理掉。我要求视频看艳妮和小满，电话里张海洋在冷笑，我至今都记得他冷笑的声音，阴森森像鬼魂。他说什么时候能再见到艳妮母女，取决于我什么时候能杀掉第一个人，用什么办法杀人他不管，先杀谁他也不管，等我杀掉第一个人之后，他会让我和艳妮母女视频通话。他让我一定要确保杀人之后不留痕迹，因为如果我在没有完成整个杀人计划之前被捕的话，那我就永远见不到艳妮母女了。

我在电话里歇斯底里地威胁着张海洋，如果艳妮母女有个三长两短，我决不会饶了他，我会让他生不如死。但张海洋对我的威胁一点也不在乎，他说他就在江城，每天都会在快递站上班，我可以随时来杀了他，但也意味着我将永远见不到艳妮母女，连她们死在哪都不知道。我用最恶毒的语言诅咒他，但他仍旧阴森森地告诉我，不要再浪费力气，熟记资料后就赶紧出发去江城执行任务，早一天完成任务，艳妮母女就早一天安全。他告诉我，好好想一想怎么做到不留痕迹，备用车是第一步，准备好现金，不要走高速，不要用手机消费，不要住酒店，不要用身份证，他在江城给我准备了一个住处，就是东盛小区的烂尾楼。

　　艳妮和小满在他手里，我没有任何还手之力，只能让他牵着鼻子走。

　　张楚、胡利民、葛明辉，这三个人的被杀过程我已经跟你们讲过了，张海洋已经对他们做了详细调查，穿什么内裤他都知道，这个计划他不知道酝酿了多久。每杀完一个人，张海洋都会让我和艳妮母女俩通一次视频电话，她们仍然被关在那个两三平方米的小屋里，锁着铁链，墙上都贴着厚厚的隔音材料，没有窗子，暗无天日。眼看着她们娘俩一点点瘦了，头发乱糟糟的。我哭呀恨呀，但一看到她们娘俩的样子，又咬牙狠心一定要快点完成杀人任务，等把她们娘俩救出来，我一定亲手杀了张海洋这个畜生，杀一个也是杀，杀五个也是杀，我一定要将他千刀万剐，但我没这个机会了，他把我拿捏得死死的，我就像是个提线木偶。

　　等杀完葛明辉之后，我说我已经帮他杀完了三个人，现在该把艳妮母女放了吧？他说还不到时候。我骂他言而无信，我骂他不是个男人，我骂他断子绝孙，但有什么用呢？他完全无视我，他告诉我演戏要演全套，要让警察一步步按照警察的节奏抓到我，等我被警察抓到之后，等我被审判之后，他就会释放艳妮和小满。他还告诉我，我被捕之后要怎么说。张楚他们压根跟我没有任何交集，更谈不上什么掌握了我的赌球秘密，这些全是张海洋告诉我的话术。他告诉我，为什么杀人讲一次就够了，之后就闭嘴，我就会很快接受审判。

　　张海洋和他们之间有什么冤仇？我和张海洋之间有什么

冤仇？

　　十年之前，我向张海洋行贿过。梁老板自从买下河城俱乐部之后，对俱乐部的成绩很看重，他花了大钱引援、修球场、建梯队，钱真是万能的，很快球队就打出了成绩，但我们在加大投入力度的时候，别的球队也在加大投入力度，我们球队的成绩虽然能稳定在前四，但是离夺冠总是差那么一些，直到2012年赛季，我们终于看见了争冠的希望。梁老板给我下死命令，无论如何本赛季都要夺冠，不管用什么方法，预算不封顶。为了能夺冠，我找到了江城队球员梁磊，他是江城队队长，但是因为薪资问题和俱乐部闹得不愉快，我给他开出了高薪合同和签字费，还要给他一笔辛苦费，想要让他在那场比赛中放水，但他没收我的钱，他是个好样的。

　　然后我又找到张海洋，本来我对他不抱什么希望，毕竟是中职金哨，职业口碑很好的一个人，不过他儿子当年生了重病，他非常缺钱，所以我们一拍即合，我先付给他五十万元现金，比赛结束我们获胜后再给他五十万元。但是赛后我钱还没给他，他就出事了，被举报了，还从家里搜出赃款。出事之后，我自然也没有给他结尾款，我还担心他会把我给供出来。但没想到这小子嘴还挺硬，自己扛了下来。估计也是担心，如果把我供出来，怕有人报复他妻儿吧。他的担心也不是没有道理，那些年玩足球的这些人，确实什么事都能干出来。

　　但赌球这事，我是毫不知情，我从来没有参与过赌球，梁老板也不让，梁老板赚钱的路子太多了，投资球队就是一个净支出的赔本买卖，谁也不指望球队能赚钱，都是投资球队之后，利用球队换取别的资源，比如找当地政府拿地。所以，张海洋赌球的事情，我不知道。张海洋从来没有告诉过我，为什么要杀掉这三个人，我猜测也和十年前那件事有关系，兴许这三个人就是举报者。

在你们找上门来之前，我一直在焦急地等待，你们知道吗，我心里是多想你们快点来，快点抓住我，这样艳妮和小满就能早点出来。我越等心里越急，心里一急就开始瞎琢磨，如果我被捕之后，张海洋言而无信怎么办？如果警察不信我的话怎么办？艳妮和小满生病了怎么办？

在江城期间，我也不是一直在准备杀人，我也一直在跟踪调查张海洋，我希望能找出艳妮母女俩的关押地点，但是这王八蛋每天作息像和尚一样准时，杀人之后我又不敢大张旗鼓地调查，所以一时也没发现什么。

在你们上门那一天，我已经胡思乱想了很久，但是当时我想明白了，我不能再这么等下去，我要再回江城，我要亲手把她们母女找出来，我一定要把她们解救出来，不然我不甘心，我死不瞑目。所以我再次逃了，回到江城，我继续跟踪调查张海洋，不过也发现你们警察也在盯着张海洋，其中就有我伤过的那个年轻警察。有警察在旁边，我根本不敢接近张海洋，只能远远看着，那段时间我啥也没发现。

然后，我就在烂尾楼被抓了，这次我说的全部都是实情，没有一句假话，求求你们快点把艳妮和小满救出来吧。我杀了人，我有罪，该枪毙枪毙，但是她们母女俩是无辜的。求求你们，救救她们。

/ 第二十七章 /

逮捕前金哨

11月1日下午，江城刑警队。

"人在哪？"高寒冲进审讯室，他双手用力抓着张海洋的衣领，想要把张海洋和审讯椅一起连根拔起。旁边的警员赶忙将摄像设备关闭，陈诗怡追了进来费了好大劲才把高寒拉开。

高寒一直以来的怀疑是对的，所有的关联都指向张海洋，但苦于没有证据和线索指向张海洋，但在陈鹏重新供述之后，这个案子从动机到执行已经有了完美闭环。从见张海洋第一面开始，高寒就对他有种说不清道不明的敌意，这不是刻板偏见，而是多年刑警工作，面对无数罪犯所形成的磁场反应。张海洋越是沉稳，高寒就越觉得怒火中烧。

"什么人？高警官，你是想刑讯逼供吗？"张海洋双手被锁在审讯椅里，只能用摇头晃脑来整理被高寒弄乱的衣服。张海洋微笑着，他喜欢看高寒气急败坏的样子，高寒越是无措，他心里就越是兴奋。

"你少装蒜，人在哪？"高寒大声喊出这句话时，已经意识到自己被戏弄了，但话已出口无法收回。什么时候自己变得这么急躁了？什么时候急躁能助力办案呢？为什么面对张海洋自己总是忍不住自己的脾气？难不成这小子会夺心术，能故意引导自己的情绪，让自己陷入不理性？高寒深吸一口气，努力平复着自己的情绪。

"我无法回答你的问题，因为我压根不知道你问题中所说的人是谁。"张海洋停止摇头晃脑，端正坐好，像他前些年在狱中听从管教教导时一样乖巧。

"郝艳妮和陈小满，你把她们藏哪了？张海洋，你也曾为人父，你也体会过丧子之痛，竟然还能做出囚禁别人妻女的事情？陈小满还不到十岁，她在哭着喊爸爸的时候，你就没有一点恻隐之心吗？陈鹏已经说出了真相，你也不需要再隐藏，再演戏了。你了解我们的政策，主动交代对你有好处。"陈诗怡轻轻把高寒拉到自己身体一侧，她不想让这头已经癫狂的"睡虎"再做出什么出格的事来。

"我听不懂你们在说什么。陈鹏？一个涉黑人员身份洗白，改头换面成了河城俱乐部总经理，哦，不对，应该是前总经理才对。我不知道他对你们说了什么，但我印象里的他油嘴滑舌，满口谎话，他的话你们也信？"张海洋仍旧微笑着，虽然身体被囚，但他言语间却始终占据主动权。

"已经到了这一步，你还希望能从郝艳妮母女身上得到什么？你拿她们母女来要挟陈鹏，已经做到了。你还想拿她们母女的命来伤害陈鹏吗？你也想让他体会一下丧子之痛？陈鹏身上背着几条人命，他会被判死刑，没多少日子了。他又能体会多少天呢？你的目的已经达到，不要再牵连无辜的人了。"陈诗怡苦口婆心劝导着他，想努力撬开张海洋的嘴。

"我真的不明白你们在说什么。郝艳妮和陈小满是陈鹏的妻女，对吗？我是现在才知道的。"张海洋始终不为所动。

"你以为你不说，我们就找不到？你这是在浪费自己的时间。"

在陈鹏说出真相之后，高寒和陈诗怡把陈鹏从看守所又转移到警队的羁押室，以便接下来开展审讯和结案工作。

与此同时，姜悦带队与陈晨会合，展开了对张海洋的逮捕，张海洋没有任何反抗，他趴在地上背起双手，任由警察给他戴上手铐。但警员在快递站没有找到郝艳妮母女，快递站的北墙后面确实有一个用隔音材料装修过的暗间，暗间之内除了光秃秃的墙壁和灰尘没有任何东西，没有灯没有光。警队技术人员在暗间内也没有找到任何人体组织残留。

张海洋被羁押回警队，陈晨随即又带人对张海洋租住的房子进行勘查，也没有任何发现。快递站内其他快递人员面对警察的询问，虽然紧张到手足无措，但也没有说出任何有价值的内容。

不论警方怎么一刻不歇换着人手连轴转地审讯，张海洋始终一口咬死什么都不知道。审讯室内的灯光很强，张海洋的额头因出油变得格外锃亮，除此之外他没有其他变化，脸上始终保持微笑，身体始终坐直保持端正。被问及为何这一个月内外卖量和食量突然增大时，张海洋仍然轻松回答，说身体逆生长，突然就能吃了，而快递站其他员工也能证实这一个月来张海洋食量确实增大。

郝艳妮和陈小满会在哪？

陈鹏说的是实情吗？

从10月24日起，张海洋始终在警方的监控之下，他有时间和空间来照料被囚禁的郝艳妮母女吗？

陈鹏最后一次在视频中见到郝艳妮母女，是在10月20日杀掉葛明辉的当日，之后再没见到过她们娘俩，难道她们母女已经遇害？

郝艳妮母女已经失踪了一个月，张海洋把她们囚禁在哪里才能做到一个月的时间内不被人怀疑和发现？

面对张海洋死猪不怕开水烫的架势，高寒和陈诗怡也毫无办法。而陈鹏被关押在另一间审讯室，只和张海洋隔着一间房，有警员给陈鹏看了快递站内暗间的照片，他确认视频里就是和这一模一样的暗间，在得知并没有从该暗间内寻获郝艳妮母女后，陈鹏像一只被毒箭刺穿胸膛的野兽，他拼命地想要挣脱审讯椅的束缚，他想把张海洋千刀万剐。任谁看了陈鹏的表现，都绝不会认为他对妻女所爆发的感情有任何虚假。

除此之外，张海洋在哪里还制作了一间一样的隔音暗间呢？

目前只有陈鹏的供述，算是孤证，孤证无法定罪。在没有其他证据补充的情况下，张海洋可以被拘传二十四小时，高寒也可以因案情重大、嫌疑重大再强行将他拘留二十四小时，但四十八小时之后呢？摆在高寒和陈诗怡面前有两条路，要么抽丝剥茧凭借自身本领把郝艳妮母女找到，要么找到张海洋的痛点来撬开他那张毫不松动的嘴。

高寒把专案组的人重新集结到会议室，张海洋的审讯室内一直保持两名以上警员持续审讯，张海洋要面对头顶的强光和持续不断的审讯轰炸。

"陈鹏有没有可能说谎？"姜悦问。

"陈鹏已经没必要说谎。"陈诗怡坐在姜悦旁边说。

"我们从10月24日就开始对张海洋进行监控，而且在此之前也已经对他展开调查，除了作案动机，没有发现其他疑点，也没有发现他去过快递站和租住地范围外的其他地方，他是如何做到的呢？如果他因禁了郝艳妮母女，总要喂饭喂水的吧？难不成她们已经遇害了？"陈晨皱着眉头不断思索着。

"有遇害的可能，或者，张海洋有帮手。"高寒坐不住，在记事板前低着头走来走去。

"帮手？我们对他做过仔细调查，孤家寡人一个，谁会帮他？"陈晨反问。

"是啊，谁会帮他呢？"

"现在要想办法撬开张海洋的嘴。"

"是啊，怎么撬呢？"

"张海洋的儿子！"陈诗怡脱口喊了出来，"张海洋是什么时候开始酝酿并策划杀人计划的呢？是什么契机导致他产生这个想法？会不会是因为他儿子的突然离世，导致他产生这种报复行为？或者说他儿子的去世还另有隐情？"

"查！晨儿，你和小刘去交警队，把张海洋儿子车祸致死的真相查清楚，看看背后有没有什么隐情。张海洋儿子为什么会冲向马路？他在冲向马路之前发生了什么？他冲向马路的时候，张海洋在干什么？全部都查清楚，记住，我们时间不多，必须在二十四小时之内把张海洋攻克。"高寒双手扶在会议桌上，朝着陈晨下达指令。

"明白，瞧好吧！"陈晨非常明白他们此时面对的困境。对张海洋拘传二十四小时也好，四十八小时也好，这些都不重要。最重要的是郝艳妮母女俩现在生死未卜，张海洋又铁了心什么都不说，晚一分钟郝艳妮母女就会增加一分危险，作为警察首要任务就是要保证人民群众的生命安全。

"如果张海洋有帮手，有没有可能是谢春晓？小悦，还记得谢春晓在谈及张海洋的时候流露出的情感吗？"高寒朝离去的陈晨和小刘点点头，转过身继续分析道。

"记得，她好像并不恨张海洋，甚至心底还埋藏了一份对张海洋的感情。"姜悦仔细回忆着与谢春晓在学校操场散步的情景。

"没错。诗怡，小悦，你们两个去找谢春晓，看看她到底知道些什么。即便她毫不知情，或许她有能撬开张海洋嘴的方法。"高寒挠挠头，在努力想着还有没有什么纰漏。

"好，高队，按规矩来，不要动粗。"陈诗怡起身对高寒语重心长地说。

"放心，不会了，等你们的好消息。"高寒非常清楚自己的冲动并不能解决任何问题，现在是比定力的时候，越慌越忙反倒是着了张海洋的道。

　　目送陈诗怡和姜悦离开后，高寒让其他警员继续轮班去审张海洋，自己则来到陈鹏的审讯室。

　　"把囚禁郝艳妮母女的房间内的环境再给我好好说说。"高寒省略寒暄，直接进入主题。

　　"还没消息吗？"陈鹏睁着那双流干泪的眼，小声问着。陈鹏在供述出真相之后，满心期许警方能在最短的时间内解救出自己的妻女，但时间一分一秒地过去，还没有任何消息。他心中那一丝期待随着时间的消逝也一起在这间空荡冷彻的审讯室内慢慢消散，他感觉越来越冷，悲观慢慢主导着自己的情绪，他已无泪可流，他不敢睁开眼睛，一睁眼这冰冷的墙上就会显现出艳妮和小满充满笑意的脸在看着自己，她们越是笑，他就越是不敢看。

　　"我已经安排了多路警员去找，相信很快就能有消息。所以你要好好回忆回忆，给我一些关键信息，这样我们才能缩小范围。"看着陈鹏萎靡无神的样子，纵是高寒这种铁骨铮铮的汉子也柔情了下来，只能轻声安抚。

　　"房间不大，墙上都是厚厚的隔音棉，地面上也是，左右墙上各打了一根铁环，上面系着铁链。"陈鹏痛苦地回忆着。

　　"你之前说张海洋曾从房间里出来继续跟你对话过，对吧？对话的时候，你有没有听到其他环境声？"高寒小心地引导着，希望陈鹏能回忆出点有价值的线索。

　　"有风声。"

"风声？大不大？还有没有其他声音？"

"没有，只有风声。好像是穿堂风。"陈鹏想努力想起有没有其他声音，结果只有寒风吹过。

"还有没有其他的？再好好想想。"

"没有了，每次视频通话，镜头都是对着室内，听不见其他声音。"

"好。你放心，我保证肯定会尽快把她们母女俩解救出来，男人和男人之间的保证。"

"谢谢。谢谢你。"

"高队，谢春晓不见了，请求技术队立马对谢春晓定位布控。"

"什么？什么情况，说清楚。"高寒此时正站在张海洋审讯室外的观察室，狠狠地盯着张海洋，终于等来了姜悦的电话。

"今天周日，我们直接到了谢春晓的家，据谢春晓丈夫讲，她下午拎着一个包出了门，直到现在也没回家，也没有告诉她丈夫她去了哪，电话也没人接。她家中缺少了工具箱，还有谢春晓几件衣服，我和诗怡都觉得非常可疑。"

"非常好，我现在就让技术队定位她的位置，等我电话。"挂断电话，高寒看了眼时间，已是晚上八点钟，他跑着来到技术室找到胡小可，让其定位谢春晓的位置，好在谢春晓手机并没关机。

"有风声，穿堂风，原来在这！"

第二十八章

私人行动

　　谢春晓的丈夫并没有发现谢春晓这几天有些不对劲。自从儿子张锦程在一年前车祸去世后，谢春晓就变得有些不一样了。她开始喜欢一个人去楼下散步，一走就是两三个小时，起初丈夫会悄悄跟在她身后，怕她做出出格的事情，但慢慢发现谢春晓只是单纯地散步，不管走几个小时，她都会安全回家。慢慢地，丈夫也就放了心，不再跟在谢春晓身后。慢慢地，谢春晓外出散步的时间开始缩短，从三个小时，到两个小时，最后固定在一个小时。再之后，谢春晓就回到学校上班，丈夫知道她并没有从伤痛中走出来，但这种伤痛也只能她自己走出来，或者深深埋藏在心底，没有人能替得了她。回到学校上班是正确的选择，人一旦有事情可以忙，就可以少点胡思乱想。所以，这几天谢春晓的不正常外出，丈夫也全然没有在意，只当是她又去散步了。

谢春晓自己知道，儿子张锦程的不幸离世，将是她一生都过不去的坎。一看到儿子，她就能想起张海洋，父子俩眉眼之间长得很像，脾气也像。她能想起怀孕时，张海洋脸上洋溢的幸福，他说如果是儿子，就叫张锦程，锦绣前程。那会儿，他们刚刚买了房，工作稳定，拥有对幸福生活的无限想象。父母俩都是教师，定能教育好儿子，让他有一个锦绣前程。

自打张海洋入狱后，儿子的性格变了，变得不爱说话不爱笑了，变得敏感了，当然也有可能是大病初愈的影响。原本外向的小小演讲家消失不见了。谢春晓知道儿子想爸爸，知道儿子在学校遭人非议，但这些儿子都没和她讲，他只是默默承受着。儿子从不惹是生非，勤俭节约，机敏好学，这一点也像他爸爸，在学习上从来不需要别人督促，在学校里成绩一直保持在前三。谢春晓为拥有这样一个学霸儿子而骄傲，她想不爱说话就不爱说话吧，那些能成大事的人都不爱说话。

谢春晓再婚时，征求过儿子的意见，儿子非常懂事，他知道自己的病给家里带来了多大负担，母亲一个人着实辛苦，他欣然接受，并且真诚祝福，面对继父也总是保持着礼貌和尊敬。

但谁能想到他就这样夭折呢?

前些天张海洋给她打来了电话，他用的是一个陌生号码。谢春晓接起电话，一听是张海洋立马挂掉，张海洋又再次打来，她本不想接的，但手却不自觉地把电话接了，那么多年过去了，即便是儿子的死张海洋有不可推卸的责任，但谢春晓总是无法拒绝张海洋的请求。

张海洋说给她寄了个快递，快递里有一副降噪耳机，有一张楼房示意图，有一个眼罩，还有一把钥匙。谢春晓一口回绝，说不会要他的东西。但张海洋已经寄出，并说为了儿子，请她再帮自己一个忙，这辈子最后一个忙。谢春晓听到"为了儿子""这辈子"这几个字，脑子一下就蒙了，稀里糊涂地答应了下来。

张海洋告诉她，除了这些东西，她还会每天收到另外一份快递，这份快递不用打开，让她每天去送到指定地点。他告诉谢春晓一个地址，到了这个地址之后按快递里的示意图找到那扇铁门，铁门下面有一个可以用钥匙打开的窗口，她只需要把那份快递放进窗口就好，然后把窗口锁上。张海洋特意交代，这件事一定不要告诉其他人，去的时候穿平底鞋旧外套，最好戴个帽子，到达铁门之后，一定要戴上降噪耳机，打开窗口之前一定要戴上眼罩，千万不要听不要看更不要好奇。他说，那份示意图记住之后就可以扔掉，还说降噪耳机很好用，上下班路上坐公交车时可以戴。

张海洋让谢春晓复述了一遍需要她做什么，确保她记住了流程。他说，等她收不到快递那一天，这件事就宣告结束，之后他就再也不会打扰她的生活，最后他说了声谢谢。

张海洋没说谎话，这副降噪耳机确实很好用。在上下班的公交车上，谢春晓最烦的事情就是听到那些人手机外放视频，就不能买副耳机或者把音量关小一点吗？还有那些大声交谈大声笑的人，就不知道在公众场合要把声音放低一点吗？有了这副耳机，外面那些杂音就再也听不见了。她回想起学生时代和张海洋刚认识时，两人用一副耳机听音乐的时刻，从有线到无线，感觉已经过去了一个世纪。

谢春晓也想起来和张海洋恋爱时，一起玩过的寻找游戏，那时候张海洋经常会给自己准备一些惊喜，需要她根据标识来寻找的惊喜，每一次她都全力以赴，而后张海洋开始增加游戏难度，每一次她都乐此不疲。

谢春晓把这次张海洋的求助当成了多年以前的惊喜游戏，她乐于去做一些能改变现实平淡生活的挑战。

第一天，她按照张海洋的指示，来到了这里，快递盒子不大，里面好像有液体在晃动。她没有破坏游戏规则，完全按照张海洋的指示去做，戴上耳机戴上眼罩，在打开铁窗前她在想，铁门窗口里会有一只大鲨鱼突然咬住自己的臂膀吗？还是有一条大蟒蛇顺着窗口缠绕上自己的身体？或者有一群吸血大蝙蝠夺窗而出撕破自己的颈部血管？希望落空了，什么也没有，她放好快递把手拿出来，摸索着关好了窗，又摸索着上了锁，她拿掉眼罩原路返回，在路上把那张示意图团起来扔进了垃圾桶。她笑了，她有一种做贼的快感，她已经在期待明天快递的到来，期待再次回到这里。

随后几天，谢春晓期待着收到快递，收到快递之后就期待着下班，她不光是用心在做张海洋交代的这件事，更是用心体会着这份陌生又有趣的体验，这远比散步给她带来的欢乐要多。

当然，谢春晓也在思考，这扇铁门后的房间里关着什么？张海洋为什么自己不来做这件事情？他是被什么事情耽误了吗？或者自己手里的快递是毒品？是违禁品？是犯罪物品？张海洋要通过自己的手来完成交接？等自己离开之后会有人把这东西拿走？有两天，她放好东西之后，悄悄躲在一边，想验证一下是否会再有人来，结果是没有人，除了她没有人接近这里。

　　房间里会有什么呢？前几次因为自己紧张而屏住了呼吸，逐渐适应和熟悉之后，在打开铁窗时，谢春晓闻到了一股浓厚浑浊的臭味，纵是她有鼻炎，那股掺杂着汗味、排泄物、剩饭渣的浓烈味道还是一下子顶破了她的脑门，她一个后仰，半蹲着的双腿没有站住，摔倒在地上，她好像听到了女人的声音，还有一个小孩，在大喊，喊些什么呢？她双手撑着满是灰尘的水泥地站了起来，想再次用手摸着找到铁窗口，却失去了方向，情急之下，她摘掉眼罩，辨明了方向，她看到一只黑色枯瘦、指甲长长的鬼手出现在铁窗口边缘，试图挣脱出来。谢春晓吓坏了，她狠下心用脚把那只鬼手踢了进去，锁好铁窗夺路而逃。

　　谢春晓直到上了公交车，躲在人群里，心才安定下来，她拿出电话给张海洋打去，电话打不通，她又打给前两天张海洋打来的那个陌生号码，仍旧是打不通。她忐忑地回到家，装作没事的样子。第二天一早，她收到一条陌生号码发来的短信，短信上说，如果有顾虑，这件事到今天为止，快递收到后当垃圾扔掉就好，不要好奇，不要问，更不要对外讲，也不要再联系他，为了天堂的儿子。

　　张海洋太了解谢春晓了，哪怕是两人已经分开十年。"儿子"这两个字让谢春晓一下破防。管他做什么呢，自己只是帮忙送件东西。但是那是人是鬼呢？不行，自己要验证一下。如果是人，会是谁呢？跟儿子又有什么关系？张海洋这是在犯罪。但是他有胆量犯罪吗？她知道张海洋这辈子除了为救儿子而做了那么一件出格的事，让自己入狱八年之外，再也没有做过任何与犯罪沾边的事情，他还敢干什么呢？管还是不管？送还是不送？谢春晓在课堂上放空了一节课，讲台底下一群学生直勾勾地看了她一节课，谁都没有说话。

放学后，谢春晓还是拿着东西再次来到这个地方，好奇心这东西一旦开始萌发，除非获得自己想要的真相，要不然绝不会轻易摒弃。

这次谢春晓没有戴耳机也没有戴眼罩，她深呼吸做好准备，打开了那扇铁窗，刺鼻的味道再次侵入，她轻吭一声，想要缓解这难闻的味道带来的不适。

"你不是他，对吗？"

那只手再次钩住了铁窗，一个微弱沙哑的女人声音传来。

"你是谁？"谢春晓定了定神，还是没敢往里看。

"我叫郝艳妮，这是我女儿小满，大姐，求求你，放我们出去吧！"

这个沙哑的声音带着撕裂的哭腔，像是从地狱里逃窜出来的声音。

"你们为什么被关在这里？你们被关在这里多久了？你们和他有什么关系？"谢春晓想了半天，还是没有说出张海洋的名字。

"关多久了？我已经没有时间概念了，这里面一天到晚都是黑漆漆的，谁还能记住日子。他把我们娘俩绑架，关在这里来威胁我丈夫帮他做事情，但是他和我丈夫有什么瓜葛，我不知道，要让我丈夫做什么，我也不知道。大姐，求求你，放我们出去吧，我女儿病了，发高烧。求求你，大姐，发发善心，救我们娘俩一命，好吗？"

"我没有钥匙，开不了门。"

"帮忙报个警吧，大姐，我女儿快不行了！"屋里那女人在悲情哭喊。

"不能报警。不能报警。不能报警。"谢春晓连着说了三遍，不管怎么样，都不能再让张海洋进去了，他要干什么？难不成这里边是肇事司机的妻女？

"不报警，不报警。只要你放我们出去，我保证什么也不说，行吗？"

屋里的女人还在苦苦哀求着，还有那个小女孩在低声地哼哼着，这声音让谢春晓心里不是滋味，她也是女人，她也是一个母亲，哪个母亲能忍受自己的儿女遭受如此折磨呢？

"你丈夫叫啥？"

"陈鹏。他叫陈鹏，之前我们还能有机会和我丈夫视频通话，但是我们已经好久没有听过他的声音了，不知道他是不是还活着，为什么还不来救我们。大姐，帮帮忙吧！"

不是肇事司机，陈鹏是谁？张海洋为什么要绑架人家的妻女？他要干什么？

谢春晓打开了张海洋寄来的包裹，里边是两瓶水和几个面包，她赶紧把东西塞进窗口内。

"赶紧给孩子喝点水？她都什么症状，你给我说说，我去给孩子买药。"

谢春晓终于鼓起勇气，她尽量把头低下，斜视着偷窥房内，房间里漆黑一片，借着窗口的这一点光，她看见了一个披着枯草般长发的女人，身上锁着铁链，怀里抱着小孩，一只手努力朝窗口这边够着，原来她要用这样的努力，才能把手指碰到窗口上。她怀里的孩子眼睛闭着，嘴巴张着，脸上黑乎乎的但又透着炙热的红，这孩子脸都烧红了。不大的房间内，有铁链，有便桶，还有吃完喝完的包装袋。乞丐都不会住的地方，空气也不流通，孩子能不病吗？

"就是发烧，说胡话。"

"你等着，我去买退烧药。"

谢春晓没有关上那扇铁窗，给她们透透气吧，她想。郝艳妮面对开着的铁窗，已经没有了嚎叫的力气，她打开矿泉水瓶，一点一点地把水喂进小满嘴里。

谢春晓跑了好远才碰上一个人，她问了哪里有药店，就赶忙跑去，买了退烧药、感冒药、消炎药，旁边有个小超市，她买了牛奶、水果、零食，还在店里买了保温杯，找老板倒了一杯热水，她拎着这些东西又返回。

回到铁窗口前，谢春晓把手里的东西一件件递了进去，她用手机照着亮，看着郝艳妮把药喂进小满嘴里，小满继续睡着。

"孩子多大了？"

"9岁。"

"听口音，你不像是江城人？"

"我们是河城人，被他绑架来的。"

看着小满吃过药之后沉沉睡去，郝艳妮脸上多了一丝平静。

"河城？那可不近啊！"

"大姐，你能不能放我们出去啊？求求你了。"

"我可以放你们出去，我还可以给你们钱，送你们回河城，你可以保证不报警不？"

"大姐，只要你能放我们出去，让我干什么我都答应，我还可以给你钱，我只是想活命，我只是想带小满出去，她还是个孩子，大人们有什么错，跟她没关系呀！"

"我不要你钱。我只是个帮你们送饭的，别的我什么也不知道，我跟这事也没有任何关系。如果我放你出去，你报了警，也会把我牵连进来，你懂不？"

"我懂，我不报警，谢谢你大姐，你是个好人。"

"真不报警？"

"我发誓！"

两个女人隔着铁门又聊了很久，谢春晓让郝艳妮把房间里的垃圾一件件递了出来，便桶太大，只能在原处放着。谢春晓把自己外套脱了下来，递进去，锁上了铁窗。

这会儿公交车已经停了，她走了好久才打上车，秋天夜里没有外套的包裹，冻得她浑身起鸡皮疙瘩。当晚她辗转反侧，仔细琢磨着自己的决定。不管张海洋在做什么，跟这娘俩都没有关系。绑架、囚禁，这可都是大罪，她不能眼看着张海洋错下去。她要放她们走。

但是转天，谢春晓又改了主意，自己已经成了共犯，她怎么能确保郝艳妮不报警呢？张海洋到底在干什么？为什么要把自己拉下水？自己上辈子欠他的吗？为什么他就不能放过自己？放还是不放？她不想给张海洋打电话，更不想寻求他的意见。这次她要自己做主。

辗转纠结到周日，她再也坐不住了。她要去放了郝艳妮母女，她从家中带了几件自己的衣服，拿出家里的工具箱，里面有钳子、锤子、榔头、锯子，应该能把铁门打开。

谢春晓把铁窗打开："记住你答应我的，一定不能报警。"她再次跟郝艳妮确认。

"大姐，你是个好人，我真的不会报警的，我只想出去，出去之后我就回河城，绝对不报警。"

"阿姨，你是个好人，谢谢你。"小满已经退烧，她的声音好好听。

谢春晓打开工具箱，拿出锤子暴力地敲打着铁门上的锁，一下、两下、三下、四下，锁好结实，锤子有点小了。用力，再加把劲。谢春晓往两手吹口气，把锤子举得高高的，一下、两下、三下，终于那把连接地狱和人间的锁被敲掉在地上。

谢春晓打开铁门，冰凉的空气肆虐着灌满房间，不打招呼的光涌入郝艳妮母女俩的眼睛，刺得生疼，郝艳妮用手捂住小满的眼睛，她自己也闭上眼睛，一点点适应这光明。

"你们先擦把脸吧，待会我打开铁链子，你们换件衣服。"谢春晓把工具箱拿进房内，找出带来的毛巾，用水浸湿，递给了郝艳妮。

"谢谢你，大姐。我一辈子都会记得你的大恩大德。"

"谢谢你，阿姨，我长大后会好好报答你的。"

"小满，阿姨不需要你的报答，你能快乐长大就是对我最好的报答。"

谢春晓拿着锤子一下一下砸着锁链，但锁链丝毫没有反应，锤子太小了。她又换成锯子，但家庭工具箱里的小锯子也难以撼动这能锁住大象的锁链。

谢春晓的电话响了，她没有理会，她只是专心地一下一下锯着铁链，手掌磨出了血泡，她毫不在乎。郝艳妮要接替她，她不理会，她像是要把这一生的力气全部用在锯子上。

电话停了又响，半个小时过去了，铁链终于出现了一点点豁口。

第二十九章

解救母女

高寒带队从警局火速赶往东盛小区，和从另一方向赶来的陈诗怡、姜悦会合，在出发的同时，高寒叫了两台救护车一同前往。

根据电话定位，高寒他们找到谢春晓所在的东盛小区东楼，位置显示就在他们曾经抓捕陈鹏的那个单元，所有参与抓捕陈鹏的人脸上都露出了不解，甚至是惊恐。

如果正如他们推测的那样，谢春晓是张海洋的帮手，那是不是就意味着有可能这里就是郝艳妮母女的关押地？

高寒留下警员在各个单元门口布控，自己带人顺着楼梯往上爬，一层一层地扫楼。到十五层的时候，他们隐隐约约听到了声音，是金属摩擦的声音。所有人停下了脚步，仔细辨别着声音的方向，他们继续往上，声音越来越清晰，像是锯子在锯东西。

他们爬到十九楼，声音就在耳边，还有女人之间的对话声传来。

还好，还活着。

"别动，举起手来！"高寒率先冲进囚牢，枪口对准了谢春晓，大声喊着。

"来帮忙啊！锯不开啊！"谢春晓转了个头，看到是曾经见过的警察，又转过头去，继续一下一下锯着，她脸上布满泪水，手已经被锯子刺出数道伤口，血肉模糊，那条铁链任由她锯着，虽然已经发热但仍不为所动。

郝艳妮号啕大哭，她脸上的肉已经塌陷，枯草一样的头发和泪水粘在一起，胡乱缠绕在脸上。她把女儿小满紧紧抱在怀里，小满从母亲胳膊的缝隙中朝外窥视着，她看一看警察，又看一看毫不停歇的谢春晓，她伸出了双手，环绕着母亲的脖子，她的手指纤细，手腕黢黑，脚腕上的铁链之下是磨破结痂又再磨破的鲜嫩皮肤。

时间在那一秒凝固了，空气里只有锯子摩擦铁链的声音传来。

"楼下的人，让医生上来，十九楼。去找找车里有没有能破铁链的工具，拿上来。"高寒通过对讲机对楼下的警员大喊，然后又转头说，"给119打电话，让他们来。"

陈鹏绝对想不到，他苦苦思念和寻觅的妻女，就在他曾蜗居的烂尾楼楼上。只是他在二楼，他的妻女在顶层十九楼，如果他半夜睡不着顺着楼梯爬到天台看星星看月亮，是否就能发现自己的妻女呢？

谁又能想到，张海洋能如此歹毒，把囚禁地点设计在这里，还安排陈鹏居住在楼下呢？

　　高寒朝姜悦和陈诗怡使了个眼色，她们走上前，脱下自己的外套，披在郝艳妮母女身上。

　　"别锯了，你这个锯子不行。"陈诗怡拍了拍谢春晓的肩膀，拿出手铐。

　　"快了，再等等，就快了。"谢春晓魔怔了一般，没有抬头，继续锯着。地上摊着一堆她从家中拿来的工具，但这些家用工具实在难以撼动直径超过八毫米的铁链。

　　捆绑如此弱小的女人和女孩，需要用如此粗大的铁链吗？

　　"谢春晓，停手吧！你因涉嫌绑架、囚禁他人，现依法逮捕你。"陈诗怡抓住了谢春晓的右胳膊，她才停了下来。

　　"不要抓她，她是好人，她是来救我们的。"郝艳妮这才说出警察进门后的第一句话。

　　"是啊，求你们不要抓她，阿姨是个好人。"小满也在母亲怀里探出头来，晃动着那双精灵一样的眼睛，这一个月并没有摧毁她纯洁的心灵和坚强的意志，她在黑暗之中学会了如何抵抗黑暗，她把记忆中所有的童话故事改编了无数遍，在不论白天还是黑夜的无尽黑暗中讲给妈妈听。她给了妈妈力量，她们终于等来了阳光。

　　姜悦不忍心再去看这个已经面目全非的孩子，她转过头去，两滴泪水瞬间跌落。

　　"医生上来了没有？快一点！"高寒朝着对讲机大喊。

　　"小满，不用担心，阿姨有没有罪，警察会调查清楚的。"谢春晓还是扔掉了手里的锯子,她想伸出血肉模糊的右手摸摸小满的头,又怕这血色吓着孩子,她换了左手,拍了拍小满,她站起身举起双手等待着陈诗怡的手铐。

"先等医生上来,给你处理一下伤口吧。"陈诗怡收起了手铐,把谢春晓带出门外,交给其他警员看守。

"谢谢。"谢春晓还在游离着,她已经无法搞清状况,也不知道接下来自己将要面临什么。

"告诉陈鹏,他妻女找到了,活着,安全。"高寒也走出门外,给还在警队的大飞打了电话,他想这个喜讯应该让陈鹏第一时间知道。

医生带着医药箱气喘吁吁爬到十九楼,又马不停蹄地给郝艳妮母女俩检查身体。她们除了虚弱、精神状态差,小满还有一点发烧之外,身体没有大碍,好好调养些日子就能好起来。

"你妻女安全了,身体也没有大碍,在医院调养几天应该就能出院。"回到警队后,高寒来到陈鹏的羁押室,亲自把这条好消息告知陈鹏。"大飞,你带人把陈鹏送去看守所吧,之后如果再有什么情况,直接去看守所提审。"

"谢谢,谢谢。"陈鹏已经哭过,他的鬓角几天之内白了一片。

"好的,我现在去。"大飞说完,带着陈鹏往外走。

"对了,去看守所路上经过人民医院对吧?"高寒伸了个懒腰,点燃一支烟,他现在非常轻松,这个案子终于接近尾声,可以睡个好觉了。

"啊？对，路过。"大飞瞬间明白，看守所和人民医院在两个方向，根本不路过，高寒此意是想让陈鹏看一眼妻女。

"辛苦一下，在那歇个脚吧！"

"明白！"

"谢谢，谢谢高警官。"陈鹏扑通一声跪在地上，头再也抬不起来，他的眼泪又不争气地掉下来。

"抽一口吧，我们有警员在医院，要对你妻女做一些例行询问，等问完之后，你可以在医院陪她们一晚，交代一下后事，明天一早送你去看守所。"高寒把陈鹏搀扶起来，又将自己手里的烟塞到陈鹏嘴里，拍了拍他的肩膀，转身走开。

陈诗怡此时正和其他警员在人民医院对郝艳妮母女进行陪护和问询，而姜悦正在审讯室对谢春晓进行审讯，姜悦和谢春晓见过一面，两人之间的对话进行得颇为顺利。

送走陈鹏之后，高寒先是在张海洋审讯室外的观察室，对正在审讯的李大有通过无线电说："告诉他，谢春晓已经被逮捕，郝艳妮母女也已经从东盛小区被安全解救。"

"张海洋，你前妻谢春晓刚刚被逮捕了，东盛小区里郝艳妮母女也被安全解救出来了，你有没有什么想说的？"李大有嗓子已经有些嘶哑。

"跟她没有关系。"张海洋整个身子颤抖起来，脸色煞白，双手握拳想要从束缚中挣脱出来。

"跟谁没有关系？"李大有继续问道。

"谢春晓，跟谢春晓没有关系，你们抓错人了。"张海洋开始咆哮。

"跟她有没有关系，不是你说了算的，明白吗？"李大有用力说出这句话，从气势上压倒了张海洋。

"我说。"张海洋低下了头，眼睛里面没有了光。

"告诉他，你们累了，要休息，等休息好再听他说。最后说一句，把你前妻拉下水，你可真够歹毒的。"高寒继续在观察室对李大有下达指令。

"现在又想说了？不急，你再想想，正好我们这会累了，先去休息一下，等我们休息完再说吧！"李大有和同室警员开始收拾东西，准备撤出，走到门口时，李大有转头说，"你临死还要把你前妻拉下水，真是够歹毒！"说完用力关上了审讯室的门。

高寒在观察室内抱着手静静地看着张海洋，张海洋也转过那张落寞的脸，看向观察室这一侧的单向玻璃，他脸上有愤恨、有不甘、有落寞，眼睛通红崩出血丝，他仰起头叹了口气，旋即又低下头，手指紧紧交叉在一起。

高寒知道，张海洋已经是一条砧板上的鱼，清蒸红烧还是做成鱼生，现在全凭他。高寒不着急提审张海洋，不着急听他说出真相，是想看看他是否也对他这个前妻接下来的审判有所挂念，是不是也会像陈鹏一样时刻陷入对妻女思念的煎熬之中，却又无能为力；还是张海洋对他前妻也是在进行报复，总之，让他脑子乱一会儿。高寒还在等陈晨那边的调查，他现在对张海洋没有任何好感，他需要掌握一切前因后果，对张海洋发出最后一击，把这个案子完美结案。反正现在已经不受时间限制，时间在高寒这一边。

高寒和李大有等人打过招呼，让他们先休息，随后来到谢春晓审讯室隔壁的观察室。

"谢老师，张海洋早已被抓获，我希望你不要再有所隐瞒，把你知道的都说出来吧。"姜悦给谢春晓倒了一杯水，放在她面前。

"他会被判多少年？"谢春晓的手已被包扎好，她用手扯着绷带上的线头，即便是坐在审讯室里，她依旧是先想着张海洋而不是自己。

"绑架、囚禁、策划并胁迫他人杀人，如果我是法官，会判他死刑。"

"什么？杀人？他为什么要这么做啊？"谢春晓一下子惊住了，杀人？张海洋什么时候变得有胆量杀人了？他们一起生活时，张海洋可是连条活鱼都不敢杀。

"三条人命。你不会不知情吧？"

"我不知道，如果我知道的话，肯定会阻止他。"

"郝艳妮母女被绑架囚禁，你参与了多少？既然有心要放了她们，为什么不报警？"姜悦的语气开始变得有杀气。

"大概一周前吧，张海洋联系我，让我帮他往东盛小区送东西，说是为了儿子。我本想拒绝的，但是不知道怎么回事，一听他说儿子，我心就软了，就答应了。刚开始，我不知道里面关的是人，张海洋给我准备了眼罩和耳机，让我去送东西的时候一定要戴着眼罩和耳机。直到前两天，我才发现里面关的是人，我很害怕，也想过报警。但是一想到报警之后，张海洋肯定会再次入狱，我不想他再进去。所以，我就和郝艳妮商量，我悄悄把她娘俩放了，求她不要报警。郝艳妮答应了，所以才有今天的事。以上我说的都是实情，你们可以查。"谢春晓又陷入一种迷离状态，她没想过为自己开脱，也没有想自己的行为会给自己带来什么样的后果，她现在满脑子都在想，张海洋会不会被枪毙。虽然她已经再婚，现在的丈夫也疼她爱她，但她心里一直有张海洋的位置，张海洋变得像是娘家人，虽然他们基本没有联系，儿子出事之后更是断绝往来，但娘家人的地位没有变化，他始终在那里。

"你这叫助纣为虐，你应该第一时间报警的，或者你应该第一时间劝张海洋自首。"

"是啊，怎么不劝他自首呢？他一说儿子，我想到的不是儿子已经死去，而是那些年我们在一起生活的美好瞬间，我想到的是他当时为这个家付出的努力。儿子是我的魔咒，一听到儿子，我就陷进去了。"谢春晓迷离着自说自话，把自己一周以来如何接受张海洋指示，如何去东盛小区送东西，最后又是如何想要放走郝艳妮母女，断断续续地在回忆中讲完。

"小悦，就到这吧，等诗怡那边的问询结果，再交叉对比下。"高寒见再也问不出什么，给姜悦下了结束指令。

病房中，小满已经在病床上安睡，郝艳妮也已经清洗干净，换好了病服，在接受陈诗怡的问询，陈鹏在病房门外看着自己已经一月未见的妻女，眼泪又止不住流下来，本已经哭干了的眼泪怎么又重新涌出了呢？他没有看到妻女人鬼不分的邋遢样子，他流着泪笑了。

"我什么时候能进去？"陈鹏低声乖巧地问着身边的大飞。

"等里边问询结束吧。"

"谢谢，谢谢警官。"

陈诗怡观察到门外的情况，她已经想到这是高寒的安排，让陈鹏来见见自己的妻女，她草草问完了最后几个问题，基本情况已经了解，和陈鹏的供述没有出入。她们还要在医院继续休养一阵子，后续有其他问题也可以随时再来问询，不急于今晚。

陈诗怡和同行警员对了个眼神，和郝艳妮道别，并让她好好休养，而后打开病房门，让陈鹏进来。

"你不会跑，也跑不了，对吧？"陈诗怡对陈鹏轻声说。

"不会，不敢。"陈鹏的心思全在病房内的妻女身上。

"把他铐在病床上，让他们一家人单独待一会吧。"陈诗怡又对大飞说道。

"好，我就在门外守着。"大飞心里嘀咕，专案组正副组长怎么会对这个凶犯有如此一致的柔情呢？

"早晨给他们叫个外卖，问问他们想吃什么，吃完饭再送走。你们想吃啥一并点，费用找高寒报。"陈诗怡刚走出两步，又转身对大飞说道。

"没问题。"

等大飞在床头铐好陈鹏走出病房之后，郝艳妮和陈鹏再也无须遮掩，两人炽热又病态的身体紧紧相拥在一起。陈鹏摸摸妻子泪眼蒙眬的脸，又轻轻抚摸着熟睡的小满，眼睛在妻女之间来回跳转着，怎么摸也摸不够，怎么看也看不够，他多希望时间能在这一刻暂停，就让一家人永远存续在这间病房里。

两人情绪稍稍稳定，郝艳妮开始质问这一切都是为何，陈鹏不想再去回忆这些糟心往事，他摆正妻子的身体，郑重又凄凉地告诉她，家里还有多少存款以及银行卡密码，存款应该可以应付民事赔偿，两台车可以卖掉一台，他一直给妻子买着养老和重疾保险，包括女儿的重疾险，这些钱还要再交几年，但要一直交着，对她们是个保障，衣帽间里还有一个保险箱，里边有现金有美金还有金条，金条可以暂时不用动，什么时候急缺时，卖一根救急。金条原本是给小满攒下的嫁妆，这些钱好好规划，够她们娘俩后半生的生活，如果还有急需，也可以把房子卖掉，换一套小一点的，这套学区房还可以卖个好价钱。还有，等他死后不需要埋葬，能省一点是一点，把骨灰找条河撒了，不用祭奠，让小满也忘掉这个爸爸，好好过自己的日子。他告诉妻子，她可以再婚，但是结婚的时候一定要留个心眼，一定要把财产留一半给小满，这是他最后的要求。

之前在家时，两人总也找不到那么多话，但今晚话却怎么也说不完，转眼天已大亮，小满也已醒来，瘦弱的身体挂在爸爸身上，始终不愿下来。

第三十章

前金哨自述

事已至此，我会把真相全部说出来。但是谢春晓真的是无辜的，跟她真的没有关系，是我太自作聪明，竟然把她牵扯了进来。当然，我也相信你们警方能查清真相，她纯粹是被我利用，只是做了我的快递员，她什么也不知道。

好吧，好吧，你们会调查。

事情还要从十年前讲起，相信你们早就对我做了调查，我是中职联赛史上最年轻的金哨，也是中国足球史上最年轻的国际级裁判员，而且当时也极有可能成为登上世界杯赛场的中国裁判。那些年的中职赛场上，被骂得最多的从来不是客场球员，而是裁判，球场里上万名球迷整齐划一的"国骂"，全是骂裁判。我可以很骄傲地说，我没在球场上被骂过。

我热爱足球，从小家庭条件不好，没有机会踢球，所以最后我当了裁判，也算是圆了足球梦。我热爱它，所以我愿意用一百分的真诚去对待它。但这一切，都在十年前给毁了。

那一年，我儿子生了重病，急性白血病，要做手术，费用很高，我和妻子把房子都卖了，手术费还不够，而且还需要大笔的术后治疗费用。儿子刚查出来得病时，我就跟足协申请，多让我执法比赛，因为多执法一场，就能多拿一笔钱。我和春晓都是死工资，做裁判是我们唯一额外收入的来源。春晓在我不去执法比赛的时候，也找了各种补习班去做补习老师，我们两个都是拼了命地想多赚点钱，把儿子的病治好。

我们两家的家庭条件都不好，帮衬不上。唉，钱真是个好东西，对吧？一分钱难倒英雄汉，我当年真是体会到了。

就在我们一筹莫展的时候，救星出现了。这个救星就是陈鹏，当年中职联赛最后一轮江城队对河城队，谁赢谁得冠军，陈鹏想让我吹假哨，给我一百万元好处费。我想都没想就答应了，为了我儿子的命，我的理想、我的守护、我热爱的足球都得靠边站，儿子才是我的命。

陈鹏事前给我五十万元，比赛结束后再给我五十万元。这家伙非常谨慎，他没有把钱当面交给我，怕留下证据，而是给了我一把车钥匙，车就停在我们家楼下，钱放在车里，等我取走了钱，把车钥匙留在车里，没过多久车就被开走了，被谁开走的，什么时间开走的，我都不知道。当然我也不想知道，我当时唯一关心的事情，就是我儿子的手术，现在有钱了，他有救了。

我交上了手术费，当然，我没有把钱的来源告诉春晓，我跟她说是借的。当时春晓的心思也全在儿子身上，她也没有过于纠结我是从哪借的。交完手术费，还剩了一些钱，我辗转找到一家黑赌场，把钱全部买了河城队赢。

既然已经出卖了自己，那就索性出卖得狠一点。事后陈鹏还要再给我五十万元，再加上赌球赢来的钱，足够我儿子后续的治疗费用，还能攒一部分当作他的未来基金。

黑赌场？十年之前，江城有不少黑赌场，德州、麻将、扎金花和赌球。现在没有了，应该是前些年严打，全都给取缔了。

对，我赌球是从黑赌场里下注，跟俱乐部背后的老板们没有关系，能玩得起足球队的，谁又看得上赌球这种下三烂，人家都是靠俱乐部玩地产、玩资源、玩关系。

我当年为什么不说实话？黑赌场涉黑，我不敢惹。陈鹏既然敢送钱给我，能干出什么事儿来，我也不敢想，这些玩俱乐部的人，背后的势力都很强大，我也不敢惹。我是从小地方考出来的，到了大城市干什么都胆小慎微，太老实了，自己想得又多，我太怕他们会报复春晓和儿子了。我受贿，吹假哨，还赌球，我有罪，我完全接受法律对我的惩罚。但是，我不能把我妻子和儿子拉下水，何况我儿子刚刚动完手术。如果我把黑赌场和陈鹏都捅了出来，他们报复我的妻儿怎么办？他们在狱中把我暗害了怎么办？我相信他们能做得出来，所以我不敢想，孤儿寡母本就会很艰难，我不敢想如果他们报复，春晓和儿子还怎么生活。

所以我下定决心，咬紧嘴巴，什么也不说，自己接受惩罚。

　　还有就是，胡利民他们陷害我的金额，太准了。刚好是与我和陈鹏约定的尾款数一致，我当时还以为是陈鹏悄悄把钱送到我家的。我就更不敢说了，陈鹏知道我家在哪，还能悄无声息地进我家门，把钱放在我家里。如果我真把他捅出来，后果真不敢想。

　　入狱之后，在我多次强烈要求下，和春晓离了婚，她一个人带孩子太过辛苦，我不想成为她的拖累，她还年轻，还能再找个人好好生活。

　　我在狱中积极表现，自学了计算机编程，考了计算机证，狱警跟我说，你拿着这证书，出去之后就是软件工程师，我还减了两年刑。临出狱那阵子，我特别兴奋，一直在规划出狱后的生活，我想凭借我在狱中学习的计算机知识，出狱之后找个相关的工作应该不难，我要重新做人，好好赚钱，给儿子好好攒点老婆本，这么多年我亏欠他。褚时健七十多岁出狱还能再创业种褚橙，我为什么不可以。

　　但事实证明，我不可以。出狱之后，我到处求职，把所有招聘软件工程师的公司全都跑遍了，但是他们一看我是出狱人员，全都是一脸微笑但不予录用。

　　偏见，所有人都带着偏见，入过狱的人就活该被人一脸鄙夷吗？我犯过罪，但已经接受了惩罚，我已经出狱了呀。但没有人听你解释这些，他们只是假笑着，说着胡乱编造的各种蹩脚理由，我心里清楚，他们就是不想要出狱人员，他们就是看不起我们这些犯过罪的人。

　　我找不到合适的工作，身上钱也不多。此处不留爷自有留爷处，我没有被他们的偏见打倒，一个大活人干什么也能赚口饭吃。我发现快递和外卖行业很缺人，而且对我们是什么身份并不在意。我开始送外卖，一天到晚不停地干，多送一单就是一单的钱，点外卖等送餐的没有人在乎你是坐过牢的人，他们脸上都是笑呵呵的，拿到餐之后还会说声谢谢，当然也有些例外。

送外卖很累，很辛苦，但我不怕，我不需要休息，一个月能赚一万多元，好的时候我能赚两万多元。有了钱之后，我想去见见儿子。我和春晓约定好，每个月见儿子一次，我会带他出去吃顿饭买点礼物，那么多年没见了，儿子长高了，长大了，也不爱说话了，跟我也没什么聊的，不过我并不觉得尴尬，一个月一次的会面，是我工作最大的动力，也是我一个月中唯一休息的一天。

送了大半年外卖，我觉得这个工作虽然能赚钱，但是没出路，总不能一辈子送外卖吧，等老了送不动了怎么办呢？我就寻思可以送快递，行业差不多，都是送东西，而且把这一行摸透了，可以开个快递站，菜鸟裹裹什么的。送外卖的和送快递的也算是半个同行，在路上总能遇上，我问了很多个快递小哥，对这个行业有了一定了解之后，就开始送快递。

快递干了没几个月，有一家快递站失火，老板干不下去了，要转让，我就接了过来。

钱哪来的？攒的，这一年来，我个人没什么花费，日常支出只有租房和吃饭，吃就吃最便宜的，大额支出就是带儿子吃饭，给他送点礼物，但是贵重物品儿子也不要，所以一年来没花什么钱，挣的钱全部攒下来了，有二十多万元。

我把快递站盘下来之后，准备好好和儿子一起庆祝庆祝，告诉他老爸要创业了，以后挣的钱全部给他留着。

没想到，那天就出事了。我带着儿子去吃晚饭，走到饭店门口，遇到了几个江城队的球迷，有个球迷把我认出来了，几个人围着我开始调侃辱骂，说，这傻子黑哨放出来了？就因为你这傻子黑哨，搞丢了我们江城队的冠军，怎么不枪毙了你？这么快就放出来了，判得实在太轻。哟，这是你儿子吧？你儿子知道你是黑哨吗？有没有把你的光辉履历跟你儿子说说？蹲了几年大牢，儿子是被谁养大的？是你拿脏钱养大的，还是后爹养大的？你怎么还有脸活着？还敢在江城大摇大摆地出来吃饭？你不怕江城球迷弄死你吗？弄死你们全家。

送外卖送快递的时候，我也遇到过认出我的球迷，他们调侃辱骂我几句，我都忍下来了，不忍怎么办呢？和这些足球流氓有什么道理可讲。

他们骂我可以，但千不该万不该侮辱我儿子。我和他们争执起来，没留神儿子一个人跑开，他内向、不爱说话、脸皮薄，受不了他们侮辱；或者是儿子成长期间没少遭遇这种冷眼和霸凌，他遇到这种情况，会下意识地逃开。

他慌不择路，横穿马路时被大货车撞了，等我赶过去时，他已经倒在了血泊里，当时就没了。

如果没有这群傻子球迷，我儿子不会死。

儿子没有了，我所有生活的希望都没有了。儿子是我工作生活的唯一动力，我好好工作好好赚钱，就是希望儿子能真正接受我，我可以好好补偿这八年以来的亏欠。

但是老天爷没有给我这个机会。我是犯过罪，是给球迷造成过伤害，但是我入狱八年，我已经赎过罪了，为什么你们球迷，你们这些流氓，还要缠着我不放？我想要重新开始，重新像一个正常人一样生活，为什么你们就不让？

我恨！我要报复！我要杀了他们！

把儿子葬了之后，我开始计划，开始准备，我在儿子坟前发誓，我会让他们偿命。那会儿快递站刚盘下来，需要重新装修，我就趁机隔出来一间隔音房，想着以后或许能用得到。

我当时定的第一个目标就是那天在饭店门口辱骂我最凶的球迷，第二个目标是举报人，第三个目标是陈鹏，就是因为他们，我失去了一切。真是无巧不成书啊，我调查之后发现那个骂我最凶的球迷叫葛明辉，我真没想到，他就是举报者之一。

我是怎么知道举报者信息的？这个确实费了一些功夫，我想过各种办法去调阅检察院的档案，但是都没成功，毕竟我这种送快递的底层人士，想要结识检察院系统的人，没那么简单。最后我找到了当时负责我案子的老检察官，他已经退休了，退休之后喜欢钓鱼，我伪装成一个钓友，慢慢跟他混熟了，时隔八九年，再加上我的乔装打扮，他没认出我。关于野钓我做了很多功课，把江城周边的水域都走遍了，找了几个还没被其他钓友发掘的位置。我悄悄带老检察官去这些地方钓鱼，还告诉他千万不要把位置告诉其他人，我跟他说，我觉得他好，把他当朋友，才带他来。他很感激，每次收获都很丰富。在一起钓鱼的日子我们无话不谈，我见时机成熟就故意引导他给我讲他以前办过的案子，最后成功骗他说出了举报者的信息。这老头挺有意思，不知道我突然离开之后，他有没有想我。

所以，当我知道葛明辉也是举报者之一时，心里多少有些激动，第一个目标和第二个目标重合，这会让我省很多事。在知道举报者信息之后，我就开始跟踪、调查，我用了大半年的时间，把他们三个人的所有生活信息全部掌握了，其实这个工作不太难。他们三个的生活轨迹太过规律，只要掌握了这些规律，就不难找出下手的时机。

然后我开始思考各种杀人方法，但总也不满意。我是一个完美主义者，就像我做裁判时一样，决不允许自己出现判罚失误的情况。所以，我要找到一种完美的杀人方法，让自己不留痕迹。最后我想到，想要自己不留痕迹，只有一种方法，那就是不需要自己动手。

我有想过让他们三个人自相残杀，但他们三个已经很少往来，我找不到太多他们现实生活中的冲突点。就在我百思不得其解的时候，陈鹏突然蹦了出来。对呀！我的第三个目标，陈鹏。如果能让他动手，这就是一个完美的局。

我搞了一辆黑车，从江城开到河城，不走高速走国道，尽量避开人群。我前后去了三次河城，一是规划路线，二是调查陈鹏一家的生活规律。陈鹏一家在富贵温柔乡里生活太久了，安全意识比较差，再者他们夫妻两个都不上班，整天过着闲散的生活，很快我就找到了动手的机会。

郝艳妮每天会接送女儿上下学，她接到女儿之后，有的时候直接回家，有的时候在外面吃完饭再回家，总之都会把车停在车库，而且她家车位位置也对我非常有利，在车库的一个拐角处，在拐角处搞点事，外面的人是看不见的。

第三次去河城的时候，我终于下定决心下手，我把一应物品都准备好，葛明辉、张楚、胡利民三个人的资料，备用电话和电话卡，绳子、胶带、蒙头布，后备厢也提前改造好，装了厚厚的海绵和棉布，还有电棍和匕首。

电话卡哪里来的？这个你们应该很清楚吧，淘宝、闲鱼上有人专门做这个生意。

绑架过程还是很顺利的，只要控制住陈小满，郝艳妮就不用说了，当父母的就这点弱点，为了孩子啥都能做。我把她们绑好，放进后备厢，就开始给陈鹏打电话并下达指令。其实事前，我有想过，如果陈鹏不从怎么办？我当时想的是，如果他不从，那就利用他妻女，把他引诱到一个偏僻的地方，亲自动手把他杀了，然后自己完成计划。

但没想到，陈鹏那么厉害，那么快就把他们三个解决了。

我原本的计划，是让陈鹏在家中被捕，只要他被判了刑，我就放了他的妻女。但是这家伙，临了却没听话，他又来到江城，想要自己解救妻女，我明白，他还是不放心我，怕我说话不算数，他跟踪过我，我也知道，但他绝对想不到我就把他妻女关在他头顶。灯下黑，谁又能想得到呢？

为什么把人关在那？我之前跑外卖的时候，把整个江城跑遍了，什么地方富贵、什么地方下贱、什么地方能藏人，我再清楚不过。东盛小区这个烂尾盘多少年了，也没人过问，变得跟鬼楼似的，除了几个流浪汉没人去那。我选择在东楼，那栋楼靠近路边，流浪汉们都嫌吵，没人去那。

我开着我们的快递车，把装修物料一次次拉过去，神不知鬼不觉。对了，做快递站还有一点便利条件，我在网上购买各种物资，随便填一个我片区的虚假地址，然后快递到了快递站，我就可以留下来签收，这样做的话，物品来源就很难查得到。最早的想法是把陈鹏妻女囚禁在快递站，这样我可以对她们实时掌控，但随后我又改变了想法，快递站人来人往的，一不小心被发现就完蛋了。所以还是囚禁在东盛小区安全一些。

不过，还是你们警察厉害，那么快就抓到了陈鹏，又那么快找到了他妻女。我从来没有想过要害她们，如果陈鹏能乖乖地按照我告诉他的话术供述，那等他判刑之后，我就会放了他的妻女。

为什么要把谢春晓牵扯进来？实在是没办法了，她是我唯一信得过的人。我入狱八年，出狱后送外卖送快递，没有朋友。你们派了警察监视我，我没有办法再去给陈鹏妻女送吃的，而且我不知道你们什么时候会解除对我的监控，总不能饿死她们，对吧？

思来想去，也就只有春晓能帮我了，她是我在这个城市唯一记挂的人，我但凡有一丁点办法，都不会让她帮忙。我思前想后，还是要赌一次，只要陈鹏妻女在我手里，陈鹏就不敢说出真相。他能为了自己的妻女连杀三人，就足以证明妻女在他心中的重要性。陈鹏是一个好丈夫也是一个好父亲，这一点我是佩服的。所以我觉得，只要谢春晓听我的安排，不暴露的概率就很大。我给她准备了眼罩和降噪耳机，只给了她窗口的钥匙，我千叮咛万嘱咐，让她千万不要打开眼罩，不要拿掉耳机。但还是忽略了一点，人的好奇心太强大了，这是人的天性，干什么也不要和天性作对。

陈鹏被捕后，我以为我就要赢了，完全可以全身而退，还是你们棋高一着。

不过，我也不算输。那些王八蛋都死了，我为我儿子复仇了，我现在死而无憾。

谢春晓真的是无辜的，她只是被我利用了，请你们不要为难她。

第三十一章

结案

"你是故意利用谢春晓的吧？她再婚嫁给别人，只让你一个月见一次儿子，你是不是恨她？你知道谢春晓的弱点，你知道她心里放不下儿子，你知道她对你还有感情，所以你在最后关头，把她也设在你的局里，从你有复仇的这个想法开始，她就在你的报复名单里。你嫉妒她，为救儿子的命，你入狱八年，而她还能好好生活好好工作，你觉得不公平，所以你要让她也沾染上罪恶，是不是？"高寒在审讯室内，面对这个终于折服的凶手，他厉声质问着。陈诗怡坐在高寒一旁，脸上写满不可思议，高寒为什么要这么问？她觉得他的这种想法过于偏激。

"高警官，高队长，你从见我第一面起，就浑身带着傲慢和偏见，你和他们也一样吧？你从心里就看不起我们这些入过狱的人，即便是我已经出狱了，你还是把我当作犯人一样看待，眼神、表情、语气、动作，你所有的表现都在表达对我的偏见，你凭什么？你作为一个警察，都如此敌视我们这些出狱人员，更不要说社会上其他人了。入过狱怎么了？犯过罪怎么了？就不是人了吗？知错能改，善莫大焉，何况我们已经为自己犯过的罪接受了惩罚，法律已经惩罚过我们了，法律已经让我们出狱，法律规定我们也是和你一样的正常公民，你，你们凭什么要看不起我们？坐过牢就活该被歧视吗？坐过牢就活该被羞辱吗？坐过牢就活该低人一等吗？你们这些人上人，自恃清高，虚伪至极。"张海洋被高寒彻底激怒，他像是一只准备进攻的斗鸡，所有的羽毛都支棱着，怒吼着。

"你错了。我以前不会，之后也不会看不起出狱人员，我亲手送进去过无数人，很多人出来之后和我成了朋友。我对你表现出的偏见，只是因为我嗅到了你身上的人渣味，我能闻到你在犯罪。"高寒毫不示弱，继续和张海洋争执着。

"你闻到了我在犯罪？冠冕堂皇，不要装模作样了，你们都一样，嘴上说得好听，满口的仁义道德，说一视同仁，绝不区别对待，但你们仅仅只是嘴上说说而已，心里该怎么想还是怎么想。你们不光自己心里想，你们还会像八婆一样传播，你们会告诉身边任何一个人，说我们是罪犯，坐过牢，离我们远一点。你们当面对我们笑呵呵，转身就吐痰。我们要尽量隐藏自己的身份，隐藏自己的历史，尽可能地不让任何人知道我们坐过牢。我们要像老鼠一样躲在阴沟里隐藏自己，一旦被人知道我们坐过牢，我们就会被当作过街老鼠，人人喊打，虽然你们嘴上可能不说，但是心里喊打。你说，你们这些人有多虚伪,有多恶心。"张海洋说得兴起,他已经全然不在乎对面坐的是审自己的警察。

"你太狭隘了,看问题看得狭隘,有一个人侮辱你,你就觉得全世界都在侮辱你,全世界都在和你作对。所以,你想报复全世界,包括谢春晓,你曾经深爱的女人,你越是爱她,你就越想报复她,你自私变态,你看不得她好,你要把她拉下水,才能获得你那卑劣的满足感,是不是?"高寒完全失态了,他也像张海洋一样在吼叫。

"对!是!我就是要报复全世界,我要把所有人拉下水,我就是想报复谢春晓,我就是不想让她好过,怎么了?"张海洋好像一下子被高寒吼醒了。

"承认就好,就到这吧,把笔录拿给他签字。"高寒起身,平和地看了张海洋一眼,走出了审讯室。

终于,这个案子要画上一个句号了。

"高寒,你是故意激怒他的吧?"陈诗怡追上高寒问道。

"你觉得呢?"高寒用眼神示意到室外,两人并肩向外走去。

"谢春晓自己的供述,郝艳妮母女俩的证词,再加上被你激怒的张海洋的供述,对谢春晓的判罚而言,非常有利,但我不确定这么做是不是对的。"走到室外之后陈诗怡伸了个懒腰,今天天气不错,下午的阳光懒洋洋,照在身上可以驱散多日来的疲惫,她深深吸了一口伴着江风的空气,冷冷的,很通透。

"说实话，我也不确定。谢春晓同样是一个受害者，但她却有可能受到法律的制裁。最可恨的是，她明知道自己会受到法律的制裁，还去选择帮助和袒护一个罪犯、一个前夫，挺可悲的吧？"高寒点燃一支烟，他此时心事很多，和陆局的三日之期今天已是最后一天，明天他就要投入新的战斗中。专案组的工作也已接近尾声，再有两三天的时间做最后的结案工作，移交检察院后陈诗怡就要回河城。陈诗怡回河城之后，两人该如何相处？陈诗怡给自己留下的难题该怎么解决？高寒一头雾水，毫无头绪。

"张海洋又何曾不可悲呢？为了治儿子的病，牺牲了自己的前途。没有人知道他心里的艰辛，如果人们知道张海洋的苦衷会选择理解他吗？出狱之后，积极生活，但还是逃不开十年前的噩梦。不光他可悲，那些辱骂调侃他的球迷一样可悲，他们没有共情能力，或者说他们压根不想共情，偏见已经刻在了他们的脑子里，他们不会想到十年前这件事会影响张海洋的一生，断送他的一生，他们不会想到张海洋要怎么样辛苦地开始新的生活，这所有的一切他们都不会去想。他们脑子里就记住了一件事，张海洋就是黑哨，除此之外张海洋身上的一切他们都不在乎，他们时刻都会站在自以为的道德制高点来随意批判他是黑哨。我们可以惩治犯罪，却惩治不了这些人的偏见。"陈诗怡看着高寒，她心里想，自己即将返回河城，这案子怎么那么快就破了呢？时间为什么不能慢一点？

"不光是他们，就像是陈有为，即便曾经是警察，但只要他入过狱，一切就都变了，那些街坊四邻，就因为陈有为接济出狱的狱友在自己家临时住几天，就把那些偏见，把那些怀疑，把那些恐惧，把那些恶意，全都一股脑地塞在他头上。他们总是会找到目标来攻击，以便发泄他们心里那些无处释放的恶，罪恶往往就是这样滋生的。攻击者和被攻击者，都有可能转化成罪恶实施者。我们的传统认知里，对任何事都给出两种解释：你说要给他改过自新的机会，我说狗改不了吃屎；你说他是可怜人，我说可怜人必有可恨之处；你说性本善，我说性本恶。想让所有人都能带着真心和善意去接纳出狱人员，有难度，或者说就是天方夜谭。"

"高寒，说点别的吧。"

"嗯？说点什么？"

"说说我们，你怎么想的？"

"诗怡，我还没有腾出脑子来想这事，能不能再给我几天时间？结案移交检察院之后，你可以留在江城玩几天，我也趁着这个时间来好好想一想，如何解决咱们之间的疑难杂症，相信我，我一定能找到解决办法。"高寒挠挠头，该来的总会来，自己总归要去应对。

"我相信你，但这总归是两个人的事情，我不会让你一个人头大的，我也会好好想一想，看看有没有什么好办法。不过，我还是要和你明确一件事，我喜欢你，我想要和你在一起，但我也不可能为了你放弃刑警的工作，这确实是一件很难平衡和抉择的事情，咱们也来个三日之期吧，如果三日内能找到好方法，我们就来着手处理这件事，如果三日内找不到好方法，那咱们就及时止损，好在还没开始，就当是做了一场美梦，梦醒了就投入现实生活当中去。"陈诗怡一点也不像高寒那样窘迫，她那双灵光闪闪的大眼睛充满柔情爱意地看着高寒，她想多看几眼，深看几眼，好好记住这个男子，不管未来如何。

"好。"

"不管如何，我都很开心能认识你。回吧。"

案件已近尾声，高寒召集专案组成员在会议室开了最后一个专案组会议。

接下来的结案收尾工作，交给陈诗怡来领导完成，姜悦和李大有等人配合。陈晨、小刘等人抽调出来，配合高寒接手江城诈骗致死案。

所有人都沉醉在结案的欢喜之中，欢喜之余还有唏嘘，还有回味。

就像是陈晨和小刘，在最后调查张海洋儿子车祸详情时，他们把当时张海洋所在路段所有的店铺老板全都查访了一遍，终于还原出张海洋当时被葛明辉等人纠缠的真相。也正是因为这个真相，为整个案子凑齐了最后一张拼图，才得以让张海洋毫无保留地把事实真相全部讲了出来。

姜悦满脸不舍，她多希望陈诗怡能长留江城，她之前把陈诗怡当成情敌，当成嫉妒的对象，但两人坦承相对之后，她把陈诗怡当成榜样，当成老师，当成闺蜜。陈诗怡带给她的是对案情全新角度的理解，以及对未来的全新规划。

当晚高寒请客，专案组成员推杯换盏，喜气洋洋，一是为破案之后的欢喜，二是为破获大案之后要受到表彰的期待，三是为河城同事提前饯行。

有人欢喜有人愁，高寒和陈诗怡脸上要挂着笑意和同事共同庆祝，又在心里不停思考着，他们的感情要往哪里走。

不到晚上十点钟，高寒劝走了还在兴头上的众人，明天他还要接手新案子，其他人也要赶紧处理结案收尾工作。

高寒没有回家，也没有回警队休息室，他想一个人好好静一静，想一想。在路上，他看到一家便利店，走进去买了两瓶白酒，打车到了陈有为家，应该把这个好消息告诉陈有为。

"好消息？"陈有为给高寒打开门，看到高寒手中拎着的白酒，问道。

"好消息，李斌案破了！"

"快进来，快进来。十五年呐，终于破了，来，边喝边聊。"陈有为把高寒拉进客厅，他洗好酒杯，从厨房端出一碟自己腌制的咸菜，又拿出一袋生花生，没装盘直接放在茶几上。

高寒倒上酒，陈有为和高寒碰了下杯，而后一饮而尽。

陈有为手剥花生，两眼放光地看着高寒，他竖起两只耳朵，把高寒说的每一字每一句，都听得真真切切，他等这个消息实在是等太久了。

"我要比老江幸福，亲耳听到李斌案破获，这酒喝得痛快，明天我就去把这好消息告诉老江，让这老小子也在地下高兴高兴。"陈有为不知不觉喝完了一瓶白酒，但毫无醉意，他一颗又一颗地吃着花生，像是把之前做刑警时的回忆一颗颗吃掉。

"应该的。"高寒把背靠在墙上，他发现不知为何，自己在这堆满废品的房子里无比惬意。

"案子都破了，还有什么不开心的？"陈有为看出了高寒的心事。

"没事，案子总也办不完，明天又要接手新案子了，停不下来。"

"不是案子的事儿，是感情的事儿，是那个南方姑娘吧？"

"啥也瞒不过你。"

"舍得，舍得，人活一辈子，能把这两个字搞清楚，也就活明白了。就像你说的，案子永远办不完，有没有你案子都会发生，都有人去办，有你没你都一样。千万不要把自己看得过于重要，人一旦把自己看得太重，将来就会跌得很重。那个对的人，一辈子就遇见一次，留不住，就没了。唉，就没了。来，喝酒。"陈有为拿起第二瓶酒，给高寒倒满。

"喝酒。"高寒把杯中酒一饮而尽，好痛快。

【尾声】

　　11月16日，陈诗怡和李大有再次来到江城，今天球场系列案件要开庭审理。

　　半个月前，陈诗怡和李大有离开江城时，高寒正在忙着其他案子，本来说好在陈诗怡出发之前高寒一定会赶回警队跟陈诗怡道别，但陈诗怡一直没等到人，她心里空落落的，三日之期已到，她想她已经得到了高寒的答案。是啊，刑警队副队长，新立大功，等老队长退休之后，高寒将是刑警队队长的不二人选，他才三十多岁，在江城警界，他还能走很远。而自己已经明确告诉高寒不会放弃自己的工作，两人相隔两地，感情的事根本无解。

　　陈诗怡理解高寒，他和自己一样，都不会放弃自己的刑警生涯。她绝对没有理由去责怪高寒，自己不也一样，自己都不肯放弃，更没有理由去要求别人放弃。半个月的时间，高寒没有联系自己，自己也没有联系高寒。这已经非常明确地表明，两人已经不可能，就把那段过往当作一个梦吧。

法院庭审现场，姜悦作为江城警方代表列席。

陈诗怡没有看到高寒，她和姜悦寒暄着，姜悦说高寒还在忙案子，陈诗怡明白，高寒的不出现只是不想两人见面尴尬。

庭审不公开审理，证据确凿，事实清楚，审理起来并不复杂。

没有什么意外，张海洋和陈鹏被判死刑，立即执行，两人当庭表示认可判罚，不会上诉。

谢春晓被判罚六个月监禁，缓期两年执行。

这个案子到此，才最终结束。

走出法院，江城的秋意更浓了，江风吹来凉意满满，陈诗怡裹紧了大衣，一抬头看见高寒正朝自己走来。

"好久不见。"陈诗怡露出一个标准的职业微笑，像是他们两人初次见面时一样。

"也没多久吧？最近太忙了，感觉时间过得很快。"高寒先是和李大有握了握手，又和其他警员点头示意，他从陈诗怡的语气中能觉察到对方的不悦。

"高队长能者多劳，听小悦说诈骗致死案也破了？"陈诗怡继续压制着心里那份冲动，保持微笑、保持礼貌、保持陌生感。

"这案子能这么快就破掉，一个词来形容，就是丧心病狂。诗怡姐，你是不知道，高队把我们整个警队的人，使唤得跟狗一样，一分钟休息也没有，二十四小时连轴转，刚从专案组抽身出来，就又掉入火坑，你看我这黑眼圈熬的。"姜悦气不打一处来，总算是找到一个可以诉苦的人，拉着陈诗怡看自己的脸。

"小悦，今天再交给你一个任务，完成后你就可以休假了。"高寒赶紧打断姜悦的诉苦，担心她口无遮拦，再说下去说出点什么不该说的。

"什么任务？"

"大有晚上就交给你了，你带他吃个饭，然后带他去招待所办个入住。我和诗怡有点其他事情，就不陪你们了。"

"我也可以自由活动的，不用单独照顾我。"李大有刚要说些什么，就被姜悦打断。"走吧走吧，别耽误他们正事。"姜悦拉着李大有，和其他人一起快速走开。

"什么事？"陈诗怡心里有些忐忑，她不知道高寒是要好好和自己告别，还是要怎样。回到河城之后，她第一时间就跟警队以及局领导请示和商量，自己有没有可能把人事关系转到江城，但得到的答复都是不现实。首先陈诗怡是河城警队在着重培养的警员，不可能轻易放手。再者河城和江城分属两省，如果是在同省市，找找关系，还是有可能进行人事调动的，但两省之间，需要两省省厅做协调沟通，但以陈诗怡的警衔级别，显然还不够在两省省厅形成影响力，而陈诗怡自己在省厅也没有可以借助的关系来帮助自己促成此事。人事调动这条路，基本算是堵死了。她认为，高寒应该也是一样的，虽然高寒级别比自己高，或许在省厅也有能说得上话的人，但他的调动只会比自己更难，更何况他会想调动吗？

"我来接你回家吃饭。"其他人都走开后，高寒面对陈诗怡终于放松了一些。

　　"回家？"

　　"对，我爸妈在家都准备好了。"

　　"高寒，你就不能别那么含蓄，直接一点，把话说清楚好吗？"

　　"诗怡，你能做我女朋友吗？奔着结婚去的那种！"高寒耸耸肩轻吐了一口气，才把这句憋了很久的话说了出来，在法院门口求爱，这场景过于庄重。

　　"可以。但是，你找到方法了？"陈诗怡之前的忐忑全都消失不见，她现在充满喜悦，她想现在就冲过去抱住高寒，但还是要等一等，等她缓一缓、看一看这是不是真的。

　　"我把工作辞了，我跟你去河城。"

　　"什么？刑警队副队长不干了？你别骗我！"

　　"真的。不骗你。"

　　"高寒！"

　　陈诗怡扑在高寒怀里，紧紧地抱住他，江城的风自觉绕过他们而去。

　　"嗯？"

　　"我爱你！"

　　"我也爱你！"

　　"快跟我说说，怎么回事？"

　　"上车，边走边聊。"

　　高寒牵着陈诗怡的手，朝着自己的新生活走去。

　　和陈有为喝完酒之后，高寒一下子就想清楚了他要的是什么。遇见陈诗怡之前，他的生活全部是围绕着破案，破案、破案、破案，他从来没有想过，除了破案自己要做什么，但那是生活吗？遇到陈诗怡之后，他不得不开始思考这个问题。

　　真能为了爱情而放弃自己的刑警生涯吗？从专案组撤出之后，高寒去找了陆局，表达自己要辞职的想法，陆局大怒，把烟灰缸照着高寒就扔了过来，高寒巧妙躲过。高寒不是没有想到调职，但是各方打探之后都没有办法解决。

　　他不敢跟陈诗怡联系，连陈诗怡返回河城他都没有出面去送，只是悄悄地躲在一旁看着陈诗怡离去。他全身心投入诈骗致死案，想要用工作来麻痹自己，同时也是想着要赶紧把案子破掉，才好正式辞职，他不想辞职之前手里还有未竟之事。

　　破案间隙，他突然想到自己在警校时的老师，此时老师已经升任河城警校副校长。他给老师打去电话，询问了自己有没有机会去老师手下任职。这对师徒一直保持联系，老师在高寒上学时就对他饱含期望，他是自己最得意的门生之一，在确定了高寒的真实想法之后，老师对高寒敞开了怀抱，邀请高寒到河城警校任职。但只是普通教师的职位，教授侦查学，肯定没有刑警队副队长的待遇好，而且还有半年实习期，没有编制，高寒全然接受。和老师确认之后，高寒再次向陆局提起辞职，并答应站好最后一班岗，破案之后即刻离职。

　　他要用最短的时间飞奔到陈诗怡面前，他要她。

　　"高寒，谢谢你。"

　　"不过，我在河城可没有房子，可能一时半会也买不起。"

"我有，你直接搬过来。"

"同居吗？"

"当然，婚前必须同居半年以上，我要考察考察你。"

"那半年之后咱们就结婚。"

"通过考验再说。"

12月，在中国警方和加拿大执法部门的共同努力下，梁昌泰被遣送回国，接受法律的制裁。

2022.4.1初稿

2022.4.7二稿

于北京